境外东巴经释义丛书

第一辑 · 海外馆藏洛克收录东巴经典释义

手执油灯

总主编 / 白庚胜　　编译 / 李晓亮

云南大学出版社

● 国家“十三五”少数民族语言文字出版规划项目 ●
● 民族文字出版专项资金资助项目 ●

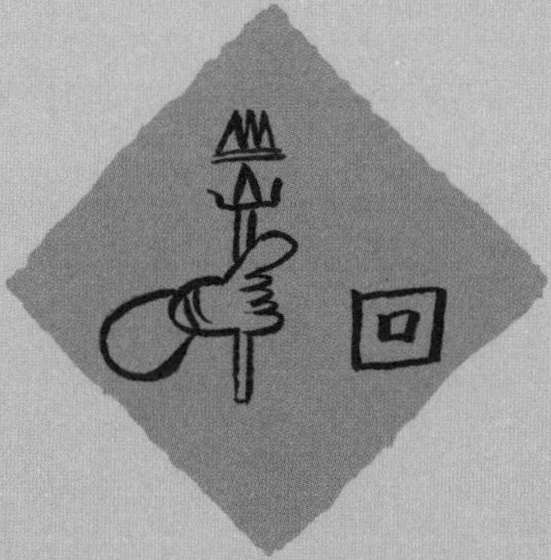

图书在版编目（CIP）数据

手执油灯 / 李晓亮编译. -- 昆明 ：云南大学出版社, 2021
（境外东巴经释义丛书 / 白庚胜总主编. 第一辑.海外馆藏洛克收录东巴经典释义）
ISBN 978-7-5482-4186-7

Ⅰ. ①手… Ⅱ. ①李… Ⅲ. ①纳西族－叙事诗－中国 Ⅳ. ①I222.7

中国版本图书馆CIP数据核字(2020)第218517号

策划编辑　蔡红华
　　　　　段　然
责任编辑　石　可
装帧设计　高　伟

境外东巴经释义丛书

第一辑 · 海外馆藏洛克收录东巴经典释义

手执油灯

SHOUZHI YOUDENG

总主编 / 白庚胜　　编译 / 李晓亮

出版发行　云南大学出版社
印装　昆明理煋印务有限公司
开本　787mm×1092mm　1/16
印张　13.25
字数　300千字
版次　2021年5月第1版
印次　2021年5月第1次印刷
书号　ISBN 978-7-5482-4186-7
定价　108.00元

社址　云南省昆明市一二一大街182号
（云南大学东陆校区英华园内）
邮编　650091
电话　（0871）65033244　65033307
网址　http://www.ynup.com
E-mail　market@ynup.com

若发现本书有印装质量问题，请与印厂调换，联系电话：0871-64167045。

总 序

由我主编的“境外东巴经释义丛书·第一辑·海外馆藏洛克收录东巴经典释义”近日起就要由云南大学出版社陆续出版。

丛书第一辑四种的选目由西南大学汉语言文献研究所的李晓亮博士确定、整理、翻译，并经国内知名的东巴文研究专家喻遂生教授审定。我以为，以洛克收录东巴经典作为丛书发端，无论从任何一个角度讲，都是合适的。因为约瑟夫·洛克是当之无愧的国际东巴文化研究先驱者、旗手、权威、集大成者，已被尊之为“西方纳西学之父”。

这意味着，自此伊始，除了成规模的编著、译著、论著之外，大量散见于国际报纸杂志的纳西学、尤其是东巴文化研究的文章、手稿、论文，将会源源不断被收集、整理、翻译、汇编成册出版，以有助于“他山之石，可以攻玉”，进一步丰富、壮大纳西学资料的积累，促进一百多年来国际纳西文化研究成果的共享，强化纳西学研究的国际交流，不断完善纳西学学科体系，使之真正发展成为对中华文明、人类进步具有重要意义的国际显学。

与之相呼应的是，云南社科院东巴文化研究院早于多年前主持翻译出版了6卷本《哈佛燕京学社藏纳西东巴经书》；国家社科基金项目“世界记忆遗产东巴经典传承体系数字化国际共享平台建设研究”课题组，亦已完成对全球馆藏东巴经典的初步摸底、编目、数字化；贵州民族出版社经与美国国会图书馆多方联系，正在计划编目、提要出版该馆所藏3000多卷东巴经典文本。

对国内的有关资料及文献，从北京到纳西文化的故乡，相关工作亦迈开坚实的步伐。继云南人民出版社出版100卷本《纳西东巴古籍译注全籍》之后，我主编的“纳西学丛书”“纳西博士论文丛书”“纳西学历史文化资料丛书”“现当代纳西族作家作品选集丛书”等多种先后问世。另有杨林军先生等已经启动对国家档案馆中有关纳西族档案的全面清理；学苑出版社则已清点整理完国家图书馆收藏的数万件纳西族文物，并将很快推出首批成果。

立足于这些丰厚的学术基础之上，承接着各界朋友的援手，一个波澜壮阔的纳西学建设景象不再是海市蜃楼：纳西学研究院正式成立；《纳西学集刊》正式创刊；国际纳西学论坛正式诞生；丽江国际母系研究会正式建立；国际母系文化论坛行将举办；纳西学人才培养从本科生到研究生教育体制一应详备；每年数以百计的有关论文、论著、重大课题蜚声学苑，成为中华人文科学发展的有生力量。这一切都证明，自国际纳西学学会成立以来，坚持纳西学建设的基本方向、基本方针、基本方法、基本方略是正确的：立足本土、放眼世界，走纳西学建设的中国化道路；坚持国内外、族内外联合攻坚、共享成果；坚持田野作业为第一、资料积累为根本；坚持队伍育成、精英培养；坚持学科整体观照与分支析理相结合；坚持组织、教学、研究、出版、活动、交流共协进；坚持形而上与形而下的相映照；等等，永远是我始终不变的初心。

作为以上七大坚持的必然结果是，纳西学何其有幸，我们一次次沐浴在来自国家新闻出版署的阳光，尤其是将本丛书列为重大民族文化出版资助项目的关爱中；我们更感受到云南大学出版社的坚强助力——为了扶持滇云本土的地方文化、民族文化，他们不惜血本、积沙成塔，决定长期作战，与我们一起共筑文化长城，共创学术辉煌。

让我坚信不疑的是，随着全球性的开放日益扩大，我国的物质与精神实力不断强大，以及为适应中华文明伟大复兴的迫切需要，云南大学出版社承担起学术使命，他们有远大的建设精神家园的理想、他们有一支像殷永林总编辑和段然、石可编辑这样高质量的出版队伍，以这套丛书为代表的、高品位高质量的滇云文化出版大业将更前景无限。在此，我和我的民族、同仁对他们表示由衷的敬意、谢意，并充满热情的期待。

是为序。

白庚胜

2020年11月于北京

序

纳西学研究，特别是纳西东巴文化研究，肇始于19世纪中晚期到我国西南地区探险、传教的西方人士，这决定了纳西学研究从一开始就是一门国际性的学问。我国的纳西学研究，一开始就受到西方学者的启发和影响。如方国瑜先生研究东巴文，就缘于1932年夏刘半农先生以法国人巴克《么些研究》相质询（《纳西象形文字谱·弁言》）；李霖灿先生1939年在昆明于古琴国手郑颖荪先生家中第一次看到东巴经，随后在沈从文先生家中见到一本洛克的东巴经译著，更提振了他研究东巴文的兴趣和决心（李霖灿《么些研究论文集》，第285页）。几十年过去了，国内外纳西学研究都取得了长足的进展和巨大的成绩。国内的纳西学研究，还后来居上，成为了研究的主体，其中一个重要的原因，就是认真学习和吸收了西方学者的理论、方法和成果。回顾纳西学发展的历史，我们对西方学者筚路蓝缕，开创奠基的功绩，怀有深深的敬意。

国内学者对学习和引进国外纳西学研究的成果是比较重视的，重要的译介成果有：白庚胜、杨福泉编译《国际东巴文化研究集萃》，刘宗岳等译洛克《中国西南古纳西王国》，和匠宇译洛克《纳西语英语百科辞典》上册，刘永青等译《纳西、摩梭民族志》，白庚胜译《日本纳西学论集》，白羲等编译《西方纳西学论集》，宋军、木艳娟译巴克《么些研究》，等等。白庚胜先生还有宏大的计划，由他和黄乃镇主编的《国际纳西学译丛》将陆续出版。尽管如此，也得承认，我们在这方面的工作还是做得很不够的。其表现一是翻译的数量仍然较少，如洛克的纳西学论著有19种，大部分都没有翻译，连《纳西语英语百科辞典》也只译了上册。二是对西方纳西学论著研究和使用得很不够。如我们现在做东巴文献字释，一般只追溯到傅懋勣先生的《丽江么些象形文“古事记”研究》（1948年），但实际上洛克19世纪30年代译注东巴经时就采用了类似于字释的方式，而他的这些做法很少有人提及。三是对国外纳西学资料，包括经书、档案等，还缺乏全面的调查和清理，底数不清，情况不明，无法有效发挥其效用。如巴克在《么些研究》中刊布了几种东巴经的选页，并说“我们字典的一部分来自这份手稿”（中译本 74 页）。李晓亮通过法国学者米可博士从法国巴黎东方语言学院图书馆收藏的东巴经中找到了这几册经书，通过比勘，对巴克《么些研究》字表的材料来源，时间地域、取材方式、讹误原因等，就有了更深刻细致的认识。

纳西东巴文化虽然现在仍然以活态留存于世，理论上讲文化的基因会继续传承，但变异也是铁定的规律，现在的东巴文化肯定不会完全等同于历史上的东巴文化，西方学者记录东巴文化比国内学者早，这就凸显出早期西方纳西学论著的可贵。我曾见过一张洛克拍摄的马帮的照片，几十匹马一字排开，气势非凡。据记载，洛克出行时，除了有助手、保镖、厨师，连折叠桌椅和浴缸都是带上的。在那个年代，以西方人的财力和权势（很多是得到了官方、企业、宗教或学术团体的支持和资助的），再加上他们的敬业刻苦和科学精神，再加上那个时代东巴文化还没有受到政治的冲击而保留了较自然的生态，那个时候采集记录的东巴文化，自非中华人民共和国成立以后、改革开放以后的所见所闻可以相比。洛克说他收集了 8000 多册东巴经，他能把和华亭东巴带到昆明一住数年（和华亭日记说 53 个月）从容整理，能带着一众东巴到美国表演；看看网上哈佛所藏东巴经的照片，大多品相完好，书写精美，类别完整；其中的原因，不言自明。杨福泉先生在《西方纳西东巴文化研究述评》中说：“他（引按：洛克）在丽江进行研究工作期间，很多知识渊博的大东巴仍健在，他对帮助自己工作的东巴的筛选也很慎重，经反复考察后才任用，因此，他对东巴教仪式和经书的翻译和解释中保留了很多珍贵的资料，有许多是后世年青的东巴已解释不清楚的……洛克的论著中还有多种关于纳西族社会历史、宗教活动的调查报告，积累了大量现在已很难获得的民族学资料。”不同时期的调查材料都有它的价值，但我们得承认，前人“老照片”所记录的东西，很多事过境迁，不可再得，已是唯一的存在，值得我们特别珍视。新时代高水平的纳西学研究，应立足于对中西纳西学历史成果的总结和吸收，加大翻译引进的力度，认真学习鉴别，取其所长，用到研究中去，是势在必行的事情。

云南大学出版社策划的“境外东巴经释义丛书 第一辑 · 海外馆藏洛克收录东巴经典释义”，是“十三五”国家重点图书出版项目，是很有学术价值和社会意义的项目。现在李晓亮博士承担的洛克东巴经译注4种的中译本即将出版，可喜可贺！晓亮博士本科学习英语专业，硕士和博士从我学习东巴文，也许是专业出身和学识特长的缘故，对西方纳西学研究情有独钟。硕士论文为《洛克〈纳西语英语百科辞典〉研究》，博士论文为《西方纳西学史研究（1867—1972）》，近年又到美国做访问学者，多次访问哈佛燕京图书馆、阿诺德植物园档案馆、怀德纳图书馆，披阅收集洛克的日记、书信、手稿等档案材料。事须得人，由晓亮来做洛克著作的翻译，是非常合适的。粗粗看了一下译稿，晓亮在尊重原著的基础上也有一些创新，如在洛克音标下加注通行的国际音标，在音标下加注汉语对译，以便于读者阅读。在《鲁般鲁饶》下卷，补出了哈佛所藏经书原本的彩图，与洛克摹本相得益彰，可增加读者对经书的感性认识。对原文中出现的讹误或者某些观点性的错误，也以按语的形式加以纠正等。

感谢晓亮博士为纳西学做出的贡献和付出的辛劳！任重道远，希望晓亮再接再厉，译出更多的论著，特别是涉及纳西学研究基础的关于东巴文献、东巴文字词研究的论著，包括洛克《纳西语英语百科辞典》下册。

是为序。

喻遂生

2020年10月于重庆

目　录

总 论

一、丛书简介

2003 年，联合国教科文组织将东巴古籍列入“世界记忆遗产”名录，从此东巴古籍成为全人类共同的财富。实际上，东巴古籍早就不仅仅属于我们中国，因为早在 19 世纪欧洲传教士就已经发现这种用象形文字书写的宗教经典，并将它们带回欧洲，此后不断有西方人慕名来到丽江探寻这种神奇的象形文字，因此目前有大量东巴古籍收藏在世界各地的博物馆、图书馆。关于收藏在境外的东巴古籍的具体数字，英国爱丁堡大学教授杰克逊在《神奇的么些经典》[①] 中做过统计，具体参见表 1- 表 3：

表 1　收藏在美国的东巴古籍

收藏机构或个人	入藏时间（年）	收集者	数目（册）
美国国会图书馆	1924	约瑟夫・洛克	78
	1927	约瑟夫・洛克	598
	1930	约瑟夫・洛克	716
	1935	弗吉尼亚・哈里森夫人（从约瑟夫・洛克处购买？）	573
	1945	昆亭・罗斯福	1073

① Anthony Jackson, Mo-so magical texts, Bulletin John Ryland Library, 48（1）: Manchester University Press, 1965.

续上表：

收藏机构或个人	入藏时间（年）	收集者	数目（册）
哈佛大学燕京图书馆	?	约瑟夫·洛克	510
	1945	昆亭·罗斯福	88
洛克旧藏，后被弗吉尼亚·哈里森夫人收藏	1934	约瑟夫·洛克	3500 ?
	?	约瑟夫·洛克	25 ?
	1945	昆亭·罗斯福	700 ?
合计			7861

表 2 收藏在欧洲的东巴古籍

收藏机构或个人	入藏时间（年）	收集者	数目（册）
柏林国家图书馆，马尔堡 / 拉恩	1961	约瑟夫·洛克	1118（复印本 913）
芮兰图书馆，曼彻斯特	1916—1922	福瑞斯特	135
印度事务部图书馆，伦敦	1916	福瑞斯特	17
	1929—1931	怀特·史密斯	91
大英博物馆	1929—1931	怀特·史密斯	91
法国东方语言文化学院，巴黎	1890 ?	亨利·奥尔良	25 ?
	1900 ?	雅克·巴克	
荷兰国家科学博物馆，莱顿	1880	恰尔顿	15
合计			1492

表 3 收藏在中国台湾地区的东巴古籍

收藏机构或个人	入藏时间（年）	收集者	数目（册）
“中央博物院”	1944	李霖灿	1221

据杰克逊统计，收藏在国外及中国台湾地区的东巴古籍共计10574册，其中洛克收集7118册，昆亭·罗斯福收集1861册，李霖灿收集1221册，怀特·史密斯收集182册，福瑞斯特收集152册，恰尔顿收集15册，其他人收集25册。但是表1和表2中有很多问号，说明杰克逊的统计也并不十分精确。比如，笔者2017年到哈佛大学燕京图书馆访问，查阅了这批东巴古籍，馆中除了藏有598册东巴古籍的原件之外，还有25册复印件。此外，有510册来自约瑟夫·洛克，88册来源于昆亭·罗斯福的说法也不甚准确，因为笔者在入藏记录中只查到哈佛大学燕京学社向洛克购买东巴古籍，但是没有查到昆亭·罗斯福向哈佛大学燕京学社出售或捐赠东巴古籍的记录，所以此事存疑。由此可看出，上面这个表格中还存在很多问题，但是有一点可以肯定，藏在境外的东巴古籍远远不止这些。

境外收藏的东巴古籍是一座宝库，翻译和研究这批东巴古籍意义重大，这也是我们设立这个"境外东巴经释义"项目的出发点。本辑"境外东巴文释义"丛书编译的五册东巴经包括《手执油灯》《挽歌》《大鹏与署的争斗》和《鲁般鲁饶》（上、下）。这些经书都是美国学者约瑟夫·洛克在二十世纪二三十年代收集并在和华亭、和作韦等东巴的协助下翻译而成的。在这五册经书中，《手执油灯》和《鲁般鲁饶》上册（复本）现藏德国国家图书馆。《挽歌》《大鹏与署的争斗》和《鲁班鲁饶》（下）现藏美国哈佛大学燕京图书馆。

约瑟夫·洛克（后附洛克传记）被称为"西方纳西学之父"，德国东方学家雅纳特在《纳西东巴古籍目录》一书的序言中评价他说："没有他在这个领域的著作，绝不会有今天纳西学的存在。"① 洛克一生的著述颇丰，主要集中在两

① Na-khi Manuscripts, Part I and II, Verzeichnis der orientalischen Handschriften in Deutschland, 7, Wiesbaden, 1965.

个领域：第一个是植物学领域；第二个是对中国西部地区历史地理的考察和研究，其中成就最高的是在纳西学。自 1924 年洛克美国在《国家地理》发表第一篇关于介绍纳西族的文章《纳西人中的驱病魔仪式：一个中国云南腹地边疆民族举行的古怪仪式》到 1972 年出版最后一部专著《纳西语英语百科辞典》（下卷），近 50 年间洛克共出版纳西学研究的专著 4 部，发表论文 9 篇，内容涉及纳西族历史地理、宗教、文献、语言文字等诸多方面。此外，洛克还翻译了大量的东巴经，这五册东巴经译本就是其中的代表。

这五册东巴经译本分别收录在洛克的《中国西南纳西族的日美丧仪》《纳西族的纳迦崇拜及其相关仪式》和《开美久命金的爱情故事》三种论著中。下面简单介绍一下这三种论著。

《中国西南纳西族的日美丧仪》

该书 1955 年在奥地利维也纳出版，被列为“人类学研究丛书之九”。全书共 228 页，分为三部分：第一部分是前言；第二部分是纳西族丧葬仪式介绍；第三部分是纳西族“日美”丧葬仪式及相关经书的翻译。

所谓“日美”（^{2}zhi ^{3}mä）仪式是纳西族丧葬仪式的一种，又叫“开丧”仪式。“日美”是音译，意译为“指路或为死者开丧指引道路，送回北方祖先居住地”。举行该仪式东巴需要念诵 35 册东巴经。书中详细翻译了东巴经典《手执油灯》和《挽歌》。

《纳西族的纳迦崇拜及其相关仪式》

该书 1952 年在意大利罗马出版，它被意大利东方艺术研究所列为“罗马东方学研究丛书之四”。分上、下两卷，共806页，并附有大量图片。洛克在扉页写道：“谨以此书献给多年来帮助我翻译纳西东巴古籍的纳西族老师们。”本书主要分三部分，前言、“署德古”[①]仪式及其相关经书的翻译、“楚纳古”[②]仪式及其相关经书的翻译。前言部分的译文被收入白庚胜、杨福泉编译的《国际东巴文化研究集粹》，译者加题目《论纳西人的“那伽”崇拜仪式——兼谈纳西宗教的历史背景和文字》。

所谓纳迦（nāgɑ）是本教和佛教神话中的一种精灵，其形半人半蛇。据说纳迦属于强壮俊美的族类，可化作人形或蛇形，在某些方面优于人类。他们与水、河流、湖泊、海洋和源泉有关，并能护卫财宝。洛克认为，东巴教中的“署”就源于本教的纳迦，东巴教的“署德古”仪式和“楚纳古”仪式源于对署或者纳迦的崇拜。东巴教不仅吸收了本教的教义而且受到缅甸纳（Nat）崇拜、道教和藏传佛教的影响，而其核心是土著部落的萨满教。纳西族的文献完全是宗教经书的性质，其中又夹杂着口头传说、经验知识和历史。东巴经典最初是在自然崇拜的基础上发展起来的，东巴经典既没有完全哲学性的著作，也没有深奥抽象、形而上学的著作。

该书的核心是第二部分和第三部分，第二部分翻译了“署德古”仪式中的59册经书。第三部分翻译了“楚纳古”仪式中的37册经书。洛克对经书的翻译大多只是分页解释经文大意，并没有详细标音和解释每个字符的意思。书中详细翻译了东巴经《大鹏与署的争斗》，首先是经书照片、经文标音、句译、字词详解和疑难注释。

---

① 即祭署仪式。

② 即除秽仪式。

《开美久命金的爱情故事》

该文 1939 年发表在《河内远东法兰西学院学报》，此时洛克的身份是夏威夷大学东方学教授和法兰西东方学院的通讯员。全文共 151 页，分为四部分，第一部分介绍纳西族的殉情文化，第二部分简述为超度殉情者而举行的海老林肯[①]仪式，第三部分讲述了一种纳西族乐器——口弦的来历，第四部分翻译了东巴经《鲁般鲁饶》。

书中详细翻译了《鲁班鲁饶》中开美久命金的故事。

二、丛书的价值

关于洛克的纳西学研究的价值，杨福泉和白庚胜先生在《国际纳西东巴文化述评》[②]一文中做如下表述：

洛克的研究是开拓性和奠基性的，他为西方的纳西学研究奠定了雄厚的基础。他在纳西族地区期间广泛搜集资料，翻译了很多东巴经，并对东巴经的文字、词语进行详细考释，在译文中附以大量注解。他在丽江进行研究工作期间，很多知识渊博的大东巴仍健在，他对帮助自己工作的东巴的筛选也很慎重，经反复考查后才任用，因此，他对东巴教仪式和经书的翻译和解释中保留了很多珍贵的资料，有许多是后世年轻的东巴已解释不清楚的，加之他懂梵文，比较熟悉藏族文化，对东巴教的不少观念、教义中的文化互渗现象阐释得比较清楚。洛克的论著中还有多种关于纳西族社会历史、宗教活动的调查报告，积累了大量现在已很难获得的民族学资料。

---

① 即大祭风仪式。

② 杨福泉、白庚胜:《国际纳西东巴文化述评》，载《国际东巴文化研究集粹》，云南人民出版社，1993 年版，第 4 页。

本丛书所编译的五册东巴经典来自于洛克的翻译。具体而言，这套丛书的价值有如下几点。

1. 洛克所译东巴经具有重要的版本价值。洛克深入纳西族地区考察二十多年，收集了 8000 多册东巴经典，这五册经典是 20 世纪二三十年代洛克在丽江亲自收集的，那时候东巴文化兴盛一时，洛克所收经书大都品相较好、版本较老、书写流畅、字体优美，大多出自当时著名的大东巴之手，都是不可多得的东巴经中的精品。这几册东巴经典在遣词造句和用字方面都有独特之处。从文献学的角度来看，这些东巴经典具有重要的版本价值。现在这批东巴经收藏在欧美各大博物馆或图书馆之中。例如,《大鹏与署的争斗》就出自清末丽江长水著名东巴东知之手。据李国文《人神之媒——东巴祭司面面观》记载：

东知东巴，黄山乡长水下村人。生年不详，约民国初年去世，享年 80 多岁。是大东巴，善于制造东巴经书写用纸，一生抄写下很多东巴经书。

杨光东巴，黄山乡长水下村人。又名木福光，20 世纪 60 年代去世，享年 80 多岁。东知东巴之子，但东巴经典知识只属一般。美国学者洛克曾到过他家，当时先生曾将祖传东巴经典卖与洛克。①

《手执油灯》是孤本，据洛克介绍，他在纳西族地区没有发现第二本。

2. 洛克译本为纳西学提供更多研究材料。虽然在这五册经书中，除了《手执油灯》之外，其余四册经典都比较常见，之前出版的东巴经典译注中翻译过相同或相似题目的经书，但是洛克对某些字、词、句的解释与以往的译本多有不同，为纳西学提供了更多的参考材料。例如，洛克在解释关于动植物的东巴文时，都会介绍这种动植物的基本特征、生长环境及拉丁学名等信息，为研究纳西族地区的动植物提供了很好的材料。介绍东巴经典涉及的专名时，洛克都

① 李国文:《人神之媒——东巴祭司面面观》，云南人民出版社，1998 年版，第 218 页。

会大量引用藏传佛教、本教等宗教学、人类学文献，试图解释它的来源，有些见解十分精到，值得关注。此外，洛克对于某些东巴文字源的解释与其他学者不同，例如《鲁般鲁饶》中有一个字，即。方国瑜先生和李霖灿先生都认为该字象人上下颚咀嚼之形，但是洛克解释说，该字象果实裂开状。我们现在很难判断哪一个解释正确，但是洛克的解释也可备一说，值得参考。

3. 这五册东巴经译本比较详细和完整。洛克翻译了很多东巴经典，但是绝大多数译本都只有对经书大意的解释，不够详细和准确，但是这五册经典的译本都由经书原文、经文标音、句译和字词详解和疑难注释五部分组成，类似于傅懋勣先生在《古丽江么些象形文‘古事记’研究》和《白蝙蝠取经记》中使用的翻译方法，这种方法比较彻底地解释东巴经典中所蕴含的语言文字、历史文化、地理生物等方面的内容，对于纳西学的研究有重要的参考价值。

洛克是纳西学研究的大家，出版了大量的纳西学论著，但是国内学界对于洛克论著的译介不够，特别是关于东巴经典翻译方面的成果之前几乎从未见到。在这个领域，我们还有很多工作要做。洛克译本价值诚然很高，但是也存在一些错讹，比如纳西语的标音问题，同一个音经常会出现前后标音不一致的情况。这些问题，笔者在编译过程中会加以辨析更正。

三、编译说明

洛克的这五册东巴经译本由于分散在他不同的论著中，所以体例也不统一。我们在编译的过程中将它们的体例做了调整。《大鹏与署的争斗》《挽歌》和《鲁般鲁饶》的体例一致。译本以东巴经的一页为一个单元。每一单元中又分为五个部分：第一部分是东巴经原文，第二部分是纳西语音标，第三部分是每一节的意译，第四部分是分节的字词详解，第五部分是洛克原书的注释。为了方便读者阅读，我们在第二部分的洛克记录的纳西语音标下加注国际音标和汉语对译。在第四部分中，将每一节的经文置于这一节的字词详解前。如果译文中出现观点性错误，我们以译者按的形式加以更正。在每一个译本的最后还附有校勘记，对洛克原文中出现的字词拼写等错误进行校勘。《手执油灯》与前三本经书译本稍有不同，因为在此译本中，洛克没有给出每一句经文的纳西语音标，因此，为了尊重作者原著，在我们编译的《手执油灯》的译本中也缺少这一部分，其余跟前三本一致。

四、本书主要参考文献

1. 洛克:《纳西族文献：洪水的故事》,《华西边疆研究学会杂志》第 7 卷，1935 年，第 64—81 页。

2. 洛克:《纳西文献研究》(1.《东巴教教主东巴什罗的来历》2.《纳西族的“赫日皮”仪式》),《河内远东法兰西学院学报》，1937 年，第 37 卷，第 1—119 页。

3. 洛克:《日喜支系和他们的宗教文献》,《华裔学志》，1938 年，第 3 卷，第 171—190 页。

4. 洛克:《开美久命金的爱情故事》,《河内远东法兰西学院学报》，1939 年，第 39 卷，第 1—152 页。

5. 洛克:《中国西南古纳西王国》第 1 和第 2 部，剑桥：哈佛大学出版社，1947 年。

6. 洛克:《纳西人祭天仪式》,《华裔学志》第 13 卷，1948 年，第 9—

160页。

7. 洛克:《纳西族的纳迦崇拜及其相关仪式》第1和第2部，罗马：意大利东方艺术研究所出版社，1952年。

8. 洛克:《中国西南纳西族的日美丧仪》，维也纳：加布里埃尔出版社，1955年。

9. 洛克，雅纳特:《纳西东巴古籍目录》，威斯巴登：兰茨·石泰出版社，1965年。

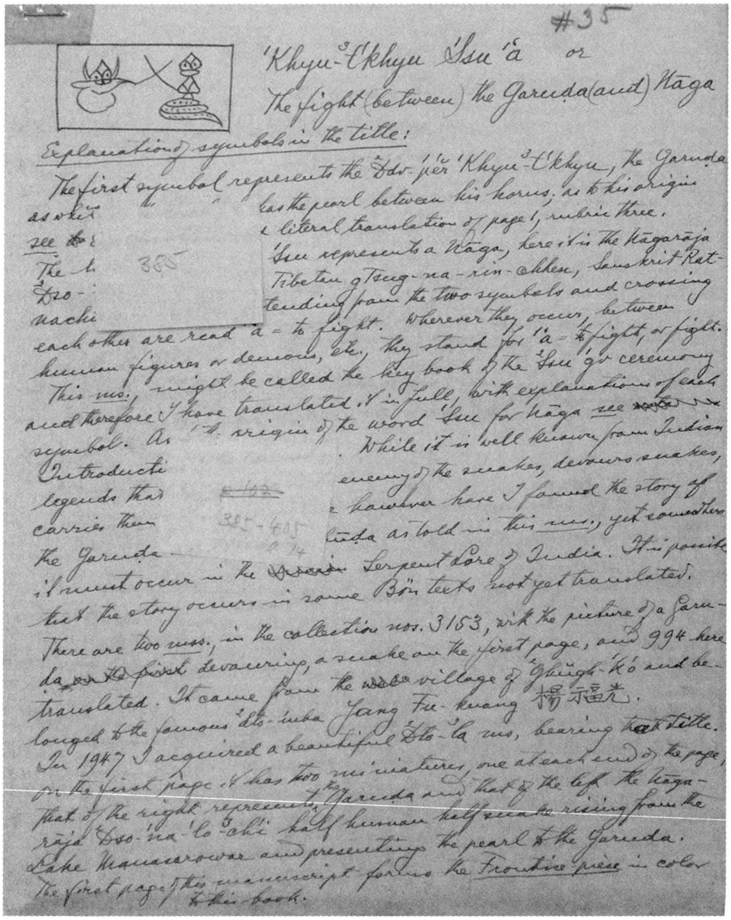
#35
'Khyu-t'khyu ²Ssu ¹a or
The fight (between) the Garuda (and) Nāga
Explanation of symbols in the title:
The first symbol represents the ²Ddv-¹p'ër 'Khyu-³t'khyu, the Garuda
as whi... as the pearl between his horns; as to his origin
see ... literal translation of page 1, rubric three.
The ... ²Ssu represents a Nāga, here it is the Nāgarāja
²Dso-... Tibetan gTsug-na-rin-chhen, Sanskrit Rat-
nachi... tending from the two symbols and crossing
each other are read ¹a = to fight. Wherever they occur, between
human figures or demons, etc., they stand for ¹a = to fight, or fight.
This mss. might be called the key book of the ²Ssu ²gv ceremony
and therefore I have translated it in full, with explanations of each
symbol. As ... origin of the word ²Ssu for Nāga see ...
Introducti... While it is well known from Indian
legends that ... enemy of the snakes, devours snakes,
carries them ... however have I found the story of
the Garuda ... Garuda as told in this mss., yet somewhere
it must occur in the ... Serpent Lore of India. It is possible
that the story occurs in some Bön texts not yet translated.
There are two mss. in the collection nos. 3153, with the picture of a Garu-
da on the first devouring a snake on the first page, and 994 here
translated. It came from the ... village of ²Gkügh-¹k'ö and be-
longed to the famous ²dto-mba Yang Fu-kuang 楊福光.
In 1947 I acquired a beautiful ²Dto-¹ba mss, bearing that title.
On the first page it has two miniatures, one at each end of the page,
that of the right represents the Garuda and that of the left the Nāga-
rāja ²Dso-¹na-¹lo-³chi half human half snake rising from the
Lake Manasarowar and presenting the pearl to the Garuda.
The first page of this manuscript forms the Frontispiece in color
to this book.

《大鹏与署的争斗》洛克译本手稿，现藏哈佛大学燕京图书馆

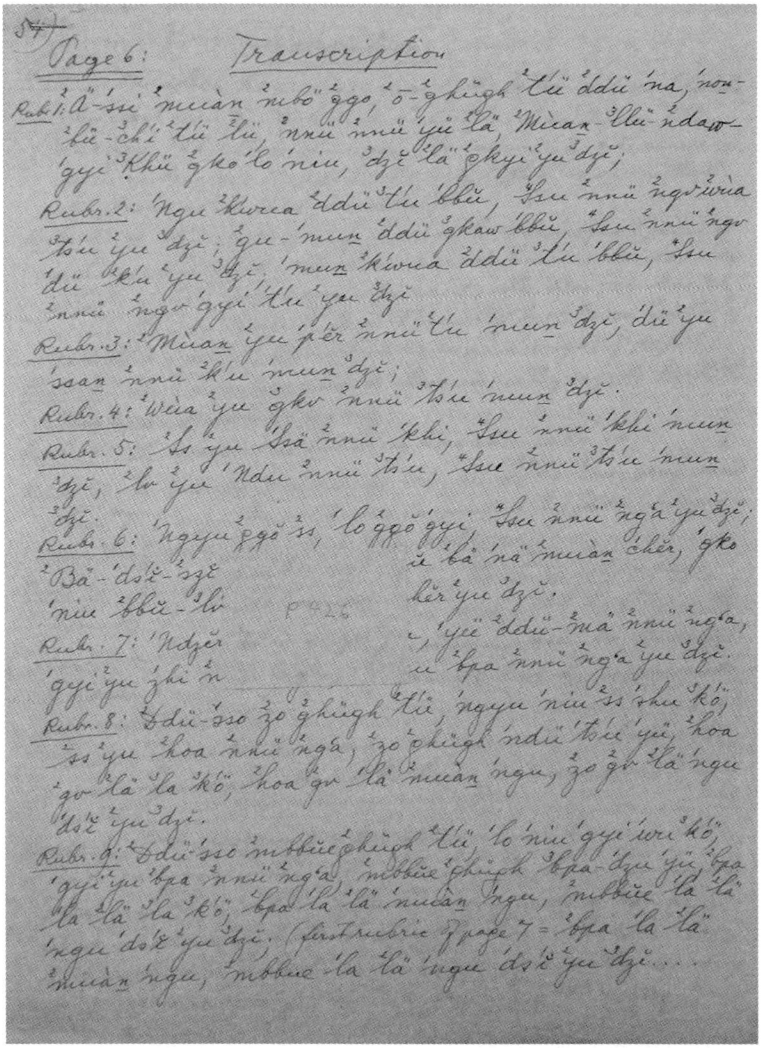
Page 6: Transcription

Rub.1: A-ssi muan mbo ggo, o-ghugh tü ddü na, nou-bü-chi tü lü, nnü nnü yü lä, Muan-llü-ndaw-gyi Khü gko lo niu, dzi lä gkyi yu dzi;

Rubr.2: Ngu kwua ddü tü bbü, tsu nnü ngwua tsu yu dzi; gu-mun ddü gkaw bbü, tsu nnü ngo dü k'u yu dzi, mun kwua ddü tü bbü, tsu nnü ngo gyi tü yu dzi.

Rubr.3: Muan yu p'er nnü tü mun dzi, dü yu ssan nnü k'u mun dzi;

Rubr.4: Wua yu gko nnü ts'u mun dzi.

Rubr.5: ts yu ssä nnü khi, tsu nnü khi mun dzi, lo yu Ndu nnü ts'u, tsu nnü ts'u mun dzi.

Rubr.6: Ngyu ggö ss, lo ggö gyi, tsu nnü ngä yu dzi; Bä-dsi-zzi ... ü bä nä muan chër, gko niu bbü-lv ... hër yu dzi.

Rubr.7: Ndzer ... yü ddü-mä nnü nga, gyi yu zhi n ... ü bpa nnü nga yu dzi.

Rubr.8: Ddü-sso zo ghügh tü, ngyu niu ss shu kö, ss yu hoa nnü ngä, zo ghügh ndü ts'u yü, hoa gv lä la kö, hoa gv lä muan ngu, zo gv lä ngu dsi yu dzi.

Rubr.9: Ddü-sso mbbue ghügh tü, lo niu gyi wu kö, gyi yu bpa nnü nga, mbbue ghügh bpa-dzu yü, bpa la lä la kö, bpa la lä muan ngu, mbbue la lä ngu dsi yu dzi. (first rubric of page 7 = bpa la lä muan ngu, mbbue la lä ngu dsi yu dzi...

《大鹏与署的争斗》洛克译本手稿，现藏哈佛大学燕京图书馆

约瑟夫·洛克（1884—1962）[①]

大约60年前，一个刚刚康复的奥地利青年迫不及待地离开家乡想去看外面的世界，但是他的环球旅行直到10年后才完成，因为他中途停留在了夏威夷。他一生有两个家，一个在夏威夷，另一个在中国。这个活力四射、才华横溢、富有传奇色彩的科学家，最开始为人所知是因为他是一位植物学家，然后是植物标本采集者、自然学家和探险家。他的研究和卓越的语言才能使他变成一位地理学家、东方学家、哲学家和人类学家。他的贡献在于夏威夷岛花卉、中国西部和中国西藏东部的历史地理研究。

1884年1月13日，约瑟夫·洛克出生在奥利地维也纳的佛朗茨。6岁那年，母亲去世，他由父亲和姐姐抚养长大。他们认为洛克将来会去教堂做一名牧师，所以很早就把他往这个方向培养。然而，他自己并不想当牧师。小时候，洛克就对陌生的土地和当地人的语言产生了浓厚的兴趣，这是由他10岁时与父亲的一次旅行引发的。他在埃及学会了阿拉伯语，并讲得十分流利，所以16岁时就在大学教授阿拉伯语。他的汉语是自学的，每天做完家务后在烛光下坚持学习。家人对他的人生规划与他自己的兴趣发生了冲突，这导致他在维也纳大学毕业后就马上离开了家。

洛克在欧洲四处游逛，他来到安特卫普，决定在英格兰度过一个夏天。因为错过了蒸汽机船，一时冲动买了一张去美国的船票，乘坐游轮去往美国。

① [美]阿尔文·乔克:《约瑟夫·洛克，1884—1962》,《分类学》，1963，12（3）。

1905 年 9 月 9 日，洛克只身来到纽约。到纽约后，他的结核病复发了，糟糕的身体状况迫使他不得不寻找气候更温暖和干燥的地方落脚，接着他去了德克萨斯州，在大学里进修英文。从那时起，他所有的论著都用英文完成。1913 年 5 月，洛克加入美国国籍。

洛克的健康状况在德克萨斯州没有得到明显改善，有人建议他去亚利桑那州。但是，他一直渴望到热带地区去。医生告诉他，干燥的沙漠气候会使他的病有所好转，否则他活不过三个月，于是他便出发前往夏威夷。有趣的是，另外一位植物学家威廉·希兰布兰德博士（Dr. William Hillebrand）也患有结核病，像他一样，洛克在夏威夷的恶劣气候中也居然奇迹般地康复了。

1907 年到达檀香山后，洛克的第一份工作是米尔斯学校（Mills School）的教师，他当时是学校的三名专职老师之一。第二年，该校更名为中太平洋学院（Middle Pacific Institute）。1908 年 9 月，洛克辞职，因为他要经常外出就医。同月，他与夏威夷毕夏普博物馆（B. P. Bishop Museum）的植物学助理查尔斯·福布斯（Charles N. Forbes）进行了一次植物学考察。福布斯 1908 年 6 月来到夏威夷，洛克向他展示了他两个月前发现的一个新树种。在福布斯发表的有关夏威夷新植物的文章中，他以 Euphorbia Rockii 命名这种树，以纪念洛克。

1908 年 10 月，洛克加入了夏威夷农业和林业委员会林业司（Division of Forestry，Board of Commissioners of Agriculture and Forestry，Territoryof Hawaii），这是夏威夷州土地和自然资源部林业司（Forestry Division，Department of Land and Natural Resources, State of Hawaii）的前身，最初洛克只是负责收集植物标本，后来担任植物助理；作为董事会的第一位，也是唯一的植物学家，他为了建立植物标本室而收集夏威夷稀有树木和灌木的种子。他的植物学知识大多是自学的，但是他的超凡能力使这项艰巨的工作变得十分容易。他不仅阅读大量的植物学文献，而且将大部分时间都花在田野考察上，很快就完全熟悉了夏威夷当地的植物。洛克对植物学的兴趣不仅限于木本植物，他还收集了完整的蕨类植物标本，并在威基基海滩（Waikiki Beach）利用亚历山大·休姆·福特（Alexander Hume Ford）为他建造的夏威夷第一艘玻璃底船发现了 limu（藻类）。标本室的标本主要从洛克的夏威夷植物收藏以及与美国本土和欧洲植物园的交换中积累起来的。贝卡里（O. Beccar）、科普兰（E. B. Copeland）、德坎多尔（C. de Candolle）、海默尔（A. Heimer）、莱顿（F. L. Lewton）、马尔泰利（U. Martell）、雷德科弗（L. Radlkofe）和扎尔布鲁克纳（A. Zahlbrucner）等专家与洛克合作鉴定夏威夷植物，并发表了许多他收藏的新物种。1909 年，他组织的林业和植物学展览会在阿拉斯加—于孔—太平洋博览会（Alaska-Yukon-Pacific Exposition）上获得金牌。他在董事会的《两年期报告》（Board' s Biennial Reports）和《夏威夷的林务员和农业学家》（The Haioaiian Foresterand Agriculturis）中撰写了许多报告。洛克早期的科学出版物构成了委员会的整个《植物学通报》（Botanical Bulletin series）系列。

1911 年 9 月 1 日，由于农业和林业委员会用于植物学方面的资金紧张，洛克被转调到夏威夷学院（College of Hawaii）。第二年夏天，在夏威夷学院的第一座永久性建筑落成时，他以无限期贷款的方式将植物标本室移交给夏威夷学院。尽管洛克已经加入了夏威夷学院，但还是继续担任农业和林业委员会的顾问植物学家（直到 1921 年）。夏威夷农业与机械艺术学院（College of Agriculture and Mechanic Arts）成立四年后，更名为夏威夷学院，洛克负责管理植物标本室。

1913 年 6 月，洛克跟随毕夏普博物馆探险队去了帕尔米拉岛考察，帕尔米拉岛以帕尔米拉植物群闻名于世。1913 至 1914 年，他自费进行了一次环球旅行，但这次旅行并不是纯粹为了游玩。他为农业和林业委员会收集了用于莫纳基亚和哈雷阿卡拉造林的种子和植物；还应美国农业部植物工业局（Bureau of Plant Industry，U.S. Department of Agriculture）的要求，把喜马拉雅地区的竹子移植到巴拿马运河区种植，该组织一直与洛克合作到1944年。洛克在欧洲和美洲的研究机构查看了他们收藏的夏威夷植物标本。德国柏林的达勒姆植物学博物馆（Botanisches Museum at Berlin–Dahlem）收藏了一批夏威夷植物标本，这是威廉·希兰布兰德1851至1871年在夏威夷收集的，洛克抄录了1000多页的笔记。1943年3月1日，博物馆的植物标本室在二战中被摧毁，所幸洛克的这些笔记被保存了下来。洛克从哈佛大学格雷植物标本馆获得阿萨·格雷博士（Dr. Asa Gray）关于夏威夷植物类型标本的记录，这些夏威夷植物标本的照片是在哈佛大学、柏林、维也纳和巴黎的博物馆拍摄的。通过与其他机构的交流，他从澳大利亚、锡兰、古巴、中南美洲、爪哇、毛里求斯、新西兰和菲律宾获取夏威夷植物的收藏和标本，从而进一步丰富了植物标本室。随后，他又进行了几次其他的植物引进之旅，自己负担全部费用：1916年，他去了菲律宾、爪哇和新加坡；1917年到加利福尼亚南部，并于1919年到达暹罗、马来西亚和爪哇。

1914年以后，洛克成为夏威夷学院系统植物学系的唯一讲师，讲授两门课程："高年级学生的系统植物学"（Systematic Botany for Advanced Student）（第一学期和第二学期，三个学分）和"显花植物研究"（Advanced Research Work in Phanerogamic Botan）（安排了学分）。1919年，他晋升为系统植物学教授。小布莱恩（Edwin H. Bryan，Jr），现任太平洋科学信息中心经理，毕夏普博物馆馆长（Curator of Collections，and Manager，Pacific Scientific Information Center，B. P. Bishop Museum），他是洛克的学生，当时是博物馆的昆虫学兼职助理，是

1919至1920学年洛克的系统植物学课程的唯一学生。洛克会用拉丁语或英语授课，课堂比较随意，而小布莱恩做了详细的笔记。在课堂上，小布莱恩有多重身份：秘书、实验室助理和装配工，每天工作几个小时，并协助编写了有关夏威夷椰子、车前草和其他植物群的说明和书目。洛克的记忆力惊人，由于没有书架和橱柜，他的狭小工作室里到处堆积着书籍和标本，但他知道自己的每一样东西放在哪里。洛克离开夏威夷之前，他和小布莱恩对植物标本进行了整理和分类。

1914年，洛克被任命为建筑与校园教职委员会（Buildings and Grounds Faculty Committe）的委员，并负责管理分配给夏威夷学院的20英亩植物园。根据《校长工作报告（1915—1917）》："为了保护这些植物，我们制订了一个计划：准备长期种植一些有价值的植物。"截至1918年，洛克在夏威夷学院的校园内种植了500多种树木。这些植物分别来自亚洲、印度尼西亚、美国本土和夏威夷。所有本地植物是从种子中生长出来的，并非移植的，其中许多是来自洛克收集的新物种。

在夏威夷期间，洛克这位精力旺盛的植物学家考察了夏威夷所有主要岛屿，在每个岛屿上考察数周或数月。他随身携带着采集植物标本所需要的设备和一部相机。他邀请当地居民协助他收集植物标本，而且说服他们预购自己的书。因此，他的书有足够的出版经费。1913年出版《夏威夷群岛的本地树木》（The Indigenous Trees of the Hawaiian Islands）。在序言中，他为自己犯的一个语法错误而道歉，毕竟英语不是他的母语。4年后，他出版了另一部专著《夏威夷的观赏树木》（The Ornamental Trees of Hawai）。两本书都附有大量的照片作为说明。洛克列出了位于檀香山努瓦努谷玛丽·福斯特夫人（Mrs. Mary E. Foster）的庄园中的植物清单，其中大多数植物是希兰布兰德引进的。该庄园后来成为檀香山市管辖的福斯特植物园。

洛克博士曾是夏威夷糖农协会实验站咨询委员会（Advisory Committee, Experiment Station of the Hawaiian Sugar Planters' Association）的成员。由于需要水来灌溉甘蔗田，而分水岭又在森林保护区中，因此洛克与他们合作进行水资源开发。他们转而发表了洛克的论文《夏威夷豆科植物》（The Leguminous Plants of Hawaii）。

洛克多次想与毕夏普博物馆建立长期的合作关系，直到1955年，这个愿望才得以实现。两者之间的合作始于1908年。1908年，福布斯和洛克考察了瓦胡岛的多个地方。1913年，小库克博士（Dr. C. Montague Cooke，Jr）和洛克花了16天的时间前往巴尔米拉岛收集贝壳和植物。博物馆在回忆录系列丛书中出版了他的两本专著。1919年，第一部专著是关于夏威夷半边莲的，董事布里格姆博士（Dr. W. T. Brigham）11年前对它就表达了浓厚的兴趣。专著出版的那天，洛克告诉博物馆，他希望“每个夏威夷家庭都能做类似的收集植物标本的工作，如果这样做了，每个家庭收集的植物标本可以组成夏威夷群岛植物标本全集”。两年后，洛克出版了关于夏威夷椰子的专著，这本书与奥多阿多·贝卡利（Odoardo Beccar）合著。就像洛克早期的作品一样，这两部专著都说明了各种分类。洛克离开夏威夷后不久，他将自己的照片和希兰布兰德的《夏威夷群岛植物群》（Flora of the Hawaiian Islands，1888）的手稿捐赠给了毕夏普博物馆，这是他在华盛顿特区从希兰布兰德的儿子那里获得的。

1920年，在夏威夷学院升格为大学之时，大学与博物馆之间达成了互惠协议，根据协议，博物馆成为夏威夷地区植物标本系统收藏的存放地。博物馆将在大学协助下收藏这些植物标本。1922年，洛克为农业和林业委员会以及夏威夷学院收集的28000个标本的植物标本室被移交给了毕夏普博物馆，该馆当时只有 53,000 个标本。1941 年，委员会标本室剩余 529 个标本，其中 315 个是洛克收集的。1958 年，夏威夷制糖业者协会将植物标本室 3000 个标本（洛克收集的占其中的 10%）送给了学校博物馆。洛克把他 1953 年后收集的标本存放在博物馆中。

洛克一直渴望去东方游历，美国农业部植物工业局外国种子和植物引进办公室（Orient and the Office of Foreign Seed and Plant Introduction，Bureau of Plant Industry，U.S. Department of Agriculture）首先为他提供了这个机会。1920 年，他被派往印度支那、暹罗、缅甸和印度寻找大风子树的种子。1918 年，夏威夷学院院长迪恩博士（Dr. A. L. Dean）已经准备了大量的菜花香精用于临床，并将其确立为汉森氏病的首个有效治疗方法。由于洛克前期工作，1921—1922 年在瓦胡岛的瓦亚霍尔森林保护区种植了 2 980 棵大风子树和相关树种。

1922 年，洛克居住在纳西族地区的首府丽江，他对这些原住民及其独特文化的兴趣促使他在十年后开始从事这项研究。洛克以丽江为基地，在附近的雪山、木里和中缅边境的 17 000 英尺高的高原上考察和收集植物标本。到 1923 年，他的足迹已经远远超出了云南。美国国家地理学会（National Geographic Society）又资助他，使他可以继续在湄公河和长江附近的山脉中考察，寻找新的植物。在此期间，他收集了 80 000 多个植物标本，以及许多尚未引入西方的亚洲观赏植物的种子。他还收集了 1 600 只鸟类动物标本，这些鸟类标本已赠送给美国国家博物馆（U.S. National Museum）。

1924 年，洛克返回华盛顿，并在那个夏天参观了阿诺德植物园（Arnold Arboretum）。阿诺德植物园的主任萨金特（C. S. Sargen）教授表示，他有意派一名植物学家到亚洲喜马拉雅山区收集木本植物的种子。在哈佛大学的资助下，洛克被选中担任该职务。除了替阿诺德植物园工作外，洛克还负责为哈佛大学比较动物学博物馆（Museum of Comparative Zoology）收集中国西北和西藏的鸟类标本。洛克返回云南，并得到了他以前的纳西族助手的帮助。此时洛克感染流感导致支气管炎发作，健康状况堪忧，再加上他的探险队屡次遭到强盗袭击，这一切让他面临巨大的挑战，但洛克还是坚持了下来。离开旧金山一年后，阿诺德植物园收到了第一包种子，此后又陆续收到更多，这些种子被分配给北美北部和欧洲北部的所有主要植物和园艺机构。洛克沿着甘肃——四川边境考察了长江沿岸的地区、甘肃省和位于西藏东北面的青海湖（海拔 10700 英尺）。他在希特霍芬山脉中搜寻植物，却发现此地几乎没有任何植被。然而，他还是尽可能地收集植物种子。几年后他发现，收集的针叶树种子被证明对气候恶劣地区的重新造林有重要作用。1925 年，洛克在甘肃大草原的卓尼修道院里度过整个冬天，他在那里观看了酥油节和这个几乎不为人所知的部落的神奇表演。第二年春天，由于戈洛克部落内部爆发冲突，他匆忙地结束了考察，随后数月考察了甘肃的乡村，该地区拥有丰富的山地景观和美丽的植物，以前没有白种人到过这里。1927 年春，他向西南方向前进，前往广西，穿过平原到达成都，并通过陆路到达重庆，然后乘轮船前往上海，于 1927 年 5 月到达上海。在此期间，他除了收集许到多包种子外，还收集了 20 000 个植物标本和 1 000 只鸟类标本。

1927 年，在美国短暂休整后，美国国家地理学会聘请洛克为他们进行为期三年的西南探险活动。1928 年 5 月，他到达纳西族摩梭部落的所在地——永宁，然后来到四川木里，在贡嘎里松贡巴山脉的 14 000 和 17 000 英尺高度上进行了勘探和考察。1928 年的冬天洛克是在雪嵩村度过的，在那里他考察了玉龙雪山的东坡。1929 年春天，他回到了四川木里，考察并绘制了贡嘎山脉地图。从夏末到秋季，他在雅砻江、湄公河、萨尔温江（译者按，即怒江）和长江的峡谷中考察。有些峡谷的墙壁在河面上两英里以上。1929 年冬天，他回到了雪嵩村，继续对玉龙雪山东坡的进行考察。他向美国国家博物馆寄去了数千种植物标本、种子和 1 700 只鸟类标本。

1930 年，洛克回到美国，短暂的访问后又被哈佛比较动物学博物馆送回中国两年。在此期间，他面临许多困难和危险，因为此时中国到处都有土匪。洛克再次与他的纳西助手一起，考察了湄公河和萨尔温河谷（译者按，即怒江河谷）以及伊洛瓦底江源头，收集了 1 800 只鸟类标本。加利福尼亚大学植物园（University of California Botanical Garden）在 1932—1933 年间资助了洛克的研究。他再次从中国西部地区收集了数千种种子和标本，包括杜鹃花、委陵菜、罂粟和报春花，并由大学分配到许多其他植物园，包括爱丁堡的皇家植物园（Royal Botanic Gardenat Edinburgh）。

因为总在这些不同的领域中穿梭，很多时候人们都认为洛克是个“迷失者”。作为美国国家博物馆（U.S. National Museum）的荣誉研究员，他的研究涉及民族学、植物学和动物学。洛克还曾是哈佛燕京学社的合作者和云南省政府的农业顾问。在他为《国家地理杂志》（National Geographic Magazine）1922—1935 年间撰写的 10 篇文章中，生动地描绘了他一生的传奇经历。

在 1933 年前往欧洲的途中，洛克告诉檀香山报纸的记者，他现在觉得自己“太老了”，无法适应野外考察的生活，因为一个月前他刚看了医生。然而，在维也纳度完假后，他于 1934 年经美国和夏威夷回到中国。他生命中的探险部分已经过去，他独自继续两年前开始的关于纳西族的研究。他花了 12 年的时间研究并翻译了纳西族的宗教文献，他的助手为他搜寻稀有的东巴经典和象形文字。1935 年，由于中国国共战争，他将自己的图书运到印度，形势稍好，又将其运回昆明。第二年又因同样的原因重复了这一过程。在此期间，他在朋友的敦促下，多次想要回到夏威夷。因为中国政局动荡，1938—1940 年，他回到夏威夷大学担任中国文化研究教授。1938 年，日本轰炸了昆明，他第三次将他的图书送到印度。除了在欧洲的短暂停留外，从 1938 年开始，他几乎一直待在云南大理。1940 年，他指示美国国家博物馆的鸟类学远征队前往安南和柬埔寨。1941 年，日本轰炸上海，他的四册专著的印版遭到破坏。到那时，他已经发表了六篇有关纳西族的文章，出版了两本专著。

由于第二次世界大战，他的研究被迫中断。1944 年，他乘飞机回到美国。从回到美国到 1945 年，他变成一名地理学家，担任华盛顿特区的美国陆军地图局的研究分析员，作为该地区唯一的权威，他绘制了中国西部的地图供美国军方使用。1929 年，他为美国国家地理协会绘制的贡嘎山脉的地图，这张地图为美国空军找到从印度到中国昆明的驼峰航线提供了帮助。

1944 年，洛克准备通过一艘邮轮将自己的图书及资料从印度的加尔各答寄回美国，邮轮行至阿拉伯海时被一艘日本军舰击沉。洛克 12 年来积累的资料毁于一旦，只剩下三卷影印本，还是美国国防部沃尔特·斯温格尔（Walter Swingle）将它们保存在美国国会图书馆（Library of Congres）。那时，夏威夷大学给他提供了一个研究助理的职位，但是他选择重回中国继续自己的纳西学研究。

1945—1950 年，洛克被聘为美国哈佛大学燕京学社（Harvard-Yenching Institute）的研究员。1946 年底，他重返中国，再次住在丽江继续翻译东巴象形文字经典。1948 年，洛克因病返回波士顿。1949 年 5 月，一伙 4000 千人的土匪威胁要袭击丽江，他带着帮助他翻译经书的东巴飞往昆明的家中。一个月后，土匪被平定，他又返回丽江，在机场有军队鸣枪欢迎他。后来他发现，中国共产党已经接管了丽江。他寻找自己的武器，发现丢失了。他被村民告知，美国人已经不再受欢迎了。帮助他翻译东巴经书的东巴也害怕报复逃跑了。洛克又在丽江待了一个月，他被看作是公敌，最终不得不永远离开他深爱的中国。

他去罗马拜见了意大利东方艺术研究所（Italian Institute of the Middle and Far East）主任图齐（Guiseppe Tucci）教授，希望可以继续完成纳西学著作。东方艺术研究所出版了他的几部著作，它们都被收入东方学丛书。他花了两年的时间往返英国和印度之间，仍然希望可以找机会回到中国。

在中国居住期间，洛克收集和翻译了8000多册纳西族的东巴文献，撰写了许多关于纳西族的论著，并拍摄了第一张西藏边疆地区的自然风光的照片。他向西方世界引进了493种杜鹃花，比以前美国已知的杜鹃花的种类还要多。这些植物由他的赞助机构种植在旧金山金门州立公园、加利福尼亚大学植物园、普吉特海峡地区、美国东海岸、加拿大、阿诺德植物园、基尤花园（Kew Garden）和爱丁堡皇家植物园（Royal Botanic Gardens at Edinburgh）。他还从中国引进了抗枯萎病的栗子，这些栗子被美国农业部广泛种植，希望能将这种植物种植到美国的森林中。在一次旅行中，他收集了6000株栗树。他还带回了许多针叶树种子，包括云杉、冷杉、铁杉、松树和杜松树，以及数百种开花植物。他在美国国家博物馆、阿诺德植物园和哈佛比较动物博物馆保存了数以千计的植物、鸟类和几十种哺乳动物的标本。他的部分植物标本被送往欧洲草药研究所进行鉴定，在那里和其他美国机构也发现了复制品。

洛克在中国搜集了很多珍贵的书籍，最开始把它们存放在夏威夷大学，几经辗转，最终被华盛顿大学以25000美元的价格买下。1954年，他凭借大量关于中国西部的论著被任命为华盛顿大学远东与俄罗斯研究所（University of Washington’s Far East &Russian Institute）的永久名誉研究员。

为了在夏威夷建立植物园，最终洛克回到他深爱的夏威夷群岛。有一段时间，洛克和他的朋友哈罗德·里昂博士（Dr. Harold L. Lyon）一起成立了自己的公司，哈罗德·里昂是夏威夷糖业协会（HSPA Experimen Station）的名誉董事。在1953年的访问中，洛克复印了希兰布兰德关于夏威夷植物类型的手稿。第二年，他大部分时间都是在毛伊岛上度过的。1955—1956年，他做关于考艾岛和夏威夷岛植物的研究；1956—1957年，做关于夏威夷群岛上植物的研究。

1955年12月，洛克被任命为毕夏普博物馆的名誉植物学助理，后来发表了四篇新物种的论文，这些论文主要是关于半边莲科的。他收集的所有夏威夷植物标本都存放在毕夏普博物馆，还有他40年前做的关于夏威夷植物的笔记和拍的照片。他又得到了一本绝版的书，《夏威夷群岛上的土著树木》（The Indigenous Trees of the Hawaiian Islands）。

在后来的几年里，洛克将自己大部分植物学知识归于"路边"（译者按，也就是很普通的知识）这一类。因为利用二战期间修建的吉普车道路，现在很容易参观以前无法进入的地区。他发现35年前他所熟悉的许多物种已经灭绝，只剩下"草本植物中的干尸"。尽管他已经离开夏威夷很长一段时间了，但他仍然了解这些植物和它们生长的地方。

洛克被认为是"夏威夷植物学之父"，那么他的前任希兰布兰德就是"祖父"。他收集的植物标本非常丰富，因为他在夏威夷原始森林中进行过广泛收集。重复的植物在美国纽约植物园、格雷博物馆、阿诺德植物园、国家博物馆等地还能见到。他在他的56种论著中描述了数百个新物种及其变种，这些都是由他在夏威夷期间写作的。他被认为是夏威夷椰子、山梗菜科和其他本地植物群的专家。夏威夷人称他为Pohaku，夏威夷语中的"洛克"。

洛克的语言能力非常出色。德语是他的母语，年轻时他从祖母那里学会了匈牙利语，并在15岁时自学了的汉语。他16岁时就在维也纳大学教阿拉伯语。

他能说流利的意大利语、法语、西班牙语、藏语、拉丁语、希腊语以及中国西部的汉语方言。他可以阅读日语、北印度语和梵语的书籍。当他访问冰岛等国家时，他能够快速理解当地的语言，并与人们交流。他说英语没有日耳曼语的口音。

洛克博士是许多组织的会员，并获得了许多奖项。1930 年，奥地利维也纳大学（Vienna University in Austria）和德克萨斯州的贝勒大学（Baylor University in Waco, Texas）授予他法学博士学位；1962 年 4 月，夏威夷大学授予他理学荣誉博士学位。在邱园 200 周年庆典上，皇家园艺协会（Royal Horticultural Society）授予洛克金牌；1948 年获得巴黎法国学院（Institutdes Belles Lettres by the Academie Frangaise）颁发的斯坦尼斯劳斯朱丽安奖。他还获得美国杜鹃花协会（American Rhododendron Society）的金牌。1954 年，他成为美国国家地理学会、哈佛旅行者俱乐部（Harvard Traveller Club）、伦敦杜鹃花协会（Rhododendron Association）和北美百合学会（North American Lily Society）的名誉终身会员。还是美国地理学会、皇家地理学会（伦敦）和孟加拉皇家亚洲学会的研究员，河内巴黎东方高级法语学校的通信会员（1938 年），华北皇家亚洲学会、美国植物学会、托里植物俱乐部、中国西部边境研究学会、华盛顿生物学会、美国报春花学会、加利福尼亚园艺学会、西雅图杜鹃花学会和高山花园学会的会员。在夏威夷，他是夏威夷植物学会、福斯特花园之友和夏威夷植物园基金会的名誉会员，也是夏威夷大学校园美化和园林绿化委员会的名誉主席（1962—1963 年）。夏威夷大学将校内的一条路命名为“洛克路”，洛克还入选《美国名人录》《科学人》。1909 年，查尔斯·福布斯（Charles N. Forbes）第一次以洛克的名字命名新物种，如今，数百种植物和鸟类都使用 Rockii 来命名。1913 年，海默尔建立了罗基亚属（Rockia），其中有一种名为

R.sandwicensis（丹科）。这样做是为了区分洛克的收藏，因为他收集了某些新物种的第一个，有时是唯一的样本。

洛克在去世前不久，正在欧洲对纳西东巴经典进行分类。为了研究纳西学，他遭遇了很多困难，包括土匪、战争、轰炸、通货膨胀、霍乱和其他疾病以及手稿的遗失。《纳西语英语百科辞典》是他对纳西文化漫长而艰苦研究的结晶，而此后西方很少有人涉及这一研究领域。

洛克患心脏病后又移居夏威夷。1962 年 12 月 5 日，他在檀香山努阿努河谷上游的莱斯特·马克斯夫妇家中突发心脏病。他从 1957 年起就和他们一起住。他在那里的温室里种满了本地和外来的植物，他还培育出夏威夷半边莲。一些夏威夷植物将来会种植在毕夏普博物馆。1962 年，他向夏威夷大学捐赠了 80 种植物，进一步丰富了他 50 年前创建的原校园热带植物园。

尽管 40 年来，他的兴趣主要集中在中国西部的人文地理，但他去年（译者按，1962 年）向笔者坦言，如果有人给他带来夏威夷半边莲，他会很高兴的。这一点在他去世前发表的最后一篇植物学论文中有所体现，该论文题为《夏威夷半边莲》。他仍然有志于植物学，这一点由他出席夏威夷植物学会讲座可得到证实。就在他去世前两天，这位夏威夷和中国的植物采集专家还计划两周后到夏威夷岛进行植物学旅行。

在洛克最后一次公开露面一周后的 12 月 10 日，Pohaku（译者按，夏威夷人对洛克的称呼）与世长辞，安息在努乌阿努山谷的瓦胡岛公墓，他所爱的植物伴在其左右。

洛克论著目[1]

1909

（1）A new Hawaiian Scaevola（*S. Swezeyana*）. Bul. Torrey Bot. Club 36: 645–646, fig. 1.

《一种新的夏威夷斯凯沃拉》

（2）A new Hawaiian shrub. Hawn. For. & Agr. 6（12）: 503.

《一种新的夏威夷灌木》

1910

（3）Some new Hawaiian plants. Bul. Torrey Bot. Club 37: 297–304, figs. 1–5.

《一些新的夏威夷植物》

1911

（4）Report of the Botanical Assistant. Hawaii, Bd. Commrs. Agr. & For., Rep., bien.per. end. Dec. 31, 1910: 67–88, pls. 10–22.

《植物学助理的报告》

（5）New and noteworthy Hawaiian plants. Hawaii, Bd. Agr. & For. Bot. Bul. 1: 1–14, pls. 1–6（with L. Radlkofer）.

《新的值得注意的夏威夷植物》

① 根据艾文（Alvin K. Chock）、小布莱恩（E. H. Bryan, Jr.）和洛伊·马克斯夫人（Mrs. Loy Marks）整理的论著目增补而成。专著前加 *。

（6）Notes upon Hawaiian plants with descriptions of new species and varieties. Col. Hawaii Bul. 1:1–20, pls. 1–5.

《夏威夷植物的新品种和变种笔记》

（7）A synopsis of the Hawaiian flora. Thrum’s Hawn. Ann.（1912）: 115–116.

《夏威夷植物区系概要》

1912

（8）Mauna Loa on Feb. 17, 1912. Hawaii Vol. Obs.,（first）rep.: 73, 1 pl.

《2 月的莫纳洛亚》

（9）Indigenous trees of the Hawaiian Islands（Synopsis of a new forthcoming book）. Thrum’s Hawn. Ann.（1913）: 115–116.

《夏威夷群岛的本土树木》

1913

（10）*The ferns of Hawaii*. Friend 71（2）: 28–30, 40.

《夏威夷的蕨类植物》

（11）List of tree seeds adaptable for planting in Hawaiian forests, with especial adaptation to altitude, climate and soil conditions.（In: Giffard, W. M. Some observations on Hawaiian forests and forest over in their relation to water supply（pp. 28–47）. Hawaii, Bd. Commrs. Agr. & For., Rep., bien. per. end. Dec. 31, 1912: 44–47, pls. 2–5.

《适合在夏威夷森林种植，特别是适应海拔、气候和土壤条件的树种清单》

（12）Report of the Consulting Botanist. Hawaii, Bd. Commrs. Agr. & For., Rep., bien. per. end. Dec.31, 1912: 95–99, pls. 18–20.（An account of the herbarium and a forthcoming book, In:）Report of the Department of General Science. College of Hawaii, Report of Bd. of Regents to the Legislature of 1913. Col. Hawaii, Col. Rec. 9: 21–24.

《植物学家报告》

（13）*The indigenous trees of the Hawaiian Islands. v + 518 pp., 218 pls. Honolulu.List of Hawaiian names of plants. Hawaii, Bd. Agr. & For., Bot. Bul. 2: 1–20.

《夏威夷群岛的本土树木》

（14）*Descriptions of new species of Hawaiian plants.* Col. Hawaii Bul. 2: 39–47, pls. 9–12.

《夏威夷植物新种记述》

（15）Remarks on certain Hawaiian plants described by H. Leveille in Fedde Repertorium X. 10/14（1911）: 156–157. Col. Hawaii Bul. 2: 48–49.

《关于某些夏威夷植物的评论》

1914

（16）Revisio plantarum Hawaiiensium a Leveille descriptarum. Fedde, Rep. Spec. Nov. Reg. Veg. 13:352–361.

《夏威夷车前草》

1915

（17）Report of the Consulting Botanist. Hawaii, Bd. Commrs. Agr. & For., Rep. bien. per. end. Dec.31, 1914: 81–84.

《植物学家报告》

（18）Vegetation der Hawaii-Inseln. Eng. Bot. Jahrb. 53（1-2）: 275-311（translated by K. Krause）.

《夏威夷植被》

（19）A new Hawaiian Cyanea. Bul. Torrey Bot. Club 42: 77-78, pl. 8.

《新夏威夷蓝藻》

（20）（Report of）Systematic botany. College of Hawaii, Report of Bd. of Regents to the Legislature of 1915. Col. Hawaii, Col. Rec. 12: 29-32.

《系统植物学报告》

1916

（21）Palmyra Island, with a description of its flora. Col. Hawaii Bul. 4: 1-53, pls. 1-20, 1 fig., 1 map（with O. Beccari, A. Zahlbruckner, U. Martelli, H. L. Lyon, and M. A. Howe）.

《帕尔米拉岛及其植物区系描述》

（22）Preliminary list of plants growing in Mrs. Mary E. Foster's grounds, Nuuanu Avenue, Honolulu.Hawn. For. & Agr. 13（4）: 113-123, pls. 1-4.

《玛丽·福斯特太太植物园植物的初步清单》

（23）Some plants of Hawaii. Mid-Pac. Mag. 11（6）: 578-583, 3 figs.

《夏威夷的一些植物》

（24）A new species of Pritchardia. Bul. Torrey Bot. Club 43: 385-387, pl. 21, fig. 1.

《普里查迪亚的一个新品种》

（25）The sandalwoods of Hawaii. A revision of the Hawaiian species of the genus

Santalum. Hawaii, Bd. Agr. & For. Bot. Bul. 3: 1–43, pls. 1–13.

《夏威夷的檀香林》

1917

（26）Sandalwoods in Hawaii. Mid–Pac. Mag. 13（4）: 356–359, 3 figs.

《夏威夷的檀香》

（27）Report of the Consulting Botanist. Hawaii, Bd. Commrs. Agr. & For., Rep., bien. per. end. Dec.31, 1916: 60–62.

《植物学家报告》

（28）Notes on Hawaiian Lobelioideae. with descriptions of new species and varieties. Bul. Torrey Bot. Club 44: 229–239, pls. 9–16.

《夏威夷半边莲科》

（29）The ohia lehua trees of Hawaii. A revision of the Hawaiian species of the genus Mctrosideros Banks, with special reference to the varieties and forms of Metrosideros collina（Forster）A.Gray subspecies polymorpha（Gaud.）Rock. Hawaii, Rd. Agr. & For. Bot. Bul. 4: 1–76, pls.1–31.

《夏威夷的欧海乐华树》

（30）Revision of the Hawaiian species of the genus Cyrtandra, section Cylindrocalyces Hillebr. Am.Jour. Bot. 4: 604–623, figs. 1–5.

《仙人掌属夏威夷种的修订》

（31）*The ornamental trees of Hawaii. v + 210 pp., 79 pls., 1 color pl. Honolulu.

《夏威夷的观赏树》

（32）Hawaiian trees–a criticism. Bul. Torrey Bot. Club 44: 545–546.

《夏威夷树》

（33）Trees recommended for planting. Hawn. For. & Agr. 14（11）: 331–337（1917）and Hawn. P1.Rec. 18: 414–421（1918）.

《建议种植的树木》

1918

（34）Pelea and Platydesma. Bot. Gaz. 65（3）: 261–267, 1 pl.

《佩利亚和普拉蒂斯玛》

（35）New species of Hawaiian plants. Bul. Torrey Bot. Club 45: 133–139, pl. 6.

《夏威夷植物新品种》

（36）Cvrtandreae Hawaiienses, sect. Crotoncalyces Hillebr. Am. Jour. Bot. 5: 259–277, pls. 18–23.

《夏威夷的龙胆科植物》

1919

（37）Cyrtandreae Hawaiienses, sections Schizocalyces Hillebr. and Chaetocalyces Hillebr. Am Jour.Bot. 6: 47–68, pls. 3–8.

《夏威夷仙人掌科》

（38）One government forest. Reserve lands at Kulani, Hawaii described. IHawn. For. & Agr. 16（2）:39–40, 3 pls.

《一片政府森林》

（39）*A monographic study of the Hawaiian species of the tribe Lobelioideae, family Campanulaceae.

《半边莲科夏威夷种的专题研究》

（40）B. P. Bishop Mus. Menm7.（2）: i–xvi, 1–395, frontisp., pls. 1–217.

《穆斯主教菜单》

（41）Report of the Consulting Botanist. Hawaii, Bd. ComnmrsA. gr. & For., Rep., bien. per. end. Dec.31, 1918: 51–53.

《植物学家报告》

（42）Cyrtandreae Hawaiiensis, section Microcalyces Hillebr. Am. Jour. Bot. 6: 203–216, pls. 29–32.

《夏威夷苏铁树》

（43）The arborescent indigenous legumes of Hawaii. Hawaii, Bd. Agr. & For. Bot. Bul. 5: 1–53, pls.1–18.

《夏威夷乔木状的本地豆科植物》

（44）The Hawaiian genus Kokia, a relative of the cotton. Hawaii, Bd. Agr. & For. Bot. Bul. 6: 1–22 pls. 1–7.

《夏威夷的科基亚属植物》

1920

（45）Poisonous plants of Hawaii. Hawn. For. & Agr. 17（3）: 59–62 and 17（4）: 97–101.

《夏威夷有毒植物》

（46）The genus Plantago in Hawaii. Am. Jour. Bot. 7（5）: 195–210, pl. 13.

《夏威夷车前属》

（47）*The leguminous plants of Hawaii, being an account of the native, introduced, and naturalized trees, shrubs, vines, and herbs belonging to the family Leguminosae. Hawn. Sugar P1. Assn. Expt. Sta. x + 234 pp., 93 pls.

《夏威夷的豆科植物，是一种本地、引进和归化的乔木、灌木、藤蔓植物和草本植物》

（48）The forest of Mt. Gedeh, West Java. Hawn. P1. Rec. 22（2）: 67–104, illus.

《盖德山森林》

1921

（49）*A monographic study of the genus Pritchardia. B. P. Bishop Mus. Mem. 8（1）: 1–77, pls. 1–24, fig. 1（with Odoardo Beccari）.

《普氏菌属的专题研究》

（50）The akala berry of Hawaii. Jour. Hered. 12（4）: 147–150, 3 figs.

《夏威夷的阿卡拉浆果》

1922

（51）The chaulmoogra tree and somle related species. A survey conducted in Siam, Burma, Assam and Bengal. U.S.D.A. Bul. 1057: 1–29, pls. I–XVI（with David Fairchild and Frederick B. Power）.

《乔木属乔木及其近缘种》

（52）Hunting the chaulmoogra tree. Nat. Geog. Mag. 41: 243–276, 39 pls., 1 map.

《猎杀乔木》

1923

（53）Expedition to Tibet of the National Geographic Society. Sci., n.s. 58: 460.

《国家地理学会西藏考察团考察》

1924

（54）Banishing the devil of disease among the Nashi: weird ceremonies performed by an aboriginal tribe in the heart of Yiinnan Province, China. Nat. Geog. Mag. 46: 473–499, 26 pls., 1 map.

《纳西人中的驱病魔仪式》

1925

（55）Land of the yellow lama: National Geographic Society Explorer visits the strange Kingdom of Muli, beyond the Likiang Snow Range of Yiinnan Province, China. Nat. Geog. Mag. 47:447–491, 39 pls., 1 map.

《黄喇嘛之乡：国家地理学会探险家游览云南丽江雪山外的木里奇异王国》

（56）Experiences of a lone geographer: an American Agricultural Explorer makes his way through brigand–infested Central China en route to the Amne Machin Range, Tibet. Nat. Geog. Mag. 48: 331–347, 16 pls., 1 map.

《一位孤独的地理学家的经历：一位美国农业探险家在前往泰伯州阿姆麦金山的途中，穿越了中国中部的布里干河》

（57）Field notes of the Rhododendrons collected by Rock in 1923/4. Rhod. Assn.: 151 pp.（with L. Nde Rothschild）.

《1923/4 年洛克收集的杜鹃花的野外记录》

1926

（58）Through the great river trenches of Asia: National Geographic Society Explorer follows the Yangtze, Mekong, and Salwin through mighty gorges, sonie of whose canyon walls tower to a height of more than two nliles. Nat. Geog. Mag. 50: 133–186, 47 pls., 1 map.

《穿越亚洲的大河沟：国家地理学会探险家沿着长江、湄公河和萨尔温江穿过巨大的峡谷，索尼亚的峡谷壁高达两英里以上》

1928

（59）Life among the Lamas of Choni: describing the mystery plays and butter festival in the monastery of an almost unknown Tibetan principality in Kansu Province, China. Nat. Geog. Mag. 54. 569–619, 34 pls., 16 color pls., 1 map.

《卓尼喇嘛的生活：描述中国甘肃省一个几乎不知名的藏族公国寺院里的神秘戏剧和酥油节》

（60）Field notes of Rhododendrons collected by Rock in 1925 and 1926. Rhlod. Assn.: 17 pp.

《1925 年和 1926 年洛克采集杜鹃的野外记录》

1929

（61）The voyage of the Luka to Palmyra Island. Atlantic Mo. 144（9）: 36）–366.

《卢卡到帕尔米拉岛的航行》

（62）Choni–the place of strange festivals. Ill. London News 175（4718）: 494–

497, 520, illus.

《卓尼的奇特的节日》

（63）A demon dance by Tibetan Lamas. Ill. London News 175（4719）: 530–531, illus.

《西藏喇嘛的魔舞》

（64）Demon dancers of Choni. I11. London News 175（4719）: 549–551, illus.

《卓尼的魔舞》

（65）Butter as a medium of religious art: gods and "pagodas" . Ill. London News 175（4721）: 636–639, illus.

《酥油作为宗教艺术的媒介：神与“宝塔”》

1930

（66）Seeking the mountains of mystery: an expedition on the China–Tibet frontier to the unexplored Amnyi Machen Range, one of whose peaks rivals Everest. Nat. Geog. Mag. 57: 131–185, 54 pls., 1 map.

《寻找神秘之山：在中国西藏边境到未探明的安尼玛琴山脉的探险，那里的山峰之一与珠穆朗玛峰相媲美》

（67）Glories of the Minya Konka: magnificent snow peaks of the China–Tibetan border are photographed at close range by a National Geographic Society Expedition. Nat. Geog. Mag. 58: 385–437, 35 pls., 24 color pls., 1 map.

《闽雅孔卡的辉煌：国家地理学会远征队近距离拍摄的中藏边境壮丽雪峰》

1931

（68)Konka Risumgongba, holy mountain of the outlaws. Nat. Geog. Mag. 60: 1–65, 36 pls., 43 color pls., 1 map.

《孔卡山，亡命之徒的圣山》

（69）Field notes of Rhododendrons collected by Rock 1929. Rhod. Assn.: 22 pp.

《1929 年洛克收集的杜鹃花野外记录》

1933

（70）Land of the Tebbus. Geog. Jour. 81: 108–127.

《特布斯之地》

1935

（71）Rock Rhododendrons. Supplement to the Rhododendron Association Year Book 1935: 202–245.

《洛克杜鹃花》

（72）The story of the flood in the literature of the Mo–so（Na–khi）tribe. Jour. W. China Border Res.Soc. 7: 64–80, pls. I–VII, fig. 1.

《纳西族文献：洪水的故事》

（73）Sungmas, the living oracles of the Tibetan Church. Nat. Geog. Mag. 68: 475–486, 1 pl., 12 color pls.

《圣母，西藏教会的活神谕》

1936

（74）The origin of the Tso-la books, or books of divination of thde Na-khi or Mo-so tribe. Jour. W. China Border Res. Soc. 8: 39–52, 6 figs., 1 pl.

《纳西人占卜书"左拉"的来历》

（75）Ha-la or the killing of the soul as practiced by Na-khi sorcerers. Jour. W. China Border Res. Soc.8: 53–58, 2 pls., 1 fig.

《赫拉（祭风）仪式——纳西巫师施行消灭灵魂之法术》

1937

（76）Nichols Mo-so manuscripts of the American Geographical Society. Geog. Rev. 27（2）: 229–239, 4 figs.

《美国地理学会所藏尼尔么些手稿》

（77）*Studies in Na-khi literature. I. The birth and origin of Dto-mba Shi-lo, the founder of the Mo-so shamanism, according to Mo-so manuscripts. II. The Na-khi Ha zhi P' i, or the road the gods decide. Bul. Ecole Fran. Extreme-Orient 37（1）: 1–119, pls. I–XLI.

《纳西文献研究》（第一部:《东巴什罗的诞生》; 第二部:《纳西族的神路图》）

（78）The birth and origin of Dto-mba Shilo, the founder of Mo-so shamanism, according to Mo-so manuscripts. Artibus Asiae 7（1–4）: 1–85, pls. 1–16.

《东巴什罗的诞生》

1938

（79）The Zher-khin Tribe and their Religious Literature, In: Monumenta Serica,

3, p.171–190, 1938

《日喜部落及其他们的宗教文献》

1939

（80）Romance of Ka–ma–gyu–mi–gky; a Na–khi tribal love story translated from Na–khi pictographic manuscripts. Bul. Ecole Fran. Extreme–Orient 39（1）: 1–155, pls. I–XXXII.

《开美久命金的爱情故事》

1947

（81）*The ancient Na–khi kingdom of southwest China.（2 vols.）Harvard–Yenching Inst. Monograph Ser. 8: i–xx, 1–274, pls. 1–152 and 9: 275–554, pls. 153–256, 4 maps.

《中国西南古纳西王国》

1948

（82）*The Muan Bpo ceremony or sacrifice to heaven as practiced by the Na–khi. Mon. Ser. 13（1）:1–160, pls. I–IV. Jour. Orient. Stud. Cath. U. Peking.（Reprinted in Mon. Ser. 13（1948）, Tokyo and Ann. Later. 16: 9–158（1952）, Rome.）

《纳西人祭天仪式》

1952

（83）*The Na–khi Naga cult and related ceremonies.（2 vols.）Ser. Orient. Roma 4（1）: i–xi, 1–383, frontisp., pls. A–F, I–XXX and 4（2）: i–xii, 384–806, frontisp., pls. G–L, XXXI–LVIII. Is. M.E. O., Rome.

《纳西族的纳迦崇拜及其有关仪式》

1953

（84）Excerpts from a history of Sikkim. Anthropos 48: 925–948, 1 pl.

《锡金历史摘录》

1954

（85）Some of the experiences of a plant hunter in China. Amer. Rhod. Soc., Quart. Bul. 8（3）: 149–151,1 pl.

《在中国采集植物标本的一些经验》

1955

（86）The D' a Nv funeral ceremony with special reference to the origin of Na–khi weapons. Anthropos 50: 1–31, 5 pls.

《纳西人“达努”葬礼仪式与纳西武器的起源之特殊关系》

（87）*The Zhi–ma funeral ceremony of the Na–khi of southwest China. Stud. Inst. Anthropos 9: i–xvi, 1–230, pls. 1–10. Vienna–Molding.

《中国西南纳西族的“日美”丧仪》

1956

（88）List of Collectors' Numbers: Rock. Rhododendron Handbook 1956: 155–170. llRhol. Cp., Roy Hort. Soc.

《收集者名单：洛克》

（89）*The Amnye Ma–chhen Range and adjacent regions; a monographic study. Ser. Orient. Rora 12: i–xi, 1–194, pls. I–LXXX, 5 maps. Is. M. E. O., Rome.

《阿里玛卿山脉及邻近地区》

1957

（90）A new variety of silvcrsword. B. P. Bishop Mus. Occ. Pap. 22（4）: 31–33, fig. 1（witli Marie C. Neal）.

《西尔维斯沃德的一个新变种》

（91）Some new Hawaiian Lobelioids. B. P. Bishop Mus. Occ. Pap. 22（5）: 35–66, figs. 1–14.

1959

《一种新的夏威夷半边莲》

（92）Some photographs from Dr. J. F. Rock. An. Rhod. Soc., Quart. Bul. 13（2）: 68–72, figs. 16–20 and 13（3）: 136–139, figs. 3540.

《洛克博士的拍的一些照片》

1959

（93）Contribution to the shamanism of the Tibetan–Chinese borderland. Anthropos 54: 796–818, 6 pls.

《献给西藏——中国边疆的萨满教》

1962

（94）Campus trees and plants. University of Hawaii. 28 pp., map.（with V. J. Krajina and Harold St. John）.

《夏威夷大学的树木》

（95）A new Hawaiian Pritchardia. B. P. Bishop Mus. Occ. Pap. 23（4）: 61–63, fig. 1.

《一个夏威夷椰子新品种》

（96）Hawaiian Lobelioids. B. P. Bishop Mus. Occ. Pap. 23（5）: 66–75, figs. 1–5.

1962–1963

《夏威夷半边莲》

（97）A Na-khi-English Encyclopedic Dictionary.（2 vols.）Ser. Orient. Roma 28: i–xliii, 1–508, frontisp.,pls. I–XXVIII and XXIX: 1–589, frontisp., pls XXIX–LVII.（in press）. Is. M. E. O., Rome.

《纳西语英语百科辞典》（上）

1963

（98）The Life and Culture of the Na-khi Tribe of the China-Tibet Borderland, Verzeichnis der orientalischen Handschriften in Deutschland, Franz Steines verlag Gmbh, Wiesbaden, 1963

《中国西藏边疆纳西人的生活与文化》（英文、德文）

（99）A Na-khi-English Encyclopedic Dictionary, Part I, Serie Orientale Roma XXVIII, Instituto Italiano per il Medio ed Estremo Oriente, Rome, 1963

《纳西语英语百科辞典》(上)

1965

(100) Na-khi Manuscripts, Part I and II,Verzeichnis der orientalischen Handschriften in Deutschland, 7, Wiesbaden, 1965

《纳西东巴古籍目录》

1972

(101) A Na-khi-English Encyclopedic Dictionary, Part II: Gods, Priests, Ceremonies, Stars, Geographical Names, Serie Orientale Roma XXVIII, Instituto Italiano per il Medio ed Estremo Oriente, Rome,1972

《纳西语英语百科辞典》(下)

前 言

一、关于《日美仪式·手执油灯》

根据洛克的记述，这是一本失传的经书，至今在丽江已经见不到了。洛克在《纳西东巴古籍目录》172—173 页中这样介绍这本经书：

Hs.Or.1373. SB, Marburg（R.2173）<with fol. 1-8>

^{2}Mb‘a-^{2}mi ^{1}la ^{2}dta: To place a lamp in the hand.

[List: VIII,34,aal

This is one of the rarest and oldest texts in the collection. It dates back long before 1723 when coffins were first used in Li-chiang.（The first coffins in the province of Yün-nan were introduced in A.D. 1279 by Sai-yin-o-te-ch’i 赛音楞德齊，a native of Bokhara who was governor of Yün-nan for six years.）

Hs.Or.1373（R.2173）is not as complete as the other two manuscripts which came into my possession（R.2010 and R.2012）.

After the demise of a person a ^{2}Dto-^{1}mba was called to the house. The corpse was set upright in bed and a butter-lamp was placed in his hand by the ^{2}Dto-^{1}mba who chanted the manuscripts.

For translation see ZMFCNE swc, pp.22-48.

现藏德国马尔堡图书馆，编号 1373（洛克编号 2173），共 16 页。

^{2}Mʻba-^{2}mi ^{1}la ^{2}dta[mba^{33}mi^{33}la^{21}ta^{33}]: 手执油灯

这是一个罕见且古老的抄本，可以追溯到公元 1723 年之前，彼时丽江开始实行土葬。公元 1279 年，赛音楞德斋[①]在云南省最先推行土葬，他是布哈拉的土著，在云南省任职 6 年。

编号 1373（洛克编号 2173）的这本经书是不完整的，在我的藏书中还有两册相对完整的抄本，编号分别是 2010 和 2012。

人死之后，东巴被叫到房子里去。尸体放在床上，东巴手执油灯开始吟诵这本经书。这本经书的翻译见《中国西南纳西族的日美丧仪》第 22—48 页。

《纳西族东巴教仪式资料汇编》记载：[②]

给死者燃灯时，燃灯者要边点灯边念诵说："点着灯去你的终身伴侣那里，点着灯去你的勒者父亲和补冷母亲那里，点着灯去三代祖父、四代祖父那里。太阳光没有照射到的地方，让油灯的灯光去照射那里；月亮的光芒没有投射到的地方，让油灯的灯光投射到那里。需要用脚去踏的高处和低处，需要用眼去看的远处和近处，让油灯的灯光照亮那些地方。"燃灯后，请一人去门外高地吹三声牦牛号角，告知天地、祖先和村民老人已经去世，听见号角声后，各户将两根柴竖在大门两侧挡鬼，然后纷纷来丧家吊唁。

二、关于洛克的译本

洛克的译本一共分为三个部分：1. 经书重抄本；2. 句译；3. 对于经文字词的解说。以下是洛克译本的样张。

---

① 译者按，赛典赤·赡思丁。

② 云南省社科院东巴文化研究所：《纳西族东巴教仪式资料汇编》，云南民族出版社，2004 年版，第 182 页。

1. 经书重抄本

^{2}MB'A-^{2}MI ^{1}LA ^{2}DTA

Translation of text

Page 1

rics:

In the beginning of time.
first there were the stars in heaven, that day was propitious, on that the grass was born on the land, to-day the grass is green, to-day is au cious.
On the left the sun appears, to-day the sun is hot, on the right the m appears, to-day the moon is bright.
In the north at ^{2}La-^{1}ssaw-^{3}dto-^{2}k'ö-^{1}p'ĕr the Tibetan is well verse casting horoscope(s) for the year, this year is propitious.
In the south the ^{2}Lä-^{2}bbŭ from ^{2}Bbŭ-^{3}lv-^{2}zhi^{1}zaw-^{2}man̲ is proficien casting the horoscope for the month, this month is auspicious.
In the center in ^{2}Dzī-^{1}ndsu-^{3}lü-^{2}gv the ^{1}Na-^{2}khi is proficient in cas the horoscope for the day (night), to-night is propitious.
To-night the stars and ^{1}Zü are propitious, to-day is propitious.
The ^{2}Ts'u-^{1}bpö-^{2}swue-^{2}p'ä-^{3}haw and the family of the ^{2}Nddü-^{1}lä-^{2}ch'i- ^{2}ghügh, their desirable father ^{2}Gko-^{1}p'ĕr-^{2}gko-^{3}nun̲ ^{3}dtv died.
To-day, I, like the chief, I, the ^{2}dto-^{1}mba able to chant say to you, in presence of you deceased.

2. 句译

Explanation of text

·. 1: We see the head of a tiger with which all texts commence, the ti
is usually colored. It stands for . . . "In the beginning of time . . ."
ıdy explained, *see NNCKC*, Vol. 2: 387. The next symbol is not re
·presents a ^{2}dto-^{1}mba or priest holding in one hand the funeral wı
·n-^{1}t'u, such an officiating ^{2}dto-^{1}mba is termed ^{2}Lo-^{1}ch'ung-^{2}ndaw-^{1}k
only when he performs a funeral rite or the ^{2}Khi ^{3}Nv ceremony. In
r hand he holds a book.

3. 字词的解说

三、洛克音标

洛克音标是洛克在记录纳西语时发明的一套标音系统，绝大部分符号源自拉丁字母。洛克不是语音学家，我们在他的论著中没有发现他归纳的纳西语音系。洛克在《纳西语英语百科辞典》中对他记录的纳西语方言做了简单说明。

辞典中所使用的方言是丽江地区居民所说的方言，不是丽江城里（译者按，即大研镇）的方言，因为城里人发不出纳西语的某些复合音，而且丽江城居民的语言中已掺杂了汉语，就像生活在西藏与丽江交界地区的纳西族说话时掺杂了藏语一样。辞典所选择的方言是金沙江河谷中丽江北部和西部村子中所说的纳西语。①

关于东巴文记录的纳西语方言，和志武先生曾指出："东巴经语言的音位系统，基本上与西部方言口语一致，各地东巴诵经时均按各自操土语读音，所不同的是：大研镇土语只有一套浊辅音，其他土语，如维西、香格里拉的白地、丽江的塔城、鲁甸、宝山等广大地区，则分为纯浊辅音和鼻冠浊辅音两套；再

① Rock J . A Na-khi-English encyclopedic dictionary. Istituto italiano per il Medio ed Estremo Oriente, 1963, ppXXVI.

者，宝山土语少 zz、rh、f 三个辅音音位。”[①] 根据洛克的描述，我们基本可以判断洛克音标记录的是纳西族西部方言，并且带有鼻冠浊辅音。

洛克在《纳西语英语百科辞典》中对他使用的音标也作了说明。

辞典中并没有使用国际音标记录纳西语，但是有一个我的音标与国际音标的对照表。我们认为国际语音学会所采用的符号并不能完全准确地记录纳西语中的某些复合音，所以必须发明一些新的符号。另外，对于其他语种的人来说，纳西语中的某些音是很难发的，而且仅根据国际语音学会所用的字母把纳西语音完全正确地标出来是不可能的。[②]。

洛克认为，国际音标的符号不足以记录纳西语，所以发明了一些新的符号。虽然洛克自己制定了《纳西语洛克音标与国际语音学会音标对照表》，但是对于一般读者来说，认读洛克音标难度依然很大。在洛克的论著《纳西族的纳迦崇拜及其相关仪式》（下简称《纳》）第 21 页、《东巴教教主东巴什罗的来历》（下简称《东》）第 50 页都有《纳西语单词的发音说明》。下面我们结合洛克的说明解读一下洛克音标的实际读音。

（一）元音

1. 单元音

a,《纳》: a，后低元音。例词，father。《东》: a，发音与英语中的 father 相同。

按: father 中的 a 发 [ɑ:]，后低不圆唇长元音。与《对照表》中的 [ɑ] 发音部位和方法相同，区别在于长短音。

ă,《纳》: ă,（发音部位）同 a，短促。例词，（德语）hat。《东》: ă，音很

① 和志武:《纳西东巴文化》，吉林教育出版社，1989 年，第 151 页。

② Rock J . A Na-khi-English encyclopedic dictionary. Istituto italiano per il Medio ed Estremo Oriente, 1963, ppXXV.

短，像英语中的 harbour。

按：根据《纳》的描述，ă 应发 [ɑ]，后低不圆唇元音。比 a 短促。但是例词 hat 中 a 发 [æ]，前中低不圆唇元音。ɑ 在中 harbour 发 [ɑː]。[ɑː] 是长音，与描述不符。《对照表》中 ă 对应的是 [a]，前低不圆唇元音。这三者的描述不统一。

'a，《纳》：'a，低后元音，伴随着挤喉，像阿拉伯语中的 'asin。《东》：'a，相当于阿拉伯语的 'Ain，一个喉音，当发 a 的时候，下颚猛然向下。

按：根据描述，'a 应发 [ʕa]。'asin 中 'a 发 [ʕ]，低后挤喉元音。《对照表》中 'a 也对应 [ʕ]。

ä，《纳》：ä，前中元音。例词，（德语）Häfen。《东》：ä 像德语元音 ä。

按：根据《纳》的描述，ä 应该发 [ɜ]，不圆唇中元音。Häfen 中的 ä 发 [ɛ]，前中低不圆唇元音。又 ä 在德语中发 [ɛ]。《对照表》中 ä 对应 [ɛ]。我们认为，ä 应该介于 [ɜ] 和 [ɛ] 之间。

aw，《纳》：aw，半低后圆唇元音。例词，awe。《东》：aw 的读音像 law 中的 aw。

按：根据描述，aw 发 [ɔ]。aw 在 awe 中发 [ɔː]，在 law 中发 [ɔː]。《对照表》中 aw 对应 [ɔ]。因此，aw 发 [ɔ] 或 [ɔː]。

e，《纳》：e，前半高元音。例词，egg。

按：根据描述，e 发 [e]，前半高不圆唇元音。e 在 egg 中读 [e]。《对照表》中 e 对应 [e]。

ĕr，卷舌，中元音，带轻微喉阻碍。

按：根据描述，ĕr 发 [ʕɚ]，卷舌，央元音，挤喉音。《对照表》中 ĕr 对应 [eɹ]。[ɹ] 发音方法是：舌尖向上微触上齿龈，一般听不见摩擦。

erh,《纳》: erh，用于拼写与 ĕr 同音的汉语借词。

按:《对照表》中 erh 对应汉语中同音的音节。根据描述，erh 与 ĕr 相同，发 [ʔɚ]。

i,《纳》: i，高前元音。例词，police。

按: 根据描述，i 发 [i]，前高不圆唇元音。i 在 police 中读 [i]。《东》: 像德语中 i 的发音。德语中 i 发 [i] 或 [iː]。《对照表》中 i 对应 [i]。

ī,《纳》: ī，高前长元音。

按: 根据描述，ī 发 [iː]，高前长元音。《对照表》中 ī 对应 [iː]。

ĭ,《纳》: ĭ，前高元音，稍集中。˘ 表示声调。

按: 根据描述，ĭ 发 [ĭ]，前高元音。《对照表》中 ĭ 对应 [ĭ]。

ō,《纳》: ō，半高后圆唇元音。例词，德语 sohn。《东》: ō，音从深喉发出，圆唇。

按: 根据描述，ō 发 [o]，半高后圆唇元音。oh 在 sohn 中读 [oː]。《对照表》中 ō 对应 [oː]。

ŏ,《纳》: ŏ，后元音，短促。

按: 根据描述，ŏ 可能发 [o] 或者 [ɔ]。《对照表》中 ŏ 对应 [ɔ]。

ö,《纳》: ö，半高前元音。例词，德语 söhne。《东》: ö，音同德语中的元音 ö。

按: 根据描述，ö 发 [ø]，中高前圆唇元音。德语中 ö 发 [œ]，中低前圆唇元音。ö 在 söhne 中也发 [œ]。《对照表》中 ö 对应 [œ]。

u,《纳》: u，后高圆唇元音。例词，rude。《东》: u，像 oo 在英语 food 的发音。

按: 根据描述，u 发 [u], 后高圆唇元音。u 在 rude 中读 [uː]。oo 在 food 中

读 [uː]。《对照表》中 u 对应 [uː]。

ŭ，《纳》：ŭ，跟 u 一样，唇稍微不圆，短促。

按：根据描述，ŭ 发 [ɯ]，后高不圆唇元音。《对照表》中 ŭ 对应 [ʌ]，中低不圆唇元音。

ü，《纳》：ü，高前元音，但是在 gh，kh，ḳh，ndd，ll，gg 和 ngg 之后，后不圆唇元音。例词，德语 Lüge。

按：根据描述，ü 一般发 [y]，前高圆唇元音。在 gh，kh，ḳh，ndd，ll，gg，和 ngg 之后发 [ɯ]，后高不圆唇元音。ü 在 Lüge 中发 [y]。《对照表》中 ü 对应 [y]。

y，《纳》：y，腭音，浊，持续。例词，yes。《东》：y，像 y 在 yard 中的发音。

按：根据描述，y 发 [j]，舌面中，浊，半元音。y 在 yard 中读 [j]。《对照表》中 y 对应 [j]。

w，《纳》：w，双唇，浊，持续。例词，way。《东》：w，像英语中的 w。

按：根据描述，w 发 [w]，双唇，浊，半元音。w 在 way 中读 [w]。《对照表》中 w 对应 [w]。

2. 复合元音

oa，《纳》：oa，前半低复合元音，短促。例词，board。

按：根据描述，oa 发 [o͡a]，复合元音。oa 在 board 中读 [o]。《对照表》中 oa 对应 [o͡a]。

ou，《纳》：ou，后圆唇复合元音。例词，no。

按：根据描述，ou 发 [o͡u]。o 在 no 中读 [əu]。《对照表》中 ou 对应 [o͡u]。

ùan，《纳》：ùan，（在 m 后）突出 u，并参看 n 的描述。

按:《对照表》中 ùan 对应 [ũan̠]。

uàn,《纳》: uàn，与 ùan 同，突出 a，并参看 n 的描述。

按:《对照表》中 ùan 对应 [uàn̠]。

ŭe,《纳》: ŭe,（在唇音后）复合音包括后高元音，不圆唇，跟在中高元音后（鼻唇音后相同，参看 n 的描述）。

按:《对照表》中 ŭe 对应 [u͡e̯]。

wùa,《纳》: wùa，特殊的音节，突出 u，集中在 a。《东》: wua，ua 快速的拼读在一起，听起来像一个音。

（二）辅音

b,《纳》: b，双唇，浊塞音。例词，be。

按: 根据描述，b 发 [b]，双唇，浊塞音。b 在 be 中发 [b]。《对照表》中 b 对应 [b]。

bb,《纳》: bb，双唇，浊塞音，强长音，例如 bbū 是长音，bb，dd，ff，gg，ll，nn 都是长音，可以与单个的 b，d 比较。

按: 根据描述，bb 发 [bb]，双唇，浊塞长音。《东》: bb 是一个强化的 b，闭唇，然后发爆破音。《对照表》中 bb 对应 [bb]。

bp,《纳》: bp，双唇，清，不送气，强塞音。《东》: bp 既不是发软音的 b，也不是发硬音的 p，而是介于两者之间。

按: 根据《纳》的描述，bp 发 [p]，双唇，清塞音。《对照表》中 bp 对应 [p]。

p',《纳》: p'，双唇，送气，清塞强音。

按: 根据描述，p' 发 [ph]，双唇，送气，清塞音。《对照表》中 p' 对应 [p']。

ff,《纳》: ff，用在词的开头，唇齿，清擦音，强长音。

按：根据描述，ff 发 [ff]，唇齿，清擦音，长音。《对照表》中 ff 对应 [ff]。

v，《纳》：v，唇齿，浊，摩擦音，位置在 g，gk，k'，dd，nd，dt，l 之后。

按：根据描述，v 发 [v]，唇齿，浊擦音。《对照表》中 v 对应 [v]。

d，《纳》：d，齿阻碍，浊塞音。例词，day。

按：根据描述，d 发 [d]，舌尖中，不送气，浊塞音。d 在 day 中发 [d]。《对照表》中 d 对应 [d]。

dd，《纳》：dd，齿阻碍，浊塞强长音。《东》：dd，就像在 ddü 中的读音。口闭合或者接近闭合，舌头抵住上齿。

按：根据《纳》的描述，dd 发 [dd]，舌尖中，不送气，浊塞长音。根据《东》的描述，dd 发 [ɖ]。《对照表》中 d 对应 [ɖ]，卷舌，不送气，浊塞音。

dt，《纳》：dt，齿音，清塞强音。《东》：dt，就像在 dtü 中的读音。dt 既不是一个 d 也不是一个 t。但也不完全是介于 d 和 t 之间。口稍微张开，舌头抵住上齿。这里的 ü 像德语中的元音 ü，而 ü 在 dd 之后声音发不清楚。

按：根据描述，dt 发 [ʈ]，卷舌，不送气，清塞音。《对照表》中 dt 对应 [ʈ]。

t'，《纳》：t'，齿，送气，清塞强音。

按：根据描述，t' 发 [th]，舌尖中，送气，清塞音。《对照表》中 t' 对应 [t']。

l，《纳》：l，浊，后持续。例词，low。

按：根据描述，l 发 [l]，舌尖中，浊边音。l 在 low 读 [l]。《对照表》中 l 对应 [l]。

ll，《纳》：ll，浊，侧持续，强长音。《东》：ll，闭口，舌头稍抵住上齿，它只在元音 ü 之前，后面的元音短且模糊。

按：根据描述，ll 发 [ll]，舌尖中，浊边长音。《对照表》中 ll 比 l 厚。

lv，《纳》：lv，前面的 l 加上音节 v。《东》：lv，常发 lu 的音，其中 l 很短，所以用 v。

m,《纳》: m，双唇，鼻音，可以独立使用，也可以跟 b 或 bb 结合构成 mb，mbb。例词，mother。

按: 根据描述，m 发 [m]，双唇，清鼻音。也可以与 b 结合，表示鼻冠音 [mb]。m 在 mother 读 [m]。《对照表》中 m 对应 [m]。

n,《纳》: n，齿，鼻音，可以独立使用，也可以跟 d 或 dd 结合构成 nd，ndd。例词，no。

按: 根据描述，n 发 [n]，舌尖中，浊鼻音。也可以与 b 结合，表示鼻冠音 [nd]。n 在 no 读 [n]。《对照表》中 n 对应 [n]。

n̲,《纳》: n̲，放在词尾，鼻化前面的元音。《东》: n̲，经常出现在词尾，鼻化前面的元音。口几乎闭合，音从鼻腔发出，舌头在上唇下面。国际音标中用˜ 表示鼻化。

按:《对照表》中 n̲ 不发音，鼻化元音。

ng,《纳》: ng，软腭，鼻音，本来是独立的，例如在 ng'a 中，n 和 g 的发音是分开的; 在 n͡go 中，它们的发音又是合在一起的。或者再加上 g 构成复合音 ngg; ng 如果放在词尾，表示鼻化，如 chung。例词，long。

按: 根据描述，ng 在词头发 [ŋg]，在词尾发 [ŋ]。ng 在 long 中读 [ŋ]。《对照表》中 n͡g 在音节开头，发音像 nasal。ng 对应 [ŋ]，在音节的最前或最后面。

nn,《纳》: nn，齿，鼻音，强长音。《东》: nn，就像德语中的两个 n 发的音。口几乎闭合，舌尖抵住上齿，然后通过鼻腔发音。

按: 根据描述，nn 在词头发 [nn]，舌尖中，浊鼻音，长音。《对照表》中 nn 对应 [nn]。

nv,《纳》: nv，鼻化前面的音节 v。《东》: nv，n 鼻音化严重，几乎发不出来，v 在元音中是很软的，好像 v 后面跟着另一个 n。

按：根据描述，nv 发 [ṽ]。《对照表》中 nv 对应 [nv]，此符号与国际音标中的鼻化符号不符。

ch，《纳》：ch，齿龈，清，不送气，破擦音。《东》：ch 像英语中的字母组合 ch 的发音。英语中 ch 发 [ʧ]。

按：根据描述，ch 发 [ʧ]，舌叶，清塞擦音。《对照表》中 ch 对应 [ʧ]。

ch'，《纳》：ch'，齿龈，清，送气，破擦音。

按：根据描述，ch' 发 [ʧʰ]，舌叶，送气，清塞擦音。《对照表》中 ch' 对应 [ʧʰ]。

ds'，《纳》：ds'，齿音，送气，清破擦音。

按：根据描述，ds' 发 [dsh]。[d] 是浊塞音，[s] 是清擦音。两者是不能相拼的。《对照表》中 ds' 对应 [ds']。

dz，《纳》：dz，齿音，浊破擦音。例词，adze。

按：根据描述，dz 读 [ʤ]，舌尖前，浊塞擦音。dz 在 adze 读 [ʤ]。《对照表》中 dz 对应 [ʡ]。

dsh，按：《对照表》中 dsh 对应 [dʃ]。[d] 是浊塞音，[ʃ] 是清擦音。一清一浊不能组合在一起。因此 dsh 发 [tʂ] 或 [dʐ]。

g，《纳》：g，软腭，浊塞音。例词，go。

按：根据描述，g 发 [g]，舌根，浊塞音。g 在 go 中读 [g]。《对照表》中 g 对应 [g]。

gg，《纳》：gg，软腭，浊强长塞音。

按：根据描述，gg 发 [gg]，舌根，浊塞音。《对照表》中 gg 对应 [gg]。

gh，《纳》：gh，小舌（或喉）摩擦，浊辅音，像法语的小舌颤音或阿拉伯语 ghain。《东》：gh，是阿拉伯语 Ghain 中 gh 的发音，软元音，被称为用小舌颤音发 r。

按：根据描述，gh 发 [ʀ]，小舌颤音。gh 在 Ghain 中读 [ɤ]，舌面后浊擦音。《对照表》中 gh 对应 [ʁ]，舌根浊擦音。

gk，《纳》：gk，软腭，清强塞音。《东》：gk 既不是软音 g，也不是硬音 k，而是介于两者之间。

按：根据描述，gk 发 [k]，只是该音比 [k] 要强，偏浊。《对照表》中 gk 对应 [k]。

gkv，《东》：gkv，口闭合，舌头抵住下齿。v 像在 vow 中的发音。

h，《纳》：h，喉，清擦音。

按：根据描述，h 发 [h]，喉，清擦音。《对照表》中 h 对应 [h]。

k'，《纳》：k'，软腭，送气，清塞音，强音。

按：根据描述，k' 发 [kh]，舌面后，送气，清塞音。《东》：k'，送气的 k。《对照表》中 k' 对应 [k']。

ḳh，《纳》：kh，软腭，清摩擦音。例词，德语 ach。《东》：kh，德语中字母组合 ch 的音，如同在 ich 中发的音。德语中 ach 发 [x]。

按：根据的描述，kh 发 [x]，舌面后，清擦音。ch 在 ach 中读 [x]。《对照表》中 kh 对应 [x]。

kh，《纳》：kh，腭音，清摩擦音。例词，德语 ich。

按：根据描述，kh 发 [ç]，舌面中，清擦音。ch 在 ich 读 [ç]。《对照表》kh 对应 [ç]。

r，《纳》：r，参见 ĕr。《东》：r，像英语中的 r，放在词尾的辅音，比如 her。r 在 her 中是弱摩擦。

按：根据描述，r 不出现在词头，只出现在词尾，发 [ɹ]，发音方法是：舌尖向上微触上齿龈，一般听不见摩擦。

s，《纳》：s，齿音，清，摩擦强音。例词，sister。

按：根据描述，s 发 [s]，舌尖前，清擦音。s 在 sister 中也读 [s]。

ss，《纳》：ss，齿音，清，摩擦，强长音。例词，德语 β。《东》：ss，像德语中的 β 或者 ss。

按：根据描述，ss 比 s 音长，应发 [ss]。德语中的 ss 和 β 都读 [s]。《对照表》中 ss 对应 [s]。

sh，《纳》：sh，齿槽，清摩擦音。例词，shou。《东》：sh，就像 shelf 中 sh 的发音。

按：根据描述，sh 发 [ʃ]，舌叶，清擦音。sh 在 shelf 和 she 中读 [ʃ]。《对照表》中 sh 对应 [ʃ]。

ts，《纳》：ts，齿，不送气，清塞擦音。

按：根据描述，ts 发 [ts]，舌尖前，不送气，清塞擦音。《对照表》中 ts 对应的国际音标符号不识。

ts'，《纳》：齿，送气，清塞擦强音。

按：根据描述，ts' 发 [tsh]，舌尖前，不送气，清塞擦音。《对照表》中 ts' 对应的国际音标符号不识。

sz，《纳》：sz，齿，摩擦，强长音（或者后面跟着 ĕr）。《东》：sz，像蜜蜂嗡嗡的声音。sz（er），er 几乎是听不到的。就像是 ir 在 sir 中的发音。

按：根据描述，sz 与 [z] 相近，舌尖前，浊擦音。《对照表》sz 对应 [z]。

z，《纳》：z，如同 z 在英语中的发音。z 在英语中读 [z]，舌尖前，浊擦音。

zh，《纳》：zh，齿槽，浊，摩擦音。例词，法语 je。《东》：zh，像法语中的 je。

按：根据描述，zh 发 [ʒ]，舌叶，浊擦音。j 在 je 读 [ʒ]。《对照表》中 zh 对应 [ʒ]，舌叶，浊擦音。

以上是洛克对他使用音标的发音说明，这应该比较准确地描写出洛克所记录的纳西语音，但是在洛克所译的东巴经中，洛克经常把同一个词用不同的音标记录，标准前后不统一。如果我们按照上述标准将洛克音标转写成国际音标，读者依然很难读懂。我们在研究中发现，洛克音标与方国瑜先生在《纳西象形文字谱》中使用的音标是可以相互转换的，只是两者记录的纳西语方言土语不同。考虑到《纳西象形文字谱》中的音系一般读者比较容易理解，于是我们以《纳西象形文字谱》的音系为基础，将洛克音标转写成国际音标，但又考虑到洛克记录的纳西语音是带鼻冠音的，在该加鼻冠音的地方加上鼻冠音。需要说明的是，这种转写并不太严谨，只是为了方便读者阅读。关于洛克音标的研究也可以参考法国学者麦沛德、米可和中国学者和学光等人合著的《骆克的纳西语英语百科辞典拼音系统对照国际音标》[1]。本书的具体转写如下。

① Michailovsky, B. and A. Michaud. “Syllabic inventory of a Western Naxi dialect, and correspondence with Joseph F. Rock’s transcriptions.” Cahiers de linguistique - Asie Orientale, 2006, 35(1): 3-21.

表 1　韵母转写表

<table>
<tr><th>洛克音标</th><th>《纳西象形文字谱》</th><th>本书音标</th></tr>
<tr><td>a</td><td>ɑ/æ</td><td>a/æ</td></tr>
<tr><td>aw</td><td>ɑ</td><td>ɑ</td></tr>
<tr><td>‘a</td><td>æ</td><td rowspan="2">æ</td></tr>
<tr><td>an̠</td><td>æ</td></tr>
<tr><td>ä</td><td>ɑ/ə</td><td>ɑ/ə</td></tr>
<tr><td>ā</td><td>ə</td><td>ə</td></tr>
<tr><td>er</td><td>ər</td><td rowspan="4">ər</td></tr>
<tr><td>ĕr</td><td>ər</td></tr>
<tr><td>ĕrh</td><td>ər</td></tr>
<tr><td>ăr</td><td>ər</td></tr>
<tr><td>oa</td><td>ə</td><td>ə/ua</td></tr>
<tr><td>ou</td><td>ə</td><td>ə</td></tr>
<tr><td>i</td><td>i/ɿ/</td><td>i/ɿ/ʅ</td></tr>
<tr><td>yi</td><td>i</td><td>i</td></tr>
<tr><td>ĭ</td><td>ɿ</td><td>ɿ</td></tr>
<tr><td>ī</td><td>i</td><td>i</td></tr>
<tr><td>iu</td><td>iə</td><td>iə</td></tr>
<tr><td>o</td><td>o</td><td rowspan="3">o</td></tr>
<tr><td>ō</td><td>o</td></tr>
<tr><td>ŏ</td><td>o</td></tr>
<tr><td>ö</td><td>y/ɯ</td><td>y/ɯ</td></tr>
<tr><td>u</td><td>u/i/ɿ</td><td rowspan="2">u/v</td></tr>
<tr><td>ung</td><td>u</td></tr>
<tr><td>ü</td><td>ɯ/y</td><td>ɯ/y</td></tr>
<tr><td>e</td><td>e</td><td>e</td></tr>
</table>

续上表：

洛克音标	《纳西象形文字谱》	本书音标
v	v	v
vu	v	
ŭ	v	
un̲	u	u/o
ùen̲	ɯ	ɯ/ə
ùan̲	ɯ/ə	
wuo	uo	uo
wua	uɑ	ua
wu	u	u
yu	iə	iə
yü	y	y
ŭe	ɯ/y	ɯ/y
ghügh	ɯ	ɯ

表 1　声母转写表

洛克音标	《纳西象形文字谱》	声母
b	b	b
bb	b/p	b/p
bp	p	p/b
mb	b	mb
mbb	b	
p’	p’	ph
pp’	p’	
m	m	m

续上表：

洛克音标	《纳西象形文字谱》	声母
f	f	f
ff	f	
ds	ʦ	ʦ
dz	ʦ/ʣ	ʦ/ʣ
ts’	ʦ’	ʦh
dz	ʣ	ʣ
ndz	ʣ	nʣ
ss	s	s
sz	z/s	z/s
z	z	z
d	d	d
dd	d	
nd	d	nd
ndd	d	
t’	t’	th
dt	t	t
n	n/ŋ	n/ŋ
nn	n	n
l	l	l
ll	l	
dsh	tʂ	tʂ
ch	tʂ	

续上表：

洛克音标	《纳西象形文字谱》	声母
ch’	tʂ’	tʂh
dzh	dʐ	dʐ
nds	ʣ	nʣ
ndsh	dʐ	ndʐ
ndzh	dʐ	
sh	ʂ	ʂ
zh	ʐ	ʐ
ny	ɳ̊	ɳ̊
t’gkh	ʨ’	ʨh
tgk	ʨ	ʨ
dgk	ʨ	
gy	ʥ	ʥ
dgy	dʑ/tɕ	dʑ/tɕ
kh	ɕ	ɕ
ndgy	dʑ	ndʑ
gg	g	g
gk	k	k
k’	k’	kh
ng	g	ŋg
h	h	h
ḳh	h	

纳西语的声调共有四声，洛克用数字 1、2、3、4 标在词的左上方。第一声为低降调，第二声为平调，第三声为高短调，使用这三个声调的词是纯粹的纳西语词。第四声为低升调。《纳西象形文字谱》采用的是五度标音法：21（低调）、33（中调）、55（高调）、24（低升调）。《纳西象形文字谱》与洛克音标所使用的声调一致，所以本书将洛克的声调转化为五度标音法的调值。

表 3　声调转写表

洛克音标	《纳西象形文字谱》	本书声调
1	21	21
2	33	33
3	55	55
4	24	24

洛克音标声韵配合表

韵/声	a	ā	ă	ʻa	ăr	an̠	aw	ä	e	ĕr	erh	i	ı	ī	ĭ	o	ō	ŏ	ö	oa	ou	on̠	iu	u	ŭ	ū	ü	ŭe	un̠	yu	yo	yi	ye	yü	wua	wue	wuo	ung	uàn̠	ùan̠	ŭe	ùen̠	uèn̠	v	vu	0
b	√			√			√	√				√							√	√			√	√		√																				
bb										√															√	√															√					
mb	√			√			√	√	√	√		√							√					√																						
mbb																									√																√					
bp	√							√				√				√			√				√		√																					
p’	√							√		√		√							√					√			√	√																		
pp’																												√																		
m	√					√		√				√											√				√		√						√				√	√		√	√			
ch										√																									√			√								
ch’										√		√									√			√											√			√								
d	√			√								√												√			√																			
dd							√									√											√																	√		
dg																														√				√												
dgk																																		√												
dt	√					√			√	√		√				√											√																	√		
dty																								√																						

续上表：

韵/声	a	ā	ă	‘a	ăr	an̠	aw	ä	e	ĕr	erh	i	ɪ	ī	ĭ	o	ō	ŏ	ö	oa	ou	on̠	iu	u	ŭ	ū	ü	ŭe	un̠	yu	yo	yi	ye	yü	wua	wue	wuo	ung	uàn̠	ùan̠	ŭe	ùen̠	uèn̠	v	vu	0
dtg																								√																						
dsh												√					√							√																						
ds						√	√	√						√	√	√								√																						√
ds’															√																															
dz				√					√					√	√	√								√			√																			√
dzh												√												√																						
f	√																																													
ff																									√																					
g																								√						√		√			√		√							√		
gg																		√									√																			
gk	√			√		√	√					√				√								√			√					√	√		√									√		
ghügh																																														√
h	√				√		√	√								√	√		√	√				√			√																			
k																																					√									
k’	√						√									√			√					√											√		√							√		

续上表：

韵／声	a	ā	ă	ʻa	ăr	aṉ	aw	ä	e	ěr	erh	i	ı	ī	ĭ	o	ō	ǒ	ö	oa	ou	oṉ	iu	u	ŭ	ū	ü	ŭe	uṉ	yu	yo	yi	ye	yü	wua	wue	wuo	ung	uàṉ	ùaṉ	ŭe	ùeṉ	uèṉ	v	vu	0
kh												√												√						√				√												
ḳh																											√																			
l	√					√	√	√		√		√				√								√			√																	√		
ll																											√																			
n	√					√		√		√												√	√						√	√		√		√										√		
nn																											√																			
nd				√			√		√	√		√				√								√			√																	√		
nds	√						√									√								√	√																					
ndsh										√		√												√																						
ndz	√			√			√			√				√										√																						
ndzh										√				√																					√											
ng	√			√			√									√								√						√		√	√											√		
ngg																		√									√																			
n͡g	√			√												√																														
ss	√					√	√	√						√	√	√								√			√																			√

续上表：

韵／声	a	ā	ă	ʻa	ăr	an̠	aw	ä	e	ĕr	erh	i	ɪ	ī	ĭ	o	ō	ŏ	ö	oa	ou	on̠	iu	u	ŭ	ū	ü	ŭe	un̠	yu	yo	yi	ye	yü	wua	wue	wuo	ung	uàn̠	ùan̠	ŭe	ùen̠	uèn̠	v	vu	0
sh										√		√									√			√											√											
sz										√		√			√												√																			
t												√																																		
t'	√					√		√				√				√									√		√																	√		
t'kh												√																					√													
tgk																																	√													
ts	√					√																																								
ts'	√					√	√	√		√		√				√								√			√																			√
w						√																		√															√							
z				√			√	√								√											√																			
zh										√		√									√			√											√											
0	√	ε	√	√		√	√				√						√													√		√		√	√											
	a	ā	ă	ʻa	ăr	an̠	aw	ä	e	ĕr	erh	i	ɪ	ī	ĭ	o	ō	ŏ	ö	oa	ou	on̠	iu	u	ŭ	ū	ü	ŭe	un̠	yu	yo	yi	ye	yü	wua	wue	wuo	ung	uàn̠	ùan̠	ŭe	ùen̠	uèn̠	v	vu	0

洛克收录英文原版扫描

STUDIA INSTITUTI ANTHROPOS

VOL. 9

JOSEPH F. ROCK

Research Fellow, Harvard-Yenching Institute,
Cambridge, Mass.

The ²Zhi ³mä Funeral Ceremony of the ¹Na-²khi of Southwest China

Described and translated from ¹Na-²khi manuscripts

PUBLISHED BY ST. GABRIEL'S MISSION PRESS VIENNA-MÖDLING
1955

INTRODUCTION

Enough has now been written about the ^{1}Na-^{2}khi[1] that it is no more necessary to explain who they are and where they dwell. Suffice it to say that they are a branch of the Ch'iang [1]* who settled in the area they now occupy probably during the Han dynasty. In pre Han days the area was inhabited by the P'u [2] tribe from whom the ^{1}Na-^{2}khi wrested the land, driving the P'u into the mountains where remnants have still survived as in the hsiang or commune of Nan-shan [3] which the ^{1}Na-^{2}khi call ^{2}T'o-^{2}lä ^{1}dü or the land of the rabits, and especially in the former semi-independent Lama Kingdom of Mu-li [4] to the north of Yung-ning [5], where they call themselves P'ö-me or P'ron-me also Ch'ra-me; in ^{1}Na-^{2}khi manuscripts they are called ^{2}P'u-^{3}mi and colloquially ^{2}Boa[2].

When the ^{1}Na-^{2}khi actually occupied what is now the Li-chiang district is difficult to say, but Chinese History[3] relates that T'ung-an Chou [6], which existed before Li-chiang, was the old Han Dynasty Tso Kuo [7] and the land was called San-t'an [8] which recalls the Tibetan name of Li-chiang which is Sa-tham. The ^{1}Na-^{2}khi's protecting deity is Ssa<u>n</u>-ddo or Ssa-ddo[4] and he is none other than Sa-tham the king of the Jang (hJang or lJang), Ch'iang?, with whom Ke-sar fought battles.

The ^{2}P'u were undoubtedly the original inhabitants of the region for the ^{1}Na-^{2}khi themselves refer to them in some of their manuscripts[5] saying: "that before the birds were the trees had been born and before the ^{1}Na-^{2}khi had settled the ^{2}P'u were, where the ^{2}P'u had settled it was unnecessary to look for food (elsewhere), neither did the birds have to look for a roost".

There are still the Mo-so to be accounted for; I believe that they are earlier immigrants than the ^{1}Na-^{2}khi. Northeast of Li-chiang are genuine Mo-so, all the different So [9] or submilitary stations formerly in southwest Ssu-ch'uan (now Hsi-k'ang) are inhabited by them and so is Yung-ning which

---

* See Appendix, list of Chinese characters.

[1] *See:* Bibliography; for History and Geography *see: ANKSWC.*

[2] The ^{2}Boa are the Hsi-fan of the Chinese, the latter term however embraces many different tribes, for it simply means western barbarians. The ^{2}Boa or ^{2}P'u-^{3}mi are a very distinct tribe with a language of their own but no written character.

[3] *See:* Tu-shih Fang-yü chi-yao [16] chapt. 117, fol. 19b.

[4] *See NNCRC*, p. 142, note 137, Plate 58.

[5] *See ANKSWC*, p. 471.

adjoins them on the west, belonging to Yün-nan. The Mo-so have no written language, hence no literature whatever, and their language is so different from the Li-chiang ¹Na-²khi that they must converse in Chinese. They have no elaborate funeral ceremonies and what distinguishes them most of all from the ¹Na-²khi is that they have no ceremony akin to the ¹Na-²khi ²Mùan ¹bpö or Propitiation of Heaven, which the Ch'iang do have in almost the exact procedure as performed by the ¹Na-²khi; their sacred grove in which they hold the ceremony bears the same name in ¹Na-²khi as in Ch'iang, ²Mùan-¹bpö ¹d'a in the former and Muan-poh tah in the latter, yet the ¹Na-²khi are separated from the Ch'iang by hundreds of miles of most difficult negotiable mountains and rivers, and furthermore the ¹Na-²khi are ignorant of the existence of the Ch'iang and *vice versa*.

The Mo-so and ¹Na-²khi in the Li-chiang district are apparently so intermarried that it is now impossible to distinguish the two, while the Yangtze which encloses the district has been a formidable barrier, formerly traversable only on inflated goatskins, has thus kept the Mo-so of Yung-ning and those of the Wu-so [10] native districts comparatively homogeneous. The Mo-so are also immigrants in the area in which they live. Old Chinese records relate that the land in ancient times was occupied by the T'u-fan (Tibetan tribes). In the *Yung-pei Fu chih* of the 30th year of Chien-lung, (A. D. 1765) in chapt. 25, fol. 7a, it is related that at the end of the Han dynasty the ancestor of the A T'u-ssu [11] of Yung-ning, Ni-yüeh-wu [12] pacified the T'u-fan and occupied their territory. In chapt. 25, fol. 10a, we read that the Mo-so are one tribe and that they have no family names. Not a word is said about the ceremony of the Propitiation of Heaven. In the *Yün-nan T'ung chih* of the 30th year of K'ang-hsi (A. D. 1691), chapt. 27, fol. 41b, we learn that the Mo-so put their dead into a bamboo basket, carried them to the foot of the hills and cremated them, noble or plebeian alike without distinction; nothing is said about any ceremonies.

The *Li-chiang Fu chih lüeh* of A. D. 1743, *hsia*, p. 34 states that the Li-chiang Mo-so (here the ¹Na-²khi must be understood) burn their dead but do not collect the bones until the first of the 11th moon when the families of deceased persons perform (what the ²dto-¹mbas call the ²Khi ³Nv) a funeral rite.

The ¹Na-²khi, judging by the many funeral ceremonies, must have had a very well organised society, its members graduated according to rank. The priests or ²dto-¹mbas apparently ranked first, followed by officers, victorious warriors, courageous men, and men who reached a ripe old age; all had their places in society. The same system of rank was adhered to for the women. There were funeral ceremonies for people who died unattended either on the battlefield, by accident, or suicide. The common funeral ceremony performed for all was ²Zhi ³mä, all the books of which are here translated for the first time. With the ²Zhi ³mä manuscripts were chanted certain books which gave the name to the funeral ceremony that denoted the rank or status of the person for whom it was performed.

First in order is ^{3}Shi-^{2}lo ^{3}Nv, *i. e.*, the funeral ceremony performed for ^{3}Shi-^{2}lo-^{2}mi-^{3}wu the Tibetan gShen-rab(s) mi-bo the founder of the Bön religion. The funeral is thus for a priest or ^{2}dto-^{1}mba and is very elaborate.

Second: ^{2}Gyi-^{2}mun̲ ^{3}Nv or the funeral ceremony for the wife of ^{3}Shi-^{2}lo; her name was ^{3}Ds'ĭ-^{1}zaw-^{2}gyi-^{2}mun̲, it is performed for the wife of a priest or ^{2}dto-^{1}mba.

Third: ^{2}Szĭ-^{1}shĕr ^{1}Ddu ^{3}Nv or the funeral for ^{2}Mùan̲-^{3}llü-^{1}ddu-^{2}ndzĭ the father of the human (^{1}Na-^{2}khi) race, who reached a ripe old age, ^{2}szĭ-^{1}shĕr = life long; it is or was performed only for men who lived to over sixty years of age.

Fourth: ^{2}Ts'u-^{3}chwua-^{2}gyi-^{2}mun̲ ^{3}Nv or the funeral for ^{2}Ts'u-^{3}chwua-^{2}gyi-^{2}mun̲ the wife of ^{2}Mùan̲-^{3}llü-^{1}ddu-^{2}ndzĭ. It was performed for women who lived to over sixty years of age.

The above ceremony is also called ^{2}Szi-^{1}shĕr-^{3}mun̲-^{1}shi ^{3}Nv or Long life old age Funeral Ceremony.

Fifth: ^{2}Ngaw ^{3}Nv or the funeral for a victorious man, who had overcome his enemy, or was victorious in combat.

Sixth: ^{1}D'a ^{3}Nv or the funeral ceremony for a fearless, courageous (= ^{1}d'a) man or warrior.

Seventh: ^{2}Mbbŭe ^{1}d'a ^{3}Nv or the funeral ceremony for a fearless, courageous woman.

Eighth: ^{2}Mi-^{1}lv ^{1}dzu ^{3}Nv a funeral ceremony for a man and his wife held for both at the same time. No ^{2}dto-^{1}mba is keen to perform such a ceremony as it is considered unlucky.

Ninth: The ceremony generally called ^{1}Ts'u ^{3}Nv or demon funeral ceremony, for a common person, man or woman, usually poor and undistinguished. It is called ^{1}Ts'u ^{3}Nv, as a person after death is considered a demon before any sort of ceremony has been performed.

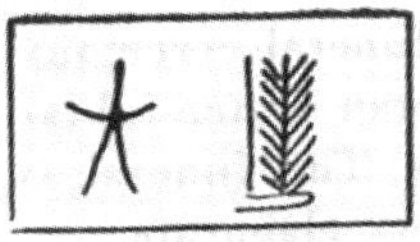

Tenth: ^{1}Dtěr ^{3}Nv a funeral ceremony for a person who died unattended and usually accidentally.

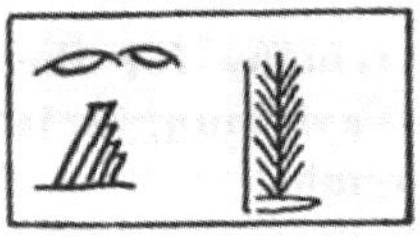

Eleventh: ^{1}Yu ^{1}dzu ^{3}Nv a funeral ceremony for lovers who have committed suicide. This ceremony is usually performed with ^{2}Hăr ^{2}la-^{1}llü ^{3}k'ö during which the souls of suicides are redeemed; it cannot take place at the death of suicides as they can usually not be found, and their spirits are propitiated when it is believed that because of neglect they have brought trouble to the families to which they belonged, and have caused illness or epidemics among domestic animals, etc.

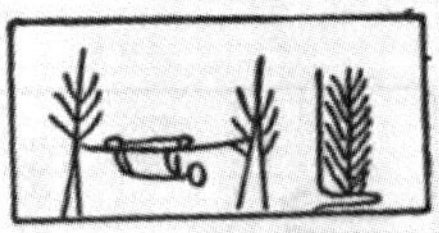

There is also a ^{2}K'ö ^{3}Nv or funeral ceremony for a dog, and a ^{3}Lo ^{3}Nv, when the soul is escorted on a wooden slider across a rope bridge over a river. Each of these different funeral ceremonies had its given set of books which always were chanted in connection with the ^{2}Zhi ^{3}mä books.

The ^{3}Shi-^{2}lo ^{3}Nv ceremony for a priest or ^{2}dto-^{1}mba lasted longest for a great deal of special paraphernalia was used as a black lake of the ^{1}Ddv demons, ^{3}k'o-^{1}byus were made denoting the 18 realms of hell proper and their respective rulers, ^{3}k'o-^{1}byus of the ^{1}Dtěr demons of the four quarters, and the five regional demon kings etc. Effigies of ^{2}Dto-^{1}mba ^{3}Shi-^{2}lo sitting in a chair, over which ^{3}Ch'ou-^{2}ch'ěr (= wash away impurities) was performed etc. Over 100 books were chanted in addition to the ^{2}Zhi ^{3}mä books.

Next of importance was the ^{2}Gyi-^{2}muṉ or ^{3}Ds'ĭ-^{1}zaw-^{2}gyi-^{2}muṉ ^{3}Nv ceremony for the wife of a ^{2}dto-^{1}mba. In connection with it a lake of blood = ^{1}ssaṉ ^{3}ḳhü was prepared into which an effigy of the deceased female was thrown and then retrieved while several books were recited which liberated the soul from the lake of blood and also of the black lake of the ^{1}Ddv demons.

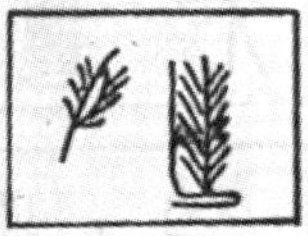

A funerary, but not a funeral, ceremony is ^{2}Khi ^{3}Nv, performed within three years after the death of a person. Unless this ceremony is performed the soul of a deceased can never reach the realm of its ancestors. It was during that ceremony that the bones of cremated corpses were gathered by their families for final interrement. This was called ^{1}p'ěr ^{2}t'khi ^{1}na ^{2}t'khi ^{3}ssu or white (bones), black (bones) pick up (collect). The word ^{2}t'khi has reference to the bones which are sharp as spines = ^{2}t'khi.

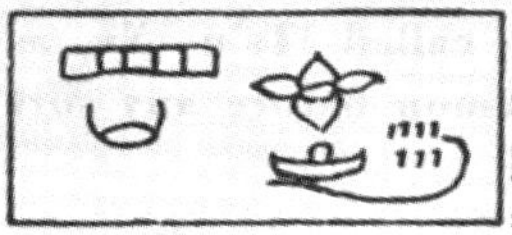

^{2}Llü ^{2}k'o ^{1}ō-^{3}shěr or to call, or ransome the soul of a deceased from a grave after an exhumation has taken place. ^{2}Llü-^{2}k'o = ground hole, ^{1}ō ^{3}shěr = soul ransome, soul call.

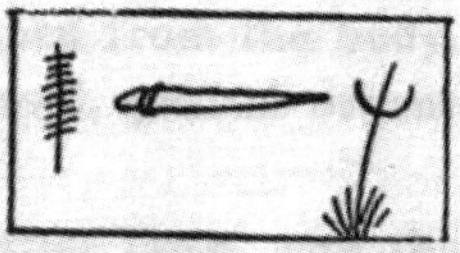

Another ceremony performed but not actually in connection with a funeral is ^{2}Szĭ ^{3}chung ^{1}bpö for the prolongation of life of those left behind, it is performed usually after a funeral.

Manuscripts of all these funeral ceremonies are extant, and ^{2}dto-^{1}mbas disposing of their manuscripts when in need of money brought these ^{3}Nv or funeral books first, as they had no more need of them, except the ^{2}Zhi ^{3}mä books; practically none of the other funeral ceremonies was performed within the last fifty years. During my residence of nearly 25 years in Na-khi land, I heard of ^{2}Khi ^{3}Nv and ^{2}Gyi-^{2}muṉ ^{3}Nv being performed only once, and I was able to attend the latter ceremony and take notes.

One of the rarest funeral ceremonies was ^{2}La-^{2}muṉ ^{3}Nv for a sister of a priest or ^{2}dto-^{1}mba. The sisters of ^{3}Shi-^{2}lo-^{2}mi-^{3}wu were called ^{3}Shi-^{2}lo-^{2}la-^{2}muṉ-^{3}mi. No books are extant belonging to this ceremony. Sometime ^{2}Gyi-^{2}muṉ ^{3}Nv books have been mistaken for ^{2}La-^{2}muṉ ^{3}Nv manuscripts.

At all of these respective funeral ceremonies, special ^{1}Dsu-^{2}gkaw-^{1}lä were used (*see NNCRC.*, pp. 63–69, Plate A), a great many of which are in my possession as are the different *mss.*, belonging to all these particular funerary rites. To publish the translations of several hundred *mss.*, which belong to these different rituals, to say nothing of those of the ^{2}Khi ^{3}Nv ceremony where a ^{2}dto-^{1}mba is even disguised as a bear who builds a house of pine branches for the ^{2}nv = effigies of deceased, whose deaths have occurred more than a year, but always less than three years, would fill several volumes. This is now impossible on account of lack of space and especially of funds.

^{2}ZHI ^{3}MĂ

THE GREAT ^{1}NA-^{2}KHI FUNERAL CEREMONY

^{2}ZHI ^{3}MĂ = ROAD TEACH, or TO INSTRUCT THE DEAD WHICH ROAD TO TRAVEL

Preliminary rites

In order to assure a person about to die, to eventually reach the realm of the ancestors, relatives will watch day and night for the moment when his or her last breath is about to be expended. When that critical moment arrives the nearest of kin places, in the case of a man, nine grains of rice and a little silver, and in the case of a woman seven grains of rice and a little silver under the tongue of the dying person. This is called colloquially ^{3}Ssaw-^{2}ssaw-^{3}k'ö and in manuscripts ^{1}nv-^{1}p'ĕr ^{3}ssaw ^{2}lä ^{3}k'ö, ^{2}ch'wua-^{1}p'ĕr ^{3}ssaw ^{2}lä ^{3}k'ö = silver white offering then place, rice white offering then place.

Immediately after death has taken place a ^{2}dto-^{1}mba is sent for, but no inmate of a home in which a death has occurred is permitted to enter a house, and the ^{2}dto-^{1}mba is called by means of a rock thrown against the gate of his compound. By this he will know that he is to come to a home visited by death. He will take with him two books (manuscripts), one of which is called

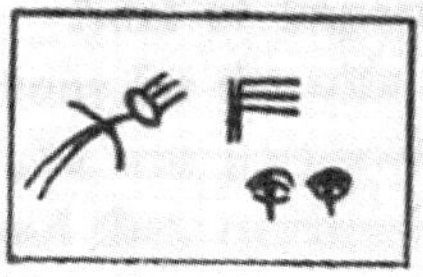

^{2}Shi ^{1}ssaw ^{1}lü (no 1838 of our collection); by consulting this it can be determined into what the soul of the departed will be reborn. This can be ascertained by first establishing the cycle year, month, day and hour of the deceased's birth and death. This book is kept under the roof of the gate to the compound, never in the house of the ^{2}dto-^{1}mba. The second book is called

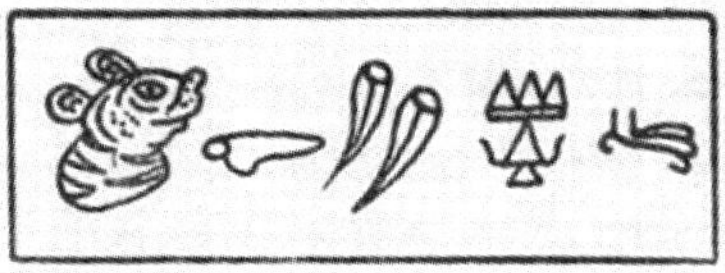

^{1}La ^{2}shi ^{2}gyi-^{1}gyi ^{2}mb'a-^{2}mi ^{3}dshi the first part is untranslatable, the second part means "lamp light". The book contains 48 pages of text and each page consists of six lines. The text is written in abreviated pictographs interspersed with ^{2}ggŏ-^{1}baw characters. It is untranslatable; the sentences represent magic formulae or Dhāraṇīs transcribed from the Tibetan and Sanskrit. It is chanted when the ^{2}dto-^{1}mba lights the butter lamp in the room of the deceased.

The body of the deceased has so far not been touched by anyone. After the chanting of ^{1}La ^{2}shi ^{2}gyi-^{1}gyi (no 1444 of our collection), the ^{2}dto-^{1}mba examines the corpse to establish whence the ^{1}Ō-^{2}hä or soul has escaped from the body, either from the cranial suture, eyes, ear, nose, mouth, naval, genital organs or rectum.

When this has been done the ^{2}dto-^{1}mba prepares a butter lamp, and the corpse is placed in a sitting position in the bed where he or she has died. The ^{2}dto-^{1}mba then puts the butter lamp in the left hand of the deceased if a man, and into the right if a woman. The lamp is then lighted and the ^{2}dto-^{1}mba chants ^{2}Mb'a-^{2}mi ^{1}la ^{2}dta = lamp hand (inside) place.

This latter ceremony is a very ancient one and has not been performed for many decades, none of the ^{2}dto-^{1}mbas I consulted has ever seen or performed the ceremony, and this is confirmed by the rarity of the manuscript. In all the many years among the ^{1}Na-^{2}khi I have come across only two such manuscripts among several thousand.

These manuscripts originated from the hsiang of La-pao [13] the ancient Pao-shan [14] within the Yangtze loop, northeast of Li-chiang. It is one of the oldest districts where ^{1}Na-^{2}khi have settled, and ancient customs have survived in this, with difficulty accessible region. The manuscripts are probably 500 years old.

After ^{2}Mb'a-^{2}mi ^{1}la ^{2}dta the body of the deceased is washed, dressed in new clothe, new shoes and cap, and is placed in a coffin. In ancient days the body reposed in a sitting position in a wooden box with ornamented doors either painted or carved. The box was left open and was placed in the guest room, the corpse facing the door. Since coffins came into vogue in 1723, a Chinese type of coffin is used, the quality depending on the financial status or social standing of the family.

Invited guests bring presents to the family of the deceased, either money or in kind, as rice, meat, butter, wheat or other grain. All this is entered carefully in a book, for should there be a death in the family of the giver, an equal amount is returned by the recipient.

If the deceased is an old man, especially if he had reached eighty or more years, there are special preparations, and relatives and friends come from near and far, often several days journey. These must be entertained which proves often very costly to the family.

If the deceased was a chief then horses used to be brought as offering to the dead. This was of late no more in vogue in Li-chiang among the ^{1}Na-^{2}khi, but was customary with the chiefs of Yung-ning among the Mo-so tribe. The Mo-so of Yung-ning are much more primitive than the ^{1}Na-^{2}khi of Li-chiang proper, and among them have survived ancient rites which are not performed among the ^{1}Na-^{2}khi.

The chiefs of the ^{2}Lü-^{2}khi, as the ^{1}Na-^{2}khi term the Mo-so of Yung-ning, prided themselves of their Mongol origin, for they are the descendants of officers of Kublai Khan who left them there to rule, when he was on his march in 1253 with his army through Yün-nan to conquer the Nan-chao (Kingdom) which had its seat in Ta-li, and for the purpose of undermining the Sung dynasty from the South. For an historical and geographical account of the region I refer the reader to my *ANKSWC*.

The body of a deceased chief was put in a sitting position into an oblong box which stood erect the corpse facing the door of the guest or centre room of the main house. Neighboring chiefs and relatives who arrived for the funeral, approached the house in state, each mourner preceded by two of his retainers wearing ancient armor (*see* Plate II) and ceremonial swords. Other servants brought food and utensils, while each chief brought a riding horse for the spirit of the deceased. The chiefs were met by the son of the departed, also preceded by two retainers dressed in armor carrying swords. After the preliminary meeting, the retainers of both sides *i. e.* family of the deceased and visiting guests would dance with one hand on the sword.

The riding horses which were brought as presents for the deceased were then tied up in a row to the door of the open room in which the corpse reposed. A ^{2}Nda-^{1}pa[6], if the chief was a Yung-ning Mo-so, or a ^{2}Dto-^{1}mba if a ^{1}Na-^{2}khi chief, addressed each horse in the following manner: "In ancient times the mother of the horse was killed by a yak and you were left an orphan, thus you came into the service of man. You carry his loads and him also. For this man has taken you into his home and has been caring for you. To avenge you the yak has been killed, and his tail has been fastened to your belt below the bells around your neck. Now you are ready to serve the spirit of the deceased as his mount." When the priest comes to this passage, the horse so addressed begins to shake from head to tail, a shudder runs through the horse and this is interpreted as the spirit having actually mounted the horse. This is repeated with every horse presented.

In ancient days the horses were muzzled with bags full of tsamba and suffocated. They were thus sent to the nether world to carry the deceased. All the presents, like cups or other utensils, were then broken and sent with the spirit of the departed.

After each horse had been addressed as described, the retainers or warriors wearing armor squat in a row on their heels with iron helmets in their hands while the ^{2}dto-^{1}mba chants ^{1}Ngu ^{2}t'u-^{3}bbŭe = The origin of the horse. After the reciting of the book the ^{2}dto-^{1}mba chants saying: "The soldiers have now come to escort you deceased and to clear the road for you, they are now ready to dispose of any enemy or adversary who intends to close your road." Thereupon the warriors place the iron helmets on their heads, and with sword in hand rise to the dance in front of the house and along the road.

Returning after a while they sit down again on their haunches with helmet in their hands. The ^{2}dto-^{1}mba then declares that there are no enemy soldiers on the road, that all is peacefull, that there are no tigers about, and that the

---

[6] ^{2}Nda-^{1}pa is the name whereby the Yung-ning Mo-so designate their sorcerers. They perform ceremonies similar to the ^{1}Na-^{2}khi ^{2}dto-^{1}mbas, but much less elaborate, and their number is very small. All is chanted from memory for they have no written language. They are a survival of the ancient Bön and are perhaps older than the ^{1}Na-^{2}khi ^{2}dto-mba.

animals which had been taken for such were only harmless pandas and squirrels, and that all was ready for the spirit to take the road to the funeral pyre. A bone of an ox is then tied to the box containing the body which, when arrived outside on the road, is thrown away.

The ^{2}dto-^{1}mba then chants from memory: "The spirit of the chief should not feel that death is terrible, for all must die, even the strongest trees are blown down by the wind and thus they die. The rocks are washed out of their lodgement by the action of the rain which dissolves the earth into mud, and the rocks roll down the hill", etc.

In the meantime a ^{2}dto-^{1}mba has prepared a table, covered with a white felt of sheep's wool, on which is erected the ^{1}zhi-^{2}lv a specially cast plowshare, silvery white and shining; this represents the cosmic mountain of the universe, this mountain the ^{1}Na-^{2}khi call ^{1}Ngyu-^{3}na-^{3}shi-^{2}lo ^{1}Ngyu. The sharp (upright) point is covered with butter which stands for the snow on Sumeru, Mount Kailas; below the supposed snow cotton is attached in a circle around the plowshare taking the place of clouds, and on the right (facing), a juniper twig is stuck into the cotton which represents ^{1}Ha-^{2}yi-^{2}boa-^{1}daw ^{1}ndzĕr or the Wish-granting tree. Flags are also fastened, one on each side, symbolizing the sun and moon which are supposed to set behind Sumeru.

In a bowl are the five grains as offering to the gods and with which ^{3}Gko-^{3}ō (*see NNCRC*, pp. 124–159) is performed. Another bowl contains ^{2}dto-^{2}ma; there is also a large shallow copper tray filled with either dry rice or other grain and into this are stuck the ^{1}Dsu-^{2}gkaw-^{1}lä *q. v.* This table with offerings is placed directly in front of the coffin.

The ^{2}dto-^{1}mba now performs, assisted by the relatives, ^{2}Mb'a-^{2}mi ^{3}dshi when the butter lamps are lighted, *see ms.*, ^{2}Ts'u ^{1}yi ^{2}mb'a-^{2}mi ^{3}dshi. This is followed by the chanting of several manuscripts containing ^{3}Hoa-^{2}lü or Dhāraṇī, which are untranslatable, like ^{3}Shi-^{2}lo ^{3}ts'ä ^{2}dzu, ^{2}gkv-^{3}chung; ^{2}K'o ^{2}shi ^{1}gyu ^{3}khyu, and ^{2}Ō ^{2}mun̲ ^{4}ddaw ^{1}ggü, ^{2}mb'a-^{2}mi ^{3}dshi. These Dhāraṇī or magic formulae are to help the deceased on his way, bringing demons, who may bar his road, under the spell of these mantra and thus making them harmless or powerless.

When ^{2}Mb'a-^{2}mi ^{3}dshi is about to be chanted, a large, round copper tray is brought, a little water is put into it, then imitation paper money or perforated grass paper on which vegetable oil is poured. On this is arranged a strip of bamboo curved into an open spiral. Small pieces of cotton or wool are twisted to serve as wicks and these are attached at short intervals to the bamboo raph. Oil is now poured on the wicks as well as into the tray, the water at the bottom preventing the oil from sinking. These are called the 13 lamps, but there are of course many more. Each relative, beginning with the chief mourner, lights one or two of these wicks (lamps) which are offered to the deceased while the ^{2}dto-^{1}mba chants ^{2}Ō ^{2}mun̲ ^{4}ddaw ^{1}ggü, ^{2}mb'a-^{2}mi ^{3}dshi. The deceased is told to light his way with these lamps.

Besides the above tray, the ^{2}dto-^{1}mbas also use what they call a ^{2}Mb'a-^{2}mi ^{1}ndzĕr or lamp tree, similar to what the Tibetan lamas use at the Tsongkha-pa festival on the 25th of the tenth moon, when they celebrate the death of the founder of the Yellow Sect and his ascension into the Tuṣita Heaven. *See:* note 9 of ^{2}Ts'u ^{1}yi ^{2}mb'a-^{2}mi ^{3}dshi. The lamp tree is put on a table in front of the coffin, the head of which is in the door and the feet to the wall of the room. The chief ^{2}dto-^{1}mba who carries the ^{3}Mùen̲-^{1}t'u then chants ^{2}Ts'u ^{1}yi ^{2}mb'a-^{2}mi ^{3}dshi while a second ^{2}dto-^{1}mba chants ^{2}Ō ^{2}mun̲ ^{4}ddaw ^{1}ggü, ^{2}mb'a-^{2}mi ^{3}dshi, also the two other *mss.*, containing Dhāraṇī, after that the chief mourner lights the first lamp.

At the same time a piece of paper is ruled into three sections, in the first is written the text found in the first rubric of ^{2}Ts'u-^{1}yi ^{2}mb'a-^{2}mi ^{3}dshi. In the second rubric the clan name and the name of the deceased is entered. In the third the name of the father and mother, followed by those of the grandfather and grandmother, great grandfather and great grandmother (in all three generations). The rope of the sheep with which it was led to the slaughter is later burned with gold and silver paper, also perforated paper representing money and the strip of paper on which the names were written. This is done before the coffin.

The names on the strip of paper are read three times at ^{2}Mb'a-^{2}mi ^{3}dshi, ^{2}Gkv-^{3}shu ^{3}la, and ^{2}Ts'u ^{1}yi ^{2}Mun̲ ^{1}gkv.

On the eve of the actual funeral of an aged male peasant in a ^{1}Na-^{2}khi village, the old people will gather from all the neighboring villages, and after being regaled with food and drink, dancing and the singing of funeral songs then commence around a large bonfire.

^{3}Mun̲ ^{2}ndzĕr ^{3}ä ^{1}lä ^{2}dzhu is one of several types of funeral songs, sung at the death of an old man while the body is still in the house. The ^{2}dto-^{1}mba at the funeral of a man will sit on the left side, the side of honor, nearest the head of the coffin which occupies the centre of the main guest room, the head to the door and the feet to the wall. Next to the ^{2}dto-^{1}mba sit the old men of the village and opposite them on the right the mourners. The ^{2}dto-^{1}mba leads in the singing, he will chant one passage at a time which is then repeated by the seated men, to the end of the 12th page. Some will use the hollow stems of the ^{2}Gyi-^{3}wuo-^{2}wuo (*Lycesteria formosa* var. *stenosepala* Rehd.) through which they blow like through a reed, holding the hollow hand over the lower end and moving it, effecting a tremulo; others use green leaves which they press to their lips and cause a whistling sound.

The ^{2}dto-^{1}mba carries a staff of the slender bamboo *(Arundinaria Faberi)* to which a strip of white (grey) hemp cloth is tied. When they have come to the end of the twelfth page the ^{2}dto-^{1}mba breaks the staff in half and says: ^{2}Ă ^{1}hu ^{3}ssi-^{2}mi ^{2}k'ö ^{2}hu ^{1}chĕr, ^{2}k'ö ^{1}lä ^{2}hu ^{2}muàn̲ ^{3}gkv, ^{2}k'ö ^{3}la ^{1}ndü ^{1}ts'u ^{2}t'khye (the breaking of the staff is done at this passage, he bends the staff over his knee and breaks it in half and throws the two halves away) ^{1}ndü ^{3}lv ^{2}mi-^{1}k'o ^{1}ts'u ^{2}t'ü ^{3}p'u. The meaning of the phrase is: Last night the children dog protect permit, dog protect unable, dog beat, stick thin broke, the stick (^{3}lv enumerator) sins demon (on) they put; a free rendering is: Last night the children were sent to protect the dog, to protect the dog they were unable, they beat the dog and broke the thin stick; they took the stick and the sins they put on the demon. The meaning is that the faults of the deceased are now put on the demons, he is compared to a broken stick and of his sins he is now divested.

^{3}Mun̲ ^{2}ndzĕr ^{3}ä ^{1}lä ^{2}dzhu is chanted after supper and after the performance of ^{2}Mb'a-^{2}mi ^{3}dshi when 13 oil or butter lamps are offered to the deceased. In front of the old men are long tables on which bowls of wine and food are placed for them. They remain seated till the book has been chanted. They then rise and join the group of guests outside to an open spot where a large log fire is burning. There they form themselves into a circle, but not a closed one, and holding hands much like children do when at play, begin a dance. The leader of the singing and of the dance takes first a step forward and then one backward while all the rest in the circle will follow suit; the leader sings a verse in the form of a question which is answered by one of the men blessed with a good voice. Thus they sing and slowly dance around the fire. As there is no accomodation for so many guests, the singing and dancing is kept up all night, the men taking turns.

When they begin to sing outside around the fire the tone is changed, also the tempo. From page 13 on the song is continued outside.

When the song is finished the ^{2}dto-^{1}mba takes a bowl of water in which sugar has been dissolved and gives it to the kneeling descendant who partakes of it. This has the meaning of imparting to the son the ability, power and personality (= ^{2}non̲-^{1}ō) of the deceased.

The song sung at the funeral of women is practically the same. The woman goes to the spring to fetch water and there she sees her image reflected, she does not realize it is hers, for the face is white, she thinks it is the reflection of the sky, she looks up but there are no stars, then she thinks it is the reflection of the grass on the land, but no grass has sprouted. She then realizes it is the reflection of her old face; she throws away the wooden scoop and bucket and wanders from place to place in search of youth, but she finds no one to sell years (longevity) so like the man she gives up and returns.

The following are titles of other funeral songs commonly called ^{2}Ndzĕr ^{2}ts'o of which manuscripts are not extant, but parts of these songs can be found in the one here translated:

^{2}NDZĔR ^{2}TS'O

Very rhythmic, about ♩ = 126

This tune serves for all the other eight songs mentioned on page 12; the meaning of the title is ^{2}Ndzĕr = sing, ^{2}ts'o dance.

1) ^{2}Dzī ^{1}yü ^{1}ssu-^{2}ndzĕr ^{3}mun̲ = Man born three venerables died.
This is a song about the death of the fathers of the three tribes as the Tibetan, ^{1}Na-^{2}khi and ^{2}Lä-^{2}bbŭ = Min-chia [15].

2) ^{2}Mùan̲ ^{2}t'u ^{1}dü ^{2}k'u = Heaven origin, Earth spread out.
This is sung in the form of question and answer, as who made the heavens? the answer is the ^{2}Mùan̲ ^{2}zo ^{2}ngv-^{3}gkv = the nine celestial sons did; who spread out the Earth? the seven terrestrial daughters did (the ^{1}Ssan̲ ^{3}mi ^{2}shĕr-^{3}gkv).

3) ^{2}Mùan̲ ^{1}tgkye ^{1}ssu-^{2}ndzĕr ^{3}mun̲ = Heaven in three venerables died.
This is in the song translated, also ^{1}Dü ^{1}tgkye ^{1}ssu-ndzĕr ^{3}mun̲ = Earth on three venerables died.

4) ^{2}Muàn̲ ^{3}ch'ĕr ^{2}ngv-^{2}ndzĕr ^{3}mun̲ = Not decayed, nine venerables died.
It relates of nine beings who died and where they died. In this song are also included the various wild animals and where they died.

5) ^{1}Zä ^{2}t'u ^{1}Zä ^{3}bbŭe = ^{1}Zä origin ^{1}Zä take flight.
It tells of the 360 winged ^{1}Zä demons, apparently representative of vultures who feed on the dead. As this is chanted at funerals it would indicate that in ancient times when the ^{1}Na-^{2}khi dwelt in the grasslands of northeast Tibet, the dead were exposed and given to the vultures as is still practiced by the Tibetan nomads. 30 ^{1}Zä are mentioned in the song what their nests were composed of, their eggs, what hatched them, etc.

6) ^{1}Ngu ^{2}t'u ^{1}ngu ^{3}bbŭe = The origin of the horse.

7) ^{2}La ^{1}t'u ^{2}la ^{3}bbŭe = The origin of the tiger.

8) ^{2}Ndu ^{1}dzu ^{2}wuà ^{1}ssü ^{1}d'a = The five kinds of courageous winged creatures (born with wings).
^{2}K'wua ^{1}dzu ^{2}wuà ^{1}ssü ^{1}d'a = The five courageous cloven-hoofed creatures.
^{1}Dshi ^{1}dzu ^{2}wuà ^{1}ssü ^{1}d'a = The five courageous clawed creatures.
^{2}D'a-^{1}d'a ^{2}ts'ä-^{2}nyi ^{1}d'a = Ground (land) renowned, twelve renowned. The twelve renowned residences of the former ^{1}Na-^{2}khi kings. They are enumerated in my *ANKSWC*, Vol. 1, p. 148, note 155.

9) The type of song here translated is colloquially known as ^{2}Zä-^{1}zä ^{2}ts'o or the ^{2}Zä-^{1}zä dance (around a bonfire at night).

While all the singing and dancing is going on, the other ^{2}dto-^{1}mbas prepare the ^{1}Dtv tree. It is a pine tree about 20 feet tall and is erected in the court of the home of the deceased near the entrance on the east side of the court. On the top of the tree is a ^{1}Na-^{2}k'wai or ^{1}Na-^{2}k'aw for the gods to repose on; it is decorated with scarfs of five colors representing the five elements, and a large flag. When the tree is erected early the next morning the ^{2}dto-^{1}mbas chant the *ms.* ^{1}Dtv ^{3}ts'u = erect the ^{1}dtv, in which the origin of the tree is told. *See:* ^{1}Dtv ^{3}ts'u.

Early the following morning the ^{2}dto-^{1}mbas assemble and begin the ceremony by chanting the manuscript ^{1}Dtv ^{3}ts'u or erect the ^{1}Dtv tree, *q. v.* This is followed by

^{3}Shi-^{2}lo ^{3}lu ^{2}p'a ^{1}ō ^{3}shĕr
Redeeming the soul from the four sides of ^{1}Ngyu-^{3}na ^{3}Shi-^{2}lo ^{1}Ngyu.

It is feared that the soul while on its way to the 33 realms of the gods on high may have been lost or caught on the four sides of Mount Sumeru (Kailas), and so the ^{2}dto-^{1}mbas chant redeeming the soul, calling it back to the proper road it has to travel. There is no manuscript by that name which is peculiar to the ^{2}Zhi ^{3}mä ceremony, so the ^{2}dto-^{1}mbas use one belonging to the ^{3}Shi-^{2}lo ^{3}Nv Ceremony, *i.e.*, a funeral ceremony performed for a deceased ^{2}dto-^{1}mba. The manuscript from which this title is taken is no 1761 and is in the Library of Harvard-Yenching Institute of Cambridge Massachussets.

Explanation of the symbols in the title:

The four lines on the top stand for the numeral four and have reference to the four faces = ^{3}lu ^{2}p'a of the mystic mountain Sumeru which the ^{1}Na-^{2}khi call ^{1}Ngyu-^{3}na-^{3}shi-^{2}lo ^{1}Ngyu = the vast mountain of ^{3}Shi-^{2}lo = gShen-rab(s). The four circles indicate the four faces ^{2}p'a or sides of the mountain. The mountain itself is always figured rising from several, usually three, terraces. *See NNCRC*, p. 423, note 770. The symbol to the right is ^{2}nv and represents the body of the deceased (*see SNL*, p. 5, note 1). The curved line indicates the calling or redeeming action of the soul from the mountain.

Soul in ^{1}Na-^{2}khi is ^{1}Ō-^{2}hä and is written with the symbols for ^{1}Ō = turquoise and ^{2}hä = moon or month, below the moon symbol is the numeral seven = ^{2}shĕr, its phonetic value is here borrowed for ^{3}shĕr = to redeem.

While this manuscript is being chanted another ^{2}dto-^{1}mba chants:

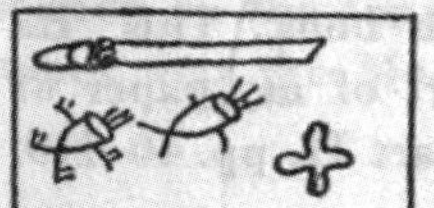

^{2}Mu̱n ^{1}Ghügh ^{3}ssü or the Killing of the ^{2}Mu̱n ^{1}Ghügh demons.

For translation of this manuscript *see NNCRC*, pp. 116–120, also p. 122, note 94. The ^{2}Sssu ^{1}gv manuscript is used as there is no book peculiar to ^{2}Zhi ^{3}mä by that title. The ^{2}Mu̱n ^{1}Ghügh demons are killed for it is feared that they will steal the clothes of the deceased, the food offered, or that they may even close the road of the deceased to the realm of the gods. The same objects are used as at the ^{2}Ssu ^{1}gv ceremony. When this book is chanted a raw egg is offered to the ^{2}Mu̱n and ^{1}Ghügh demons on a live charcoal. *Ms.* no 1089 bears the above title and is in the Library of Harvard-Yenching Institute.

After the chanting of the above manuscript the actual ^{2}Zhi ^{3}mä ceremony commences. All the books that now follow are peculiar to that ceremony. The latter begins with the chanting of ^{2}Ts'u ^{1}yi ^{2}gkv-^{3}shu ^{3}la when the deceased is a man and with ^{2}Ts'u-^{1}yi when the deceased is a woman.

During the second day either a sheep or ox is sacrificed to the deceased and a horse is offered.

In the afternoon the people feast on the animal sacrificed, in which the ^{2}dto-^{1}mbas take part. After the meal they chant ^{1}Yü ^{2}ndzĭ ^{3}mi in which the deceased is told now to forget eating, when food is given him for the last time, or ^{2}haw ^{1}shi = food distribute.

This is now followed by the chanting of other manuscripts in front of the coffin, still late in the evening when the people after having partaken of supper continue their chanting and dancing around the bonfire. Usually it is only done on the first night.

^{2}Ō ^{2}ndzĭ ^{3}mi or to forget about having experienced slander follows; then ^{3}Mun ^{2}ndzĭ ^{3}mi, forget having experienced old age and death. When the ^{2}dto-^{1}mba takes his funeral wand he stands by the coffin dressed in a grey felt mantel and broad brimmed felt hat he chants ^{3}Mùen-^{1}t'u ^{2}ō ^{2}szŭ or to hold the ^{3}Mùen-^{1}t'u or staff, he tells the deceased where to go and what he may experience on the road. The last book chanted in the evening is ^{1}Ndshĕr ^{2}ndzĭ ^{3}mi or to forget fright; he is told what he is to expect on the road which may frighten him and he is instructed what to do.

On the third day early in the morning incense is burned and the long funeral strip called ^{1}Hä ^{2}zhi ^{1}p'i or the road the gods decide is unrolled. It consists of two parts, a short one containing the ^{1}Mbu ^{1}na ^{2}ngv ^{1}mbu or the nine black spurs guarded by demons which the deceased has to cross, and a very long one, often 30 feet or more long, on which all the stages from the lowest realm in hell to the 33 regions of the gods are indicated. With this strip, attached to the head of the coffin in a northeasterly direction, seven books are chanted. The first is ^{1}Lä-^{3}ch'ou ^{1}ndshi, the second ^{1}Mbu ^{1}na ^{2}ngv ^{1}mbu ^{3}p'i, the third ^{3}Ts'u-^{2}ssī ^{2}ndaw ^{1}ndzĕr ^{2}t'u, the fourth ^{2}Tsan-^{2}ngv ^{2}k'u ^{2}p'u, the fifth ^{1}K'o-^{3}lo ^{2}t'u, the sixth ^{1}Hä ^{2}zhi ^{1}p'i ^{2}gkv-^{3}chung and the seventh ^{1}Hä ^{2}zhi ^{1}p'i ^{3}man-^{3}chung. What the ^{2}dto-^{1}mbas do and what objects are used on the strip of cloth is described under the title of each book. This ^{1}Hä ^{2}zhi ^{1}p'i has been fully described by me in the second part of my paper of Studies in ^{1}Na-^{2}khi Literature in *BEFE-O*, tome XXXVII, part II, pp. 40–119, and Plates XV to XLI inclusive (1937).

The last books chanted after ^{1}Hä ^{2}zhi ^{1}p'i, while the coffin is still in the house, in which all ^{2}dto-^{1}mbas present take part, are six books called ^{2}Nyi-^{2}wùa ^{3}ch'wua ^{1}dü or the six realms of hell. This is actually a misnomer for they are not six realms in hell but the six existences into which a man can be reborn. These books are entirely composed of Dhāraṇī and are transcriptions of original Sanskrit Mantras which have been taken over by the ^{1}Na-^{2}khi, not from India but from the Tibetan. They correspond to the Tibetan book of the dead.

When these books have finally been chanted the coffin is taken out and escorted by all relatives and friends (see Plate I) to the grave. *En route* the party carrying the coffin will stop several times, while the eldest son crawls on his hands and knees beneath the coffin to obtain a last blessing from his father or mother as the case may be. Women are not allowed to accompany the procession to the grave, but stop at a designated place.

The grave has been usually carefully selected and the actual direction it must face has all been determined by divination. The grave is the usual shallow Chinese grave and the stones are built around the coffin, the latter is not more than one foot in the ground; old people will take a string attach it to the head of the coffin or hold it over the center, while the other end is focussed in line to a particular hill or peak; the coffin is shifted accordingly till it is in the right position.

Male relatives will then put soil in the tail of their long garment and walking sideways, with the back to the coffin, and holding up the back part of the garment will empty the soil slowly on to the coffin as they move along.

Soil is then provisionally added also rocks; the relatives prostrate themselves, and before leaving remove the Chinese characters which extend along the head of the coffin, and place a bowl with tea in front of it. All return now to the home of the deceased and the funeral is over.

When the funeral is over the ^{2}dto-^{1}mbas return to the home of the deceased and take down the ^{1}Dtv tree and while doing so one ^{2}dto-^{1}mba chants the *ms.* ^{1}Dtv ^{3}khi = to put down the ^{1}dtv. *See* ^{1}Dtv ^{3}khi.

In ancient times when bodies were cremated the bones were put into urns and temporarily interred till the performance of the ^{2}Khi ^{3}Nv ceremony when they were gathered and permanently interred in a place as figured on Plate III, while the ^{2}nv was deposited into the caves of ^{2}Nv-^{2}gkyi-^{1}'a-^{2}k'o, *see* Plate IV.

It has been the custom from time immemorial for the Mo-so of Yungning to escort the spirits of their dead to the southern slopes of Mt. Chhana-do-rje (Phyag-nag-rdo-rje) at an elevation of 17,200 feet of the Gang-kaling (Gangs-dkar-gling) Range in southwest Hsi-k'ang. On these rocky slopes which form the north side of the La-wa-t'ang Valley, the Mo-so erected simple stone houses, often consisting only of one oblong, squared rock with a slab of rock on the top for a roof, (*see* Plate V), it was to these specially erected stones that the Mo-so escorted the spirits of their dead after cremation.

^{2}MB'A-^{2}MI ^{1}LA ^{2}DTA or LAMP HAND (ON) PLACE

The first symbol represents a butter lamp read ^{2}Mb'a-^{2}mi, the second a hand ^{1}la, holding a lamp, and the third the symbol for box = ^{3}dta, its phonetic value has here been borrowed for ^{2}dta = to place, to put. There are two manuscripts extant, the only ones known to me, and it is from these two that the accompanying pictographic text has been reproduced, what was not legible in one was legible in the other, and with the two texts it was possible to reconstruct the entire text, except where the names of the gods were not known and could not be reconstructed from one or two syllables preceding the figure of the deity, the custom of the ^{2}dto-^{1}mbas being to write only one or two symbols of the name and not the entire name.

Some of the deities mentioned here occur on the ^{1}Hä ^{2}zhi ^{1}p'i, where they are figured but not named or only partly named (*see SNL*, part II, pp. 100–107 and Plates 34–38 inclusive), but the majority oft them appear in no other ^{1}Na-^{2}khi texts to my knowledge. Besides gods we also find the names of spirits and ancient ^{2}dto-^{1}mbas, and the latter can be recognized by their head-dress and the absence of a halo. The symbols preceding the figure of a deity, etc., spell the name of the latter, which is followed by the symbol representing a lamp or that of ^{1}ch'ung the picture of a string of carnelian, the phonetic value of which is borrowed for ^{3}ch'ung = offer, present.

The manuscripts from which the text has been coordinated are nos. 2010 and 2012 respectively. The former was labelled by my late ^{2}dto-^{1}mba as belonging to the ^{2}Zhi ^{3}mä ceremony and the latter to ^{3}Shi-^{2}lo ^{3}Nv ceremony, both are however identical. Only photographic reproductions remain in my possession, the negatives are in the Library of Congress.

^{2}Mb'a-^{2}mi ^{1}la ^{2}dta was performed long before coffins came into use among the ^{1}Na-^{2}khi, the first burial to take place in a coffin was in 1723. Prior to that time corpses were cremated and the ashes interred, *see* Plate III.

The first coffins were introduced in Yün-nan province by the father of the Mohammedan General Nazir-ed-din who was the Commander-in-chief of the capital of Karajang, the present K'un-ming. His name was Sai-yin-o-te-ch'i; he was a native of Bokhara and died at the age of 69 in the 16th year of Chih-yüan, A. D. 1279.

The first burial in a coffin in the Li-chiang district took place from the village of Shu-ho (Ssu-ho) in 1723 when the mother of one Ho Tsung-shun who was the headman of that village was placed in a coffin and interred. It is interesting to note that burial was first tried with a woman.

Since then people have been buried in coffins in the Li-chiang district, each family having its own burial plot, usually situated in a most beautiful scenic spot at the foot of the snow range surrounded by pine or oak forest, the trees of which are never cut. The burial ground of Li-chiang city is at the foot of Hsiang Shan or Elephant Mountain, facing west and to the north of the city, above a lovely stream, adjoining the Lung-wang Temple. The cemetary is in the shade of large trees of *Castanopsis delavayi* an evergreen Chinquapin, *Erythrina arborescens* trees, and pines.

There is an interesting burial ground near the last village on the western arm of the Li-chiang plain, and a little to the east of it between ^{2}Nv-^{2}lv-^{2}k'ö the Chinese Hsüeh-sung ts'un and ^{3}Ssaw-^{2}ssu-^{3}k'a the Chinese Wen-hua ts'un. There exists a hill with a central depression, identifying it as an ancient crater (another crater with pumice and olivin-bearing rocks is very near there at the foot of the snow range, the crater now containing a pond, is called ^{1}Mbu ^{3}Ḳhü). On this hill called ^{2}La-^{1}lo-^{3}dto-^{1}gko are many small graves consisting of small circular mounds, the inscriptions on the gravestones barely legible. (*See* Plate III.) Most of these graves date back to the early Ming dynasty. It was there that the ashes of cremated ^{1}Na-^{2}khi were interred prior to burial in coffins.

All women who die in childbirth, or 100 days before or 100 days after childbirth, must be cremated as they are considered ^{3}ch'ou = impure; this cremation takes place in the ravine which is to the north of the hill.

^{2}MB'A-^{2}MI ^{1}LA ^{2}DTA

Translation of text

Page 1

Rubrics:

1) **In the beginning of time.**
2) **first there were the stars in heaven, that day was propitious, on that day the grass was born on the land, to-day the grass is green, to-day is auspicious.**
3) **On the left the sun appears, to-day the sun is hot, on the right the moon appears, to-day the moon is bright.**
4) **In the north at ^{2}La-^{1}ssaw-^{3}dto-^{2}k'ö-^{1}p'ĕr the Tibetan is well versed in casting horoscope(s) for the year, this year is propitious.**
5) **In the south the ^{2}Lä-^{2}bbŭ from ^{2}Bbŭ-^{3}lv-^{2}zhi^{1}zaw-^{2}ma<u>n</u> is proficient in casting the horoscope for the month, this month is auspicious.**
6) **In the center in ^{2}Dzī-^{1}ndsu-^{3}lü-^{2}gv the ^{1}Na-^{2}khi is proficient in casting the horoscope for the day (night), to-night is propitious.**
7) **To-night the stars and ^{1}Zü are propitious, to-day is propitious.**
8) **The ^{2}Ts'u-^{1}bpö-^{2}swue-^{2}p'ä-^{3}haw and the family of the ^{2}Nddü-^{1}lä-^{2}ch'i-^{2}zo-^{2}ghügh, their desirable father ^{2}Gko-^{1}p'ĕr-^{2}gko-^{3}nu<u>n</u> ^{1}dtv died.**
9) **To-day, I, like the chief, I, the ^{2}dto-^{1}mba able to chant say to you, in the presence of you deceased.**
10) **I give into your hand a butter lamp which will never cease to burn.**
11) **You will arrive in the good land of the ^{2}Ō and ^{1}Hä, you will arrive in the realm of the 360 good gods on high.**

Explanation of text

Rubr. 1: **We see the head of a tiger with which all texts commence, the tiger head is usually colored. It stands for . . . "In the beginning of time . . ." as already explained, *see NNCRC,* Vol. 2: 387. The next symbol is not read; it represents a ^{2}dto-^{1}mba or priest holding in one hand the funeral wand ^{3}Mùe<u>n</u>-^{1}t'u, such an officiating ^{2}dto-^{1}mba is termed ^{2}Lo-^{1}ch'ung-^{2}ndaw-^{1}khü but only when he performs a funeral rite or the ^{2}Khi ^{3}Nv ceremony. In the other hand he holds a book.**

Rubr. 2: The first symbol to the left is read ^{1}ch'ung it is an ideograph but used phonetically and is a picture of part of a string of carnelian beads such as women used to use over their hair above the forehead. In the same tone it can mean quick or quickly, and as here employed can also mean in ancient times, in the beginning, first as in time. It is then usually used in conjunction with the symbol for a crowing cock = ^{3}dgyü, for a cock is the first animal to stir at dawn. The upper horizontal is the symbol for heaven with three stars below; on a level with the line below is the symbol for earth, land with grass growing on it, between is the symbol ^{2}ghügh = a jewel or precious object also called ^{1}noṉ-^{2}bü, it is a picture of the Tibetan nor-bu (*see l. c.*, p. 439, note 773, and p. 457, note 776) or Sanskrit maṇi or cintamaṇi = jewel. It has the same reading as the swastika symbol ^{2}ghügh and is used in conjunction with it, but the two are then read ^{2}ghügh-^{2}ddo meaning Swastika, the Bön gyung-drung. For the adjective good, either of the two symbols alone can be used, as can the symbol for ox, also read ^{2}ghügh, to convey the abstract meaning good, auspicious. The upper symbol on the right is read ^{2}szĭ = grass and is here so used, below it is the symbol for turquoise, it stands here for the color green, it is rarely used for blue.

Rubr. 3: Is self explanatory.

Rubr. 4: The first upper symbol usually read ^{1}ggŏ = above, stands here for the north, the ^{1}Na-^{2}khi believing that Lha-sa is to the north, for in the north of them and northwest live the Tibetans. Of the name ^{2}La-^{1}ssaw ^{3}dto-^{2}k'ö-^{1}p'ĕr only the symbols ^{2}dto = a board, and ^{1}p'ĕr = white are written. The slope of a hill is called ^{3}dto and ^{2}k'ö = at the foot of, Lha-sa being situated at the foot of a sloping hill on which the Potala stands and being the residence of an incarnate god must be ^{1}p'ĕr = white (*see NNCRC*, p. 170, no 246). The next symbol is the picture of a Tibetan = ^{2}gv-^{1}dzu with a large hat. In the upper right is the head of a rat = ^{3}ffŭ, here read ^{3}k'v = year, for the animal cycle of 12 starts with the rat.

Rubr. 5: (See NNCRC, p. 158, note 205). The symbols represent a foot treading along a road down-hill, below is the symbol for ^{1}mùeṉ = below, for the land of the ^{2}Lä-^{2}bbŭ is to the south of the ^{1}Na-^{2}khi. The symbol, when the three points are longer or the whole symbol is taller, is read ^{2}mi = fire, and can also be read ^{1}hö = red for the color of fire is red; when it is low it is read ^{1}mùeṉ = below, also south, which is actually called ^{2}Yi-^{2}ch'i-^{1}mùeṉ (*see l. c.*, p. 248, note 498), ^{2}yi-^{2}ch'i being the name of K'un-ming the capital of Yün-nan, and as it is to the south of Li-chiang, the name is incorporated in the expression for south; it indicates that the ^{1}Na-^{2}khi never had a single word for the various quarters of the compass. In the centre stands the figure of a ^{2}Lä-^{2}bbŭ. (*See NNCRC*, p. 200, note 306; p. 206, note 363.) This tribe must have had in ancient times a very distinctive head-covering or head-dress now no more in use, for a ^{2}Lä-^{2}bbŭ is always depicted thus. The moon symbol resting on that read ^{2}ghügh = auspicious, is here read ^{2}hä which can mean both moon and month.

Rubr. 6: (*See l. c.*, p. 84, note 17). The central figure denotes a ^{1}Na-^{2}khi pronouncing a prognosticum. The inverted moon is here read ^{1}khu = night.

Rubr. 7: Of the six symbols only the fifth, composed of three small circles united by lines, needs to be explained, it is read ^{1}zü = a constellation of nine stars (*see l. c.*, p. 121, note 91).

Rubr. 8: The figure seemingly enclosed in a tent or house is called or read ^{2}Ts'u-^{1}bpö-^{2}swue-^{2}p'ä-^{3}haw a litteral translation of which is demon ceremony chief sleep. Any male head of a household in which a death has occurred is thus called. Usually the figure alone would be called ^{1}ä-^{1}ssĭ = father, the wood symbol ^{2}ss also stands for ^{2}swue-^{2}p'ä = chief, as there is no symbol for the first syllable "^{2}swue" the nearest to it "^{2}ss" is used. He is the chief who takes care of all the guests and prepares sleeping quarters for them. Of the words ^{2}Ts'u-^{1}bpö the first refers to the deceased who is considered a demon prior to his being escorted to the realms of the gods. ^{1}Bpö means to chant, perform a ceremony.

The word ^{1}bpö seems to have one origin with Bön; the ^{1}Na-^{2}khi are unable to pronounce final letters or consonants, so bön becomes ^{1}bpö, in ^{1}Na-^{2}khi, it means to chant, pray, perform a ceremony. I quite agree with Hoffmann's conclusion as to the meaning of bon, it is corroborated by the ^{1}Na-^{2}khi ^{1}bpö. In his „Quellen zur Geschichte der tibetischen Bon-Religion" he says on page 137, „mich dünkt es, daß bon zu dem obsoluten Verbum bon-pa zu stellen ist... und mit zlas (besser bzlas) murmeln, murmelnd rezitieren wiedergegeben wird". He states that the word lzlas-pa is especially used for the mumbling of magic words. The word zlas is pronounced da or de, it is possible that the Mo-so term for a shaman viz., ^{2}Nda-^{2}pa in Yungning is identical with it.

The mourning son is called ^{2}Nddü-^{1}lä-^{2}ch'i-^{2}zo-^{2}ghügh, ^{2}Nddü-^{1}lä means orphan, and the remainder "this son good". Colloquially he is called ^{2}zo-^{2}ch'ĕr; the mourning daughter is known as ^{2}Nddü-^{1}lä-^{2}ch'i-^{3}mi-^{2}gkyi but only at the death of a mother, and colloquially she is called ^{3}mi-^{2}ch'ĕr. A deceased father is compared to a male crane who is about to rise and fly to the high clouds, like the deceased who is about to be escorted to the realms of the gods on high. He is termed ^{2}Gko-^{1}p'ĕr = the white crane, the crane with the straight bill = ^{2}gko ^{3}nu̱n ^{1}dtv. If the deceased is a mother she is called ^{2}Ghügh-^{1}k̦hü-^{2}ghügh-^{2}lo-^{2}bbüe which is also a term for a female crane.

Rubr. 9–10 need no special explanation, save that in rubric 9 the two figures represent, the first a headman, the second a ^{2}dto-^{1}mba and the third the deceased (*see SNL*, p. 108, also *NNCRC*, p. 276, note 582). In rubric 10 is a ^{2}mb'a-^{2}mi or butter lamp, the symbol for butter ^{1}ma-^{1}p'ĕr and the negation ^{2}mua̱n. In *Rubric 11* we see two gods here read ^{2}Ō ^{1}nä ^{1}Hä = the ^{2}Ō and ^{1}Hä, that is all the gods. The numeral 360 separated by the adjective ^{2}ghügh = good refers to the 360 good gods, ^{1}ggŏ = on high, and ^{2}t'u = arrive. (*See* ^{1}Hä ^{2}zhi ^{1}p'i in *SNL*, II: 74.)

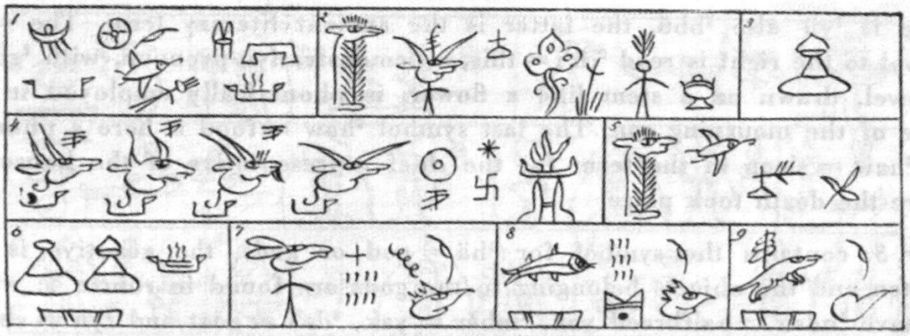

Page 2

Rubrics:

1) **You have arrived in the land of the bright sun, and in the land of the bright moon, you are escorted on high to the realm where once born one never dies.**
2) **The son of the deceased (²Nddü-¹lä-²ch'i-²zo-²ghügh) and the ²Ts'u-¹bpö-²swue-²p'ä-³haw.**
3) **Of the gods (this does not refer to rubric 2, but to the next rubric).**
4) **Milk the white half-breed yak, white yak, white goat and white sheep, they make butter and from 1000, 100 loaves of butter make butter lamps.**
5) **¹Yü-³mu̱n-²llü-²ssi with such a lamp placed into your hand,**
6) **you are escorted to the land of the ²Ō and ¹Hä (*see NNCRC*, p. 91, note 42).**
7) **You have not been caught in the 18 realms of ¹Lä-³ch'ou in hell.**
8) **You have not been caught in the 9 black houses of ²Nyi-²wùa = hell.**
9) **You have not been caught in the lake of ¹Khyü-²dso ¹dü = the land of the brutes (animal world).**

Explanation of text

Rubr. 1: **The three symbols in the centre of the rubric read ²muàn ³mu̱n ²shi; only the two upper are read, the third, a reclining demon referring to the deceased is not read but illucidates the second one ³mu̱n = a horsefly, here phonetically used for ³mu̱n = to die; of the last two symbols of the rubric, ¹ggö ³bpŭ escorted on high, the lower one is written differently from that usually employed, it is the picture of a colander = ³bpŭ with the steam escaping upwards instead of from below, it indicates that the manuscript is not a Li-chiang one where this symbol is not employed.**

Rubr. 2: **The symbol for "mourning son" is here written out more fully than in rubric 8 of page one. The sheep's head is here superimposed on a body with two legs and two arms. The symbol ¹ndi (here read ²nddü) between the horns of the sheep acts as a phonetic; the sheep head in the name ²Nddü-¹lä-²ch'i-²zo-²ghügh is not read but indicates the person is ¹yü = alive, living;**

sheep is ^{1}yü also ^{2}bbŭ, the latter is the ancient literary term. The small symbol to the right is read ^{2}ch'i = this, a demonstrative pronoun, with ^{2}ghügh = jewel, drawn on a stem like a flower, is phonetically employed in the name of the mourning son. The last symbol ^{2}haw = food is here a phonetic for ^{3}haw = sleep in the term for the chief representative of the household where the death took place.

Rubr. 3: contains the symbol for ^{1}hä = god or gods, the genetive is not written and the objects belonging to the gods are found in rubric 4: where we have ^{1}ndsu = halfbreed yak, ^{1}mbĕr = yak, ^{3}ds'ĭ = goat and ^{1}yü = sheep. The symbol attached to the base of the heads and the symbol for a container serve as the verb ^{1}ch'wua = to milk, the particular animal to which it is attached. The next two symbols read from top down are ^{1}ma-^{1}p'ĕr = butter, followed by ^{1}dtv = 1000, and ^{2}ghügh = the swastika here used for the numeral 100, the last is a butter lamp or ^{2}mb'a-^{2}mi.

Rubr. 6: shows four symbols, the lowest ^{1}dü = land, above it ^{2}Ō and ^{1}Hä = the gods, and ^{3}bpŭ = escort.

Rubr. 7: The muskdeer head without the fangs superimposed on a human figure represents the demon ^{1}Lä-^{3}ch'ou (*see SNL*, p. 13, note 2; pp. 44–45; also *NNCRC*, pp. 747, 382, note 766), the numeral 18 (10 + 8), the symbol ^{3}ch'ou here written with coils of intestines, hence unclean, impure, follow. There are 18 realms in ^{2}Nyi-^{2}wùa or hell, *see* the ^{3}Shi-^{2}lo ^{3}Nv *ms.*, ^{2}Nyi-^{2}wùa ^{1}ts'ä-^{3}ho ^{1}dü ^{1}ts'u ^{2}dzhu-^{1}zhwua, but these are apparently different from the 18 ^{1}Lä-^{3}ch'ou realms in hell. There remain two symbols ^{2}muàn̠ = not, ^{1}'a = caught. The last, the head of a chicken = ^{1}'a, phonetically used for ^{1}'a to be caught, to catch (*see SNL*, p. 79).

Rubr. 8: The first two symbols ^{2}nyi = fish, ^{1}dü = land are here read ^{2}Nyi-^{2}wùa and stand for hell (*see SNL*, p. 74, also *NNCRC*, p. 86, note 23; p. 269, note 572). There are nine black houses in hell, the black dot = ^{1}na is in the symbol for ^{2}wùa = house.

Rubr. 9: ^{1}Khyü-^{2}dso ^{1}dü = juniper, lizzard, land; of these three symbols the two upper are phonetics for ^{1}Khyü-^{2}dso = the animal or brute world, the third is an ideograph, ^{1}dü = realm (*see l. c.*, p. 85). Often the name is written wrongly ^{1}Khyü-^{2}sso. Of the words ^{2}muàn̠ ^{1}'a only the negation is written. The last symbol ^{3}khü = lake refers to the poison lake which is said to exist in the animal world wherein the soul may be detained (*see l.c.*, p. 85, also *NNCRC*, p. 84, note 18).

Page 3

Rubrics:

1) Nor have you been caught in the land of the Preta (^{2}Yi-^{3}ndaw ^{1}dü).
2) You are escorted to the excellent realm of the beautiful 33 gods.
3) ^{1}Yü-^{3}mu<u>n</u>-^{2}llü-^{2}ssĭ your body and soul are now at peace, your horse is well and its mane is beautiful; I the ^{2}dto-^{1}mba
4) have placed in your hand the golden butter lamp, let your mouth pronounce ^{1}Yu-^{3}llü-^{1}ma-^{2}hō and light your lamp and present it before the great god ^{2}Gkaw-^{2}bbŭ-^{2}yi-^{2}ndĕr.
5) Before ^{2}Gyu-^{1}aw-^{2}ds-^{1}lĕr ^{2}Hä-^{1}ddü light your lamp.
6) Before ^{3}T'a-^{2}bbŭ-^{2}gkv-^{3}shu ^{2}Hä-^{1}ddü
7) light your lamp.
8) Before ^{1}Ndo-^{1}shi-^{2}muà<u>n</u>-^{1}ndaw ^{2}Hä-^{1}ddü light and present your lamp.
9) In the East before ^{1}K'o-^{3}ts'ä-^{2}ts'ä-^{2}mbu ^{2}Dto-^{1}ddü present your lamp.

Explanation of text

Rubr. 1: The first symbol a fat-bellied demon called ^{2}Yi-^{3}ndaw stands on the symbol ^{1}dü = land (*see NNCRC*, p. 86, note 29, also *SNL*, p. 82).

Rubr. 2: On the outside of the enclosure in which a god sits are two flowers ^{1}bā, here read ^{2}szĭ = beautiful. The remainder of the symbols are self explanatory (*see NNCRC*, p. 300, note 667).

Rubr. 3: As the deceased is given a horse to ride, it is here introduced; such a horse is called ^{3}Tsa<u>n</u>-^{1}ngu and usually figured thus: on the top of its head is the ^{2}nv or pine branch which represents the deceased. Soul in ^{1}Na-^{2}khi is

^{1}Ō-^{2}hä, it is often only written as here with the symbol for moon, month = ^{2}hä, more correctly it is written in conjunction with the symbol for turquoise = ^{1}ō

= ^{1}Ō-^{2}hä = soul. It is interesting to note that the symbol ^{1}ō also stands for the shadow of an image or object. In our text only the moon symbol is written and above it that for body = ^{2}gv, it can also stand for the adjective ^{2}gv = good or well, in the sense of well being.

Rubr. 4: All eight symbols before the picture of the deity are phonetically employed, the first four for the Dhāraṇī ^{1}Yu-^{3}llü-^{1}ma-^{2}hō; the next four spell the name of the god viz: ^{2}Gkaw-^{2}bbŭ-^{2}yi-^{2}ndĕr, but nothing is known about him. The symbol ^{1}ch'ung = carnelian is here a phonetic for ^{3}ch'ung = to present, offer, it is attached to the lamp.

Rubr. 5: Of the name of this god only the first syllable ^{2}Gyu, and the last two ^{2}ds-^{1}lĕr are written, the word ^{1}aw is omitted. Nothing is known of him. The words ^{1}gyu-^{1}aw  usually indicate the region of Kham and part of Amdo, Gya-de; it is possible that the god had his origin there.

Rubr. 6: The four symbols in this rubric are applied phonetically in the name of the god ^{3}T'a-^{2}bbŭ-^{2}gkv-^{3}shu, nothing is known of him.

Rubr. 8: ^{1}Ndo-^{1}shi-^{2}muà̠n-^{1}ndaw is fully written out, the symbols being used phonetically.

Rubr. 9: The first two symbols are ^{2}nyi-^{2}mä ^{2}t'u = sun rise, hence East, the name of the deified ^{2}dto-^{1}mba or ^{2}Dto-^{1}ddü = great teacher is ^{1}K'o-^{3}ts'ä-^{2}ts'ä-^{2}mbbŭ, here written ^{1}K'o-^{3}ts'ä-^{2}ssä-^{2}mbu (*see NNCRC,* p. 151–152, note 167).

Page 4

Rubrics:

1) In the South before ^{3}Ssä-^{2}zhi-^{1}ma-^{3}ngu ^{2}Dto-^{1}ddü present your lamp.
2) In the West before ^{3}Na-^{2}ssä-^{1}ch'ung-^{3}lu ^{2}Dto-^{1}ddü present your lamp.
3) In the North before ^{2}Gv-^{3}ssä-^{2}k'o-^{1}mba
4) ^{2}Dto-^{1}ddü present your lamp.
5) In the centre between heaven and earth before ^{2}Sso-^{1}yu-^{3}dzĭ-^{2}gv ^{2}Dto-^{1}ddü present your lamp.
6) Before ^{2}T'u-^{3}ts'ü-^{3}ss-^{2}wuà ^{2}Hä-^{1}ddü present your lamp.
7) Before ^{1}Mi-^{2}dshi-^{3}gko-^{2}ndĕr ^{2}Hä-^{1}ddü present your lamp.
8) Before ^{1}Lĕr-^{2}gyu-^{3}gkyi-^{2}gyu ^{2}Hä-^{1}ddü present your lamp.
9) Before ^{1}Lĕr-^{2}wùa-^{2}p'u-^{2}ts'o ^{2}Hä-^{1}ddü present your lamp.
10) Before ^{3}T'a-^{1}ssaw-^{1}lĕr-^{2}wuà ^{2}Hä-^{1}ddü present your lamp.

Explanation of text

Rubr. 1: **This deity or deified ^{2}dto-^{1}mba is well known. The symbol in the upper left is read ^{2}Yi-^{2}ch'i-^{1}mùe**n̲** = south, it represents the tail end of the water symbol ^{1}gyi , all streams in ^{1}Na-^{2}khi land flow from north to south not only the Wu-liang Ho mentioned by the compilers of the ^{1}Na-^{2}khi – Chinese dictionary, Li Lin-ts'an and Ho Ts'ai (*see Mo-so Hsiang-hsing wen-tzu tzu-tien* [17], p. 19, no 185). The three other symbols spell the syllables ^{3}Ssä-^{2}zhi and ^{3}ngu of the ^{2}dto-^{1}mba's name, the syllable ^{1}ma is not written. It can be seen how difficult it is to decipher names of gods, etc., when one or often two syllables or even more, in the better known names, are omitted. (*See NNCRC*, p. 151, note 167).**

Rubr. 2: **Of the western one = ^{2}Nyi-^{2}mä-^{1}gv, also only three syllables are written: ^{3}Na-^{2}ssä-^{1}ch'ung, the last ^{3}lu is omitted.**

Rubr. 3: **The northern one ^{2}Ho-^{2}gv-^{1}lo, this is indicated by the upper part of the water symbol , has all four syllables of his name written ^{1}Gv = bear, ^{1}ssä = goral, ^{3}k'o = basket, and ^{1}mba = goitre, the tones in the name are different in all but the last syllable from the pictographs here phonetically employed. (*See l. c.*, note 167.)**

Rubr. 5: Of this ^{2}dto-^{1}mba's name all syllables are written, ^{2}Sso = dry, ^{1}yu = decayed, ^{2}dzĭ = to tie(-up) and ^{2}gv = body. (*See l. c.*, note 167.) He is the central one (*see* p. 1, rubric 6).

Rubr. 6: The name of this god is fully written out: ^{1}T'u = trough, ^{3}ts'ü = millet, ^{3}ss = liver, ^{2}wuà = five. Nothing is known of him, he occurs only in this text as far as ascertained.

Rubr. 7: Of his name only three syllables are written = ^{2}Mi = fire, ^{1}dshi = bird claws, and ^{2}ndĕr = a pond. The word ^{3}gko is not written. This is the only place where his name occurs as far as known.

Rubr. 8: This is the well known leader of the 360 ^{2}Bä-^{1}d'a; *see NNCRC*, p. 133, note 117, Plate 40. His name is here fully written out.

Rubr. 9: Another unknown deity. His name is fully written out ^{1}Lĕr = call, ^{2}wùa = house, ^{2}p'u = a buble, ^{2}ts'o = dance.

Rubr. 10: ^{3}T'a-^{1}ssaw-^{1}lĕr-^{2}wuà all symbols phonetically used, ^{3}T'a = pagoda, ^{3}ssaw = breath, ^{1}lĕr = call, ^{2}wuà = five. The name of this deity occurs only in this manuscript.

Page 5

Rubrics:

1) You have arrived before ¹Bbĕr-¹mbbŭ-²gkaw-¹yi ²bpö-¹mbö present your lamp.
2) You have arrived before ¹Bbĕr-¹mbbŭ-²ä-²bbŭ ²dto-¹ddü present your lamp.
3) You have arrived before ²Ss-¹gyu-²bpa-²dtü
4) ²dto-¹mba present your lamp.
5) You have arrived before ²Dtü-¹mba ³Shi-²lo present your lamp.
6) You have arrived before ²Gv-¹la-²yi-²bbŭ ²Hä-¹ddü present your lamp.
7) You have arrived before ²Mùan̲-³llü-¹ddu-²ndzĭ present your lamp.
8) You have arrived before ¹Zü-²ghügh-³wuà-²gkv ²Hä-¹ddü present your lamp.
9) You have arrived before ²Ss-²bbŭ-²gyi-²t'u and ²Gkaw-³llü-¹na-²wuà

Explanation of text

Rubr. 1 to 5: represent ²bpö-¹mbö or ²dto-¹mbas, while from 6–9 ²Hä¹ ddü or great gods, the Tibetan Lha-chhen, are figured. Their names are all phonetically rendered. The only ones known are ²Dtü-(²dto-)¹mba ³Shi-²lo (*see NNCRC*, p. 82, note 11) and ²Mùan̲-³llü-¹ddu-²ndzĭ (*see l.c.*, pp. 79–81, note 10). Nothing is known about the other gods and ²dto-¹mbas mentioned on this page. The ²dto-¹mbas wear the five-lobed crown, or the large broad hat in which they are often figured in miniatures on the first page of a manuscript. The gods are distinguished by their pointed headdress. ²Mùan̲-³llü-¹ddu-²ndzĭ is always easily recognized by his high forehead as in his Chinese representation as Shou-hsing.

Page 6

Rubrics:

1) ²Hä-¹ddü light your lamp.
2) You have arrived before ¹Gv-²mbbŭ-¹ssä-²ssu ²Hä-¹ddü light and present your lamp.
3) You have arrived before ¹Yu-³nyi-¹gkyi-²ngu light and present your lamp.
4) You have arrived before ²Bpa-²dtü-¹lo-³nyi, light and present your lamp.
5) You have arrived before ²Nyi-²t'u-²gkv-³wùa, light and present your lamp.
6) You have arrived before ²Ssaw-²bbŭ-²ssaw-¹la
7) light and present your lamp.
8) You have arrived before ²Mùan-¹yü-²t'i . . . ? . . ., light and present your lamp.
9) You have arrived before the great ²dto-mba and ²Llü-¹bu ¹Yi-³shi-¹ō-²zo, light and present your lamp.
10) You have arrived before ¹Ssaw-²yi-²wùa-²de ²Hä-¹ddü, light and present your lamp.

Explanation of text

Rubr. 2: The name of this unknown deity is fully written out ¹Gv = to protect, ¹mbbŭ = to crawl, ¹ssä = goral and ¹ssu = a die.

Rubr. 3: This is not a deity but a ²bpö-¹mbö, he officiates in the realm of the ¹Ssu Nāga clan who dwell in water. He is their ²dto¹mba. *See NNCRC*, pp. 127, 148, note 157. His name is fully written out: ¹Yu = decayed, ²nyi = sun, ³gkyi = shears, ¹ngu = a grain box.

Rubr. 4: This is also a ²bpö-¹mbö, he serves the ²Dtü Nāga clan, his name is fully written: ²bpa = frog, ²dtü = to strike as on an anvil, ¹lo = muntjak, ²nyi = fish. *See l. c.*, pp. 127, 148, note 157.

Rubr. 5: This is apparently a ²Hä-¹ddü or great god, nothing is known of him. His symbols have been explained.

Rubr. 6: ^{2}Ssaw-^{2}bbŭ-^{2}ssaw-^{1}la is a terrestrial ^{2}dto-^{1}mba (*see l. c.*, pp. 127, 148, note 155; p. 237).

Rubr. 8: A deity whose full name is not known as only three symbols are written namely: ^{2}Mùa$\underline{n}$ = heaven, ^{1}yü = sheep, and ^{1}t'i = a carpenters plane.

Rubr. 9: This is the famous ^{2}dto-^{1}mba of the father of the human (^{1}Na-^{2}khi) race ^{2}Mùa$\underline{n}$-^{3}llü-^{1}ddu-^{2}ndzĭ, his name is ^{1}Yi-^{3}shi-^{1}ō-^{2}zo. Strangely the name is often only indicated by the symbol for pig = ^{1}bu, the Tibetan for pig is phag, and it is here so used but not read, pha or p'a means a ^{2}Llü-^{1}bu or ^{2}Ssa$\underline{n}$-^{1}nyi-^{1}p'a or genuine sorcerer in contradistinction of a ^{2}dto-^{1}mba or priest. He was apparently ^{2}Mùa$\underline{n}$-^{3}llü-^{1}ddu-^{2}ndzĭ's sorcerer or ^{2}Llü-^{1}bu. The last syllable of his name is ^{2}zo here written with the symbol ^{1}zo = a jar of earthen ware. *See NNCRC*, p. 216, note 377; p. 227, note 404; p. 526, note 807. He wears the trident-like ^{1}Bä-^{2}k'o and the long feathers of the ^{3}gko-^{1}na the great black vulture *Aegypus monachus* of the northern grasslands, the hat is usually figured thus:

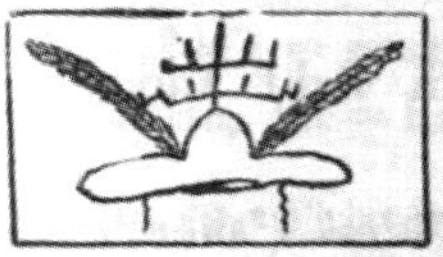

This type of hat colloquially called ^{2}Ssu-^{1}p'ĕr ^{3}dtä-^{2}lä is only worn by ^{2}dto-^{1}mbas performing the ^{2}Khi ^{3}Nv funerary ceremony; the literary name is ^{1}Bä-^{2}k'o.

Rubr. 10: This is the great ^{1}Na-^{2}khi celestial deity ^{1}Ssaw-^{2}yi-^{2}wùa-^{2}de. It is strange that the syllable ^{1}na = black often occurs in his name, it is never read and not a single ^{2}dto-^{1}mba I had asked could explain its presence. I have also so far been unsuccessfull to discover his Tibetan Bön identity which must undoubtedly exist, perhaps the syllable ^{1}na is the key to it. *See l. c.*, p. 129, note 108, also Plate 29.

Page 7

Rubrics:

1) You have arrived before ²Muà̱n-³mi-²p'ĕr-²nyi ²Hä-¹ddü light and present your lamp.
2) You have arrived before ²Shi-¹la-³wu-¹gko ²Hä-¹ddü light and present your lamp.
3) You have arrived before ²Ss-²bpa-²ts'ä-¹gyu ²Hä-¹ddü light and present your lamp.
4) You have arrived before the seven ²Ngaw ²ggŏ ²T'i-³mi (²shĕr-³gkv) goddesses light and present your lamp.
5) You have arrived before ²T'u-²gkaw-²ngv-³gkv, light and present your lamp.
6) You have arrived before ²T'i-²gv-¹ho-¹bbĕr-¹khyu, light and present your lamp.
7) You have arrived before ²Hä-¹ddü ³T'a-¹ddü,
8) light and present your lamp.
9) You have arrived before ²P'u-¹la ³Ds'ĭ-²bbŭ light and present your lamp.
10) You have arrived before ²Hä-¹n̄g̅o-³p'u-²nyu ²Hä-¹ddü, light and present your lamp.
11) You have arrived before ²Ss-²bpa-¹ch'ung-²sso ²Hä-¹ddü,

Explanation of text

Rubr. 1: It seems to me that this deity represents ²Muà̱n-³mi-²bpa-¹lo rather than ²Muà̱n-³mi-²p'ĕr-(²p'u-)²nyi which occurs in no other ¹Na-²khi manuscripts. The former is the mountain god of the Am-nye Ma-chhen. The symbols used here are: ²Muà̱n = not, ²mi = fire, ¹p'ĕr = white and ²nyi = penis. For explanation of the former *see NNCRC*, p. 132, note 116.

Rubr. 2: This is the famous deity usually called ³Shou-¹la-³wu-²gko, identical with the Tibetan Bön gShen-lha-od-dkar, the father of the Bön gods. His name is here written ²Shi instead of ³Shou, with the symbol for ¹Ngyu-³na

^{3}Shi-^{2}lo ^{1}Ngyu = Mt. Kailas. *See l. c.*, p. 169, note 242, also Frontice-piece to first volume of *NNCRC*, and Plate C, pp. 259–262.

Rubr. 3: Nothing is known of this deity. The symbols used in the name are ^{2}Ss = wood (a tree), ^{2}bpa = frog, ^{2}ts'ä = salt and ^{1}gyu = a mould.

Rubr. 4: These seven goddesses are called ^{2}T'i-^{3}mi and are goddesses of victory. There are also nine ^{2}Ngaw-^{2}zo-(^{2}ngv-^{3}gkv) or nine male victors they have however no special name. The name of these seven goddesses occurs only in this manuscript *(see l. c.*, p. 135, note 122).

Rubr. 5: Although the name here written is ^{2}T'u-^{2}gkaw ^{2}ngv-^{3}gkv, the ^{2}T'o-^{2}gko ^{2}ngv-^{3}gkv are meant. *See l. c.*, p. 703; 145, note 145.

Rubr. 6: Nothing is known of this deity. The symbols used in writing his name are: ^{1}t'i = a carpenter's plane, ^{2}gv = body, ^{1}ho = the milky way, ^{1}khyu = the Garuḍa and ^{1}bbĕr = rope.

Rubr. 9: This is a ^{2}P'u-^{1}la or personal god whose name is ^{3}Ds'ĭ-^{2}bbŭ written with ^{3}ds'ĭ = goat and ^{2}bbŭ = a pot. ^{2}P'u-^{1}la is nearly always written ^{1}p'ĕr = white, ^{1}la = hand. *See* p. 8, rubric 6.

Rubr. 10: This deity is figured with hands folded; the words ^{2}Hä-^{1}n̄g̅o actually mean god I; it may however be part of the name of the deity, the rest of the name is written ^{2}p'u = a bubble, and ^{3}nyu = to wiggle, to shiver.

Rubr. 11: These symbols have already been explained. Nothing is known of this deity.

Page 8

Rubrics:

1) light and present your lamp.
2) You have arrived before ³P'u-²zhou-³dto-²gv ²Hä-¹ddü, light and present your lamp.
3) You have arrived before ¹Na-³ffŭ-²sso-¹gyu ²Hä-¹ddü, light and present your lamp.
4) You have arrived before ¹Dsä-²wùa-²ä-¹mbbŭ ²Hä-¹ddü, light and present your lamp.
5) You have arrived before ¹Dsä-²shi-¹la-²ddo ²Hä-¹ddü, light and present your lamp.
6) You have arrived before ²P'u-¹la ²Ss-²bpa, light and present your lamp.
7) You have arrived before ²Mi-¹ts'ä-²mi-²ggü ²Hä-¹ddü,
8) light and present your lamp.
9) You have arrived before ¹Ggü-²shi-³nv-²t'u ²Hä-¹ddü, light and present your lamp.
10) You have arrived before ²Wùa-²chwua-³nv-²t'u ²Hä-¹ddü, light and present your lamp.

Explanation of text

Of all these deities only one is known, namely ¹Dsä-²shi-¹la-²ddo in rubric 5. He is better known as ¹Dsä-²shi-¹na-²ddo. *See NNCRC*, p. 149, note 162. He is the ²bpö-¹mbö who suppresses the ¹Dsä demons. Here he is called ²Hä-¹ddü = great god. The word ²ddo is borrowed from the Tibetan, six in ¹Na-²khi is ³ch'wua.

In rubric 6, ²P'u-¹la is written with a tiger's (head) = ¹la instead of the symbol for hand = ¹la. *See* p. 7, rubric 9.

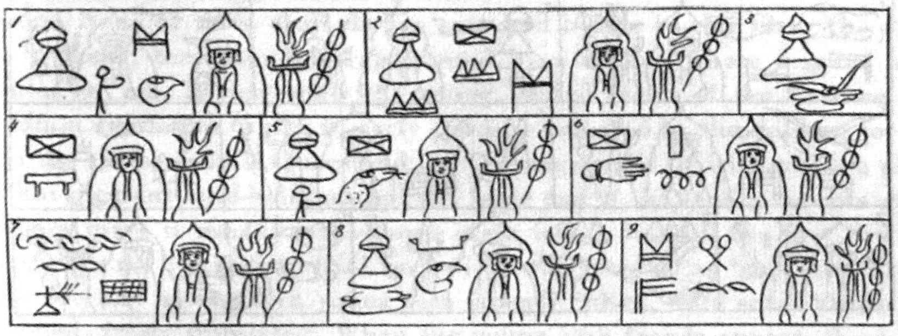

Page 9

Rubrics:

1) You have arrived before ²Hä-¹n̄go-²wùa-¹gko ²Hä-¹ddü, light and present your lamp.
2) You have arrived before ¹Ts'ä-³mi-²mi-²wùa ²Hä-¹ddü, light and present your lamp.
3) You have arrived before ²Hä-¹yü-
4) ¹ts'ä-²chwua ²Hä-¹ddü, light and present your lamp.
5) You have arrived before ²Hä-¹n̄go-¹ts'ä-²dso ²Hä-¹ddü, light and present your lamp.
6) You have arrived before ¹Ts'ä-¹la-²dto-³dtĕr ²Hä-¹ddü, light and present your lamp.
7) You have arrived before ³Gkyi-²yu-²sso-²mbbŭe ²Hä-¹ddü, light and present your lamp.
8) You have arrived before ¹La-²bbŭ-²t'u-²gko ²Hä-¹ddü, light and present your lamp.
9) You have arrived before ²Wùa-³ssaw-¹gkyi-²yu ²Hä-¹ddü, light and present your lamp.

Explanation of text

Of the deities here enumerated only one is known, he is ¹La-²bbŭ-²t'u-²gko ²Hä-¹ddü; the first syllable of his name is here written with the symbol for ²Hä = god, it is the Tibetan lha = god, and its Tibetan phonetic has been borrowed as happens often in ¹Na-²khi texts. He is equivalent to the Tibetan Lha-bon-thod-dkar, he was the ²bpö-¹mbö of the gods and a great god himself. He was also the grandfather of ²Dto-¹mba ³Shi-²lo (gShen-rab(s)-mi-bo). *See NNCRC*, p. 148, note 158.

All the other gods are unknown.

Page 10

Rubrics:

1) You have arrived before ¹Gkyi-¹yu-²ssaw-¹la-²wùa ²Hä-¹ddü, light an present your lamp.

2) You have arrived before ²Gkaw-²t'u ²Hä-¹ddü, light and present your lamp.

3) You have arrived before ¹Na-²shi-³t'a-²yu ²Hä-¹ddü, light and present your lamp.

4) You have arrived before ¹Yü-¹ssaw-³gkyi-¹ssaw ²Hä-¹ddü, light and present your lamp.

5) You have arrived before ²Gkv-¹nddü-²zaw-¹mbbüe ²Hä-¹ddü, light and present your lamp.

6) You have arrived before ²Ss-²mun̲-¹lo-²ghügh,

7) ²Hä-¹ddü, light and present your lamp.

8) You have arrived before ²Mi-³yi-²mi-¹zhi ²Hä-¹ddü, light and present your lamp.

9) You have arrived before ¹Khyu-¹la-²p'u-¹ts'o ²Hä-¹ddü, light and present your lamp.

Explanation of text

The names of all the above gods occur only in this manuscript.

Rubr. 1: **The symbols used in writing his name are: ¹Yu = decayed, ¹gkyi = cloud, ³ssaw = breath, ¹la = hand and ²wùa = house.**

Rubr. 2: **The first symbol is ¹hä and is here not part of the name. The second symbol below is read ²gkaw and is derived from the Tibetan, the third upper is ¹t'u = a trough.**

Rubr. 3: **The upper symbol is ¹na = black, derived from the Tibetan character nag = black, followed by ²shi = meat, ³t'a = pagoda, and ¹yu = decayed.**

Rubr. 4: **Of the four symbols used the first is ¹yü = sheep, and the third ³gkyi = shears.**

Rubr. 5: None of these symbols has appeared before in this text. The first is ^{2}gkv = head, the second is represented by a symbol whose original sound complex is ^{1}ndi, it represents the young, curled frond of the Bracken fern, *Pteridium aquilinum*, which in early spring is gathered by the children for food for in the spring food is scarce and must be augmented by wild growing plants. ^{1}Na-^{2}khi peasant land-holdings are not large and if the family consists of five members there is usually not enough grain left to last till the first new crop comes in, hence the saying: ^{1}Ndi ^{2}zo ^{2}ndi ^{3}gkwuo-^{1}gkwuo, ^{2}zo ^{3}gkyi ^{1}gko ^{2}lä ^{3}shĕr which literally means: fern young fern (frond) curled, child small inside again redeemed, freely translated: When the young ^{1}Ndi fronds appear, there is no fear of chidren to die of hunger.

The next symbol is ^{1}zaw = planet, and the last ^{1}mbbŭe it is the picture of a book or manuscript. This is an old literary term, the colloquial for book is ^{2}t'ä-^{2}ghügh.

Rubr. 6: The first symbol has been explained, the second is ^{2}muṉ = heaven, a conventionalized form. The third can be read ^{1}lo and also ^{2}k'a, it represents a valley with a spring and flowing water. Here it is read ^{1}lo = valley; the last is the companyon of the ^{2}Muṉ demons, the ^{1}Ghügh, the short lines on the arms and legs represent hair. (*See NNCRC*, pp. 116–120; p. 93, note 47.)

Rubr. 8: Of these four two have been explained, the second is ^{2}yi = a serow, the last ^{1}zhi = snake.

Rubr. 9: Two of the symbols only need an explanation. The first is usually read ^{1}dgyü = to crow, a chicken crowing, here it is read ^{1}khyu, ^{4}Khyu = chicken is a Tibetan loan word and in such a case the phonetic character ^{4}khyu is usually inserted, *see* p. 12, rubric 5. The last symbol is ^{1}ts'o = elephant.

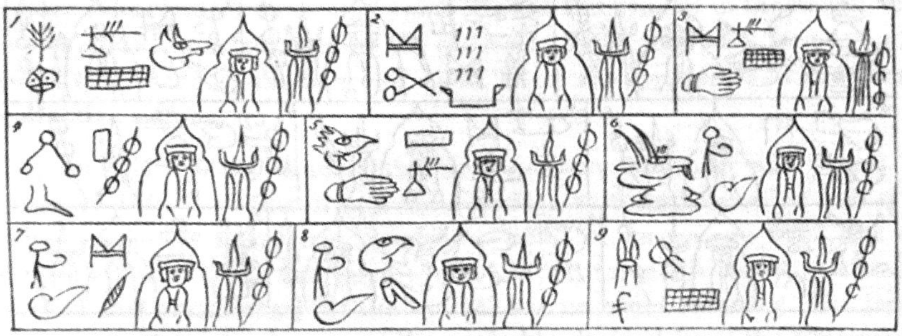

Page 12

Rubrics:

1) **You have arrived before ²Ss-²bpa-²sso-²mbbŭe-²k'ö ²Hä-¹ddü, light and present your lamp.**
2) **You have arrived before ²Wùa-³gkyi-²ngv-²t'u ²Hä-¹ddü, light and present your lamp.**
3) **You have arrived before ²Wùa-¹la-²sso-²mbbŭe ²Hä-¹ddü, light and present your lamp.**
4) **You have arrived before ¹Zü-²k'ö-²dto-¹ch'ung ²Hä-¹ddü, light and present your lamp.**
5) **You have arrived before ¹Khyu-¹la-²dto-²sso ²Hä-¹ddü, light and present your lamp.**
6) **You have arrived before ³Ds'ĭ-²bbŭ-¹n̄go-³ḳhü ²Hä-¹ddü, light and present your lamp.**
7) **You have arrived before ¹Ngo-³ḳhü-²wùa-³ts'ü ²Hä-¹ddü, light and present your lamp.**
8) **You have arrived before ¹Ngo-³ḳhü-³gko-²shi ²Hä-¹ddü, light and present your lamp.**
9) **You have arrived before ²Gkv-¹nddü-¹zaw-¹mbbŭe ²Hä-¹ddü, light and present your lamp.**

Explanation of text

Rubr. 1: **The only symbol to be explained here is that for dog = ²k'ö; it is the last one in the rubric.**

Rubr. 4 and 5: **In each of these two rubrics appears the syllable ²dto = board (a wooden board, pine board) in rubric 4 it is vertical and in rubric 5 it is horizontal.**

Rubr. 6, 7 and 8: **each have the symbol ³ḳhü = lake, compare with the last symbol in the name on page 3, rubric 4, there the ³ḳhü symbol is full of dots, it is read ²ndĕr = a pond, a shallow one showing parts of the dry bottom.**

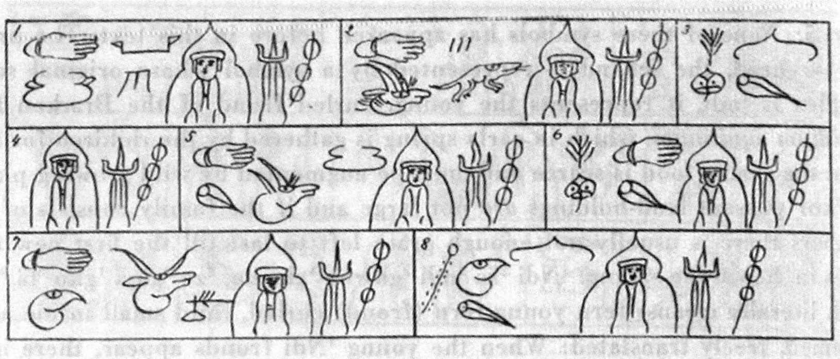

Page 11

Rubrics:

1) You have arrived before ^{1}La-^{2}bbŭ-^{2}t'u-^{2}gkaw ^{2}Hä-^{1}ddü, light and present your lamp.

2) You have arrived before ^{1}La-^{2}yi-^{1}ssu-^{1}dso ^{2}Hä-^{1}ddü, light and present your lamp.

3) You have arrived before ^{2}Ss-^{2}bpa-^{2}gyi-^{2}mun̳

4) ^{2}Hä-^{1}ddü, light and present your lamp.

5) You have arrived before ^{1}La-^{2}gyi-^{1}ssä-^{2}bbŭ ^{2}Hä-^{1}ddü, light and present your lamp.

6) You have arrived before ^{2}Ss-^{2}bpa-^{1}la-^{2}gyi ^{2}Hä-^{1}ddü, light and present your lamp.

7) You have arrived before ^{1}La-^{3}gko-^{1}yü-^{2}sso ^{2}Hä-^{1}ddü, light and present your lamp.

8) You have arrived before ^{1}Ho-^{3}gko-^{2}gyi-^{2}mun̳ ^{2}Hä-^{1}ddü, light and present your lamp.

Explanation of text

Rubr. 1: There seems to be a repetition, or the deity mentioned on page 9, rubric 8, is a different one. I personally believe it is a repetition.

The symbols in the other rubrics have already been explained on previous pages. There are to be questioned the last symbols of rubrics 3 and 8 respectively. These symbols are read ^{2}Mùan̳ = heaven, but here they have the sound value of ^{2}mun̳, _see_ page 10, rubric 6. If the last two syllables are part of the name then the following two: ^{2}Hä-^{1}ddü are correct, if they stand however for ^{2}gyi-^{2}mun, the Tibetan rgyal-mo = queen, then ^{2}Hä-^{1}ddü must be omittet. However I believe that ^{2}gyi-^{2}mun̳ is part of the name, for the syllable ^{2}mun̳ in the title ^{2}gyi-^{2}mun̳ is always written with the one of rubric 6 of page 10, never with ^{2}mùan̳ = heaven.

Page 13

Rubrics:

1) **You have arrived before ²Hä-¹yü-²muàn̠-¹yü ²Hä-¹ddü, light and present your lamp.**
2) **You have arrived before ¹Lo-²gkv-²ngaw-²wùa-³ts'ü ²Hä-¹ddü, light and present your lamp.**
3) **You have arrived before ¹N̄go-³k̦hü-²wùa-²p'u ²Hä-¹ddü, light and present your lamp.**
4) **You have arrived before ²Ngv-¹la-²gkaw-¹bbĕr ²Hä-¹ddü, light and present your lamp.**
5) **You have arrived before ¹La-²ch'i-²wùa-³t'i ²Hä-¹ddü, light and present your lamp.**
6) **You have arrived before the 13 ²Ō-¹gko-²sso-³chung, light and present your lamp.**
7) **You have arrived before ²Ō-(¹gko-)²sso-²mbbŭ ²Hä-¹ddü, light and present your lamp.**
8) **You have arrived before ³Gko-²gkaw-²ä-²na-¹lv ²Hä-¹ddü, light and present your lamp.**
9) **You have arrived before ²Ō-²t'u-³t'i-³llü ²Hä-¹ddü, light and present your lamp.**

Explanation of text

The symbols in the first three rubrics have already been explained.
Rubr. 4: **The first symbol has two readings, the primary one is ³hu = the stomach of a ruminant the second is ²ngv = firm, strong. This deity is usually called ²Ngu-¹la-³gko-²bbŭ, *see SNL*, II., p. 112, and Plate 37, sect. 100; also *NNCRC*, p. 131, note 111.**

Rubr. 5: **In *ms.* no 2012 appears the syllable ¹dshi = claw of a bird of prey instead of ²ch'i = the weight of a scale, the second symbol in the rubric.**

Rubr. 6: **The first character is Ā, a Tibetan syllable borrowed by the ²dto-¹mbas for the syllable ²Ō, this letter always stands for ²O-¹gko-²aw-¹gko when it occurs**

alone, here it has simply the sound value ²Ō. The last symbol in the name: ³chung represents an awl, it is followed by the numeral 13, *i.e.*, 10 and 3. In *ms.*, no 2012 the name is followed by the figure of a god. There are apparently 13 gods bearing that collective name.

Rubr. 8: In this *ms.* the head of the bird was very indistinct and it may have been that of a duck = ³aw, *i.e.*, a tame duck, a wild duck is called ²mb'a; thus the name may have to be read ²Aw-²gkaw-²ä-²na-¹lv. In *ms.*, no 2012, the name is written ³Ä-²gko-²ä-¹lv. The third symbol ²ä represents a mouth with tongue protruding and enunciating ²ä; the symbol has no other meaning. The last one in the name is that of a dragon = ¹lv, probably derived from the Chinese lung.

Rubr. 9: The last symbol in the name of this deity is ³llü = a tick, such as afflict sheep and cattle.

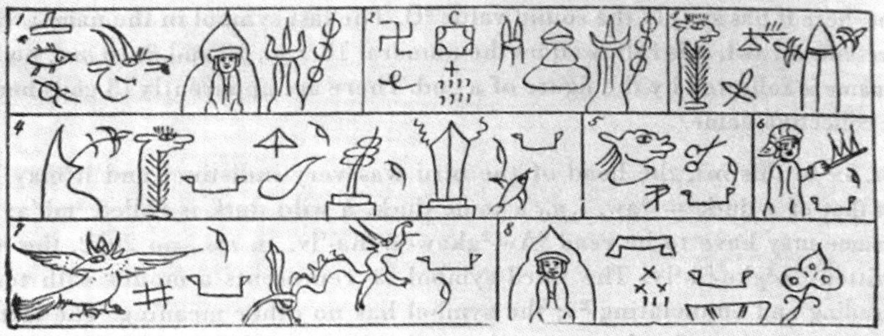

Page 14

Rubrics:

1) You have arrived before ²T'i-³llü-¹ssaw-³ds'ĭ ²Hä-¹ddü, light and present your lamp.
2) You have arrived before the 18 ²Ghügh-²ddo-¹na-²gyu ²Hä-¹ddü, light and present your lamp.
3) ¹Yü-³muṉ-²llü-²ssĭ you have arrived at the beautiful mountain
4) and beautiful cliff which never grow old, you have arrived at ²Mùaṉ-³llü-²ndaw-¹gyi ³Ḳhü which never dries up, (you have arrived) at the ¹Ha-²yi-²boa-¹daw-¹ndzĕr which never ages, and at ¹Ngyu-³na-³shi-²lo ¹Ngyu which never grows old.
5) You have arrived at ²Ddv-¹p'ĕr-²ssĭ-¹nggü which never diminishes in size.
6) You have arrived at the torch of the gods which is never extinguished.
7) You have arrived before ²Ddv-¹p'ĕr ¹Khyu-³t'khyu (Garuḍa) who is never ill and whose wings scintillate; you have arrived where ¹Ō-¹hăr-²mùaṉ-²ndshĕr dwells and whose voice (the thunder) never grows weak.
8) You have arrived in the beautiful 33 realms of the gods on high.

Explanation of text

Rubr. 2: The swastika is read ²Ghügh-²ddo it is the Tibetan gYung-drung, *see NNCRC*, p. 115, note 81, there are 18 Swastika gods called ¹Na-²gyu, they occur only here in this manuscript.

Rubr. 3: The deceased is here shown with a monkey head = ¹yü, indicating that he is now considered an ancestor, *see* pages 1 and 2, and rubrics 9 and 2 and 5 respectively. The symbol ²sso is not read here but in conjuction with that of mountain denotes a high mountain where the thin air causes ringing in the ears; the flower symbols attached to that of the mountain imply that the mountain is beautiful, *see* page 3, rubric 2. What the meaning of the symbol ²szŭ = willow leaves is could not be determined.

Rubr. 4: We have here the symbol for cliff also with a flower attached to it read ¹ʻa = cliff, ²szĭ = beautiful. ²Mùaṉ-³llü-²ndaw-¹gyi ³Ḳhü is Lake = ³Ḳhü

Manasarowar (*see NNCRC*, p. 424, note 771), it is only written with the abridged symbol ^{2}Muṉ instead of ^{2}Mùaṉ, and the symbol for lake = ^{3}k̡hü; of the sentence which never dries up, only the symbol for the negation ^{2}muàṉ is written, it is immediately to the right of the ^{2}muṉ symbol. The following symbol represents a juniper growing on the mystic mountain of the universe, Sumeru, or Kailas. It is the wish-granting tree (*see l. c.*, p. 437, note 772; also *SNL*, II: p. 101, Plate 34, sect. 69), Indra's Parijāta. The ^{1}Na-^{2}khi ^{2}dto-^{1}mba use branches of *Magnolia delavayi*, native to, as well as cultivated in the Li-chiang district to represent ^{1}Ha-^{2}yi-^{2}boa-^{1}daw ^{1}ndzĕr. The next important symbol is that representing ^{1}Ngyu-^{3}na-^{3}shi-^{2}lo ^{1}Ngyu, the wavy lines extending from the sides near the top indicate ^{2}szĭ-^{1}shĕr = longevity. The next two symbols to the right of the mountain are read ^{2}muàṉ ^{3}muṉ = never (grow) old; the word ^{3}mun = a horse fly, can mean both old in the sense of age of a man, and also deceased, dead, a polite way of speaking of the death of an old person = ^{3}muṉ. *See* page 2, rubric 1.

Rubr. 5: ^{2}Ddv-^{1}p'ĕr-^{2}ssī-^{1}nggü is the mythical lion of Tibet, and with the Garuḍa and dragon in rubric 7 forms a trimurti called ^{1}Mbĕr-^{2}t'khyu-^{2}ssī-^{2}sso (*see NNCRC*, p. 162, note 214). The symbol ^{3}gkyi = shears stands for ^{3}gkyi = small, here: diminish in size.

Rubr. 6: We see here a deity with a lighted torch, the symbol ^{2}mi = fire is on the stick representing the torch.

Rubr. 7: ^{2}Ddv-^{1}p'ĕr ^{1}Khyu-^{3}t'khyu = the Garuḍa with outstretched wings is the first symbol (*see l. c.*, p. 393, note 769); beside him is the symbol ^{1}ngu = a grain box, here it betokens ^{1}ngu = illness an abstract idea which cannot be written with a pictograph. The dragon in ^{1}Na-^{2}khi is called ^{2}Ō-^{1}hăr = blue, ^{2}mùaṉ = sky (heaven), ^{2}ndshĕr = power, his roar is the thunder, the line extending from his mouth indicates his voice issuing.

Rubr. 8: The whole rubric reads ^{2}Hä ^{2}ggŏ ^{1}dü ^{2}ghügh ^{1}ssu ^{2}khi ^{3}ch'wua ^{1}ts'ĕr ^{1}ggŏ ^{2}lä ^{2}t'u = God of land beautiful three hundred six ten on high again arrive. The symbol ^{1}ggŏ the second in the rubric represents a bench, here it stands both for the genitive case ^{2}ggŏ and ^{1}ggŏ = on high. The symbol ^{1}t'u = trough, here ^{2}t'u = arrive, is over the symbol ^{1}dü = land, realm.

译　文

导论

在我以往的论著中已经不止一次地介绍过纳西人，在此没有必要重复介绍他们生活在哪个区域了。据说他们属于羌人的一支，大约在汉代，纳西人迁徙到目前居住的地区。汉代之前，濮人占领着这块土地，后来纳西人将它从濮人手里抢了过来。从那以后，濮人就被迫迁到了南诏管辖的边远山区。纳西人称此地为“托拉地”，意思是“兔子的土地”。特别是在半独立的木里喇嘛王国，在那里他们自称 p'ö-me 或 p'ron-me、Ch'ra-me。在东巴经中他们被称为“普米”，通俗地叫作“崩”。

已经很难考证纳西人到底是什么时候定居在丽江的，但是据汉人史书记载，通安州就是东汉的笮国，其土地被称为“三賧”，这个名字使人想起丽江的藏语名 Sa-tham。纳西人的守护神是“三朵”，他正是姜国的国王，跟格萨尔王作战。

濮人无疑是这块土地的原住民，东巴经中写道：“在鸟出生之前，树已经出生了。在纳西人在这里定居之前，这地方是属于濮人的。濮人居住的地方不用费力去寻找食物，鸟儿也不用去寻找栖息之所。”

仍然需要介绍一下摩梭人。我相信他们早于纳西人迁徙到此地。丽江东北部最初住着摩梭人，他们居住在四川西南部不同的所[①]，所以与之相邻的永宁属于云南。摩梭人没有文字，也没有文献。他们与丽江的纳西人不能互相通话，只能用汉语交流。摩梭人也没有繁复的丧葬仪式，他们的丧葬仪式很多都来源于纳西人，他们的祭天仪式跟纳西人不一样，而羌人的祭天仪式与纳西人在程序上有很多相同之处。他们在小树林里举行祭天

① 译者按，所是指古代地名。

仪式，他们以前把这个地方叫作 Muan-bpo da①，后来叫 Muan-poh tah。这个叫法跟纳西人一样。但是纳西人与羌人相隔几百英里，由于山川阻隔很难交流，更何况纳西人根本不知道羌人的存在。

在丽江的摩梭人和纳西人相互通婚，相互融合，现在很难辨认哪个是摩梭人，哪个是纳西人了。

《丽江府志略》（下）第 34 页记载，公元 1743 年丽江的么些人（也就是现在的纳西人）实行火葬，并且不会收敛尸骨，直到十一月初一才会举行丧葬仪式（东巴称这个仪式为^{2}khi ^{3}nv[ɕi^{33}ŋv^{55}]）。

从很多丧葬仪式可以看出，纳西人社会等级森严，一个人的社会地位决定他丧葬仪式的等级。祭司在第一等级，接下来是官员、胜利者、武士、勇士、达到一定年纪的老年人。所有人在社会中都有自己的位置。女人也是有等级的。还有的丧葬仪式是为非正常死亡者举行的，比如因意外死亡或自杀的人。一般的丧葬仪式都要先举行日美仪式，这里首次翻译所有日美仪式的经书。在日美仪式中，吟诵哪一本经书就提示着这个死者是什么身份。

第一，^{3}Shi-^{2}lo ^{3}Nv[ʂʅ^{55}lo^{33}ŋv^{55}]。这个仪式是为本教的创始人^{3}Shi-^{2}lo-^{2}mi-^{3}wu [ʂʅ^{55}lo^{33}mi^{33}u^{55}]，藏语叫 gShen-rab(s)mi-bo 而举行的。东巴去世后，会举行这个仪式，因此特别繁复。

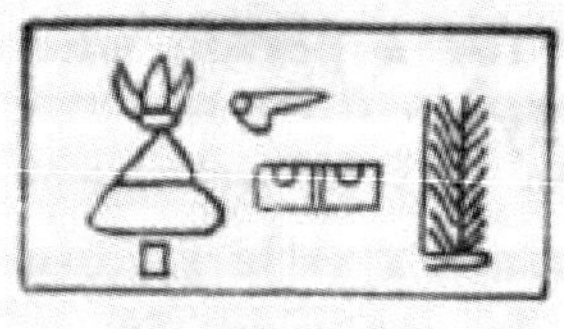

① 译者按，即祭天场。

第二，^{2}Gyi-^{2}mun̲ ^{3}Nv[dʑi^{33}mu^{33}ŋv^{55}]。这个仪式是为什罗（^{3}Shi-^{2}lo[ʂʅ^{55} lo^{33}]）的妻子举行的仪式，她的名字叫^{3}Ds'ĭ-^{1}zaw-^{2}gyi-^{2}mun̲[tshʅ^{55}zɑ^{21}dʑi^{33}mu^{33}]。这是为东巴去世的妻子举行的仪式。

第三，^{2}Szĭ-^{1}shĕr ^{1}Ddu ^{3}Nv[zʅ^{33}ʂər^{21}du^{21}ŋv^{55}]，这是为人类祖先^{2}mùan̲-^{3}llü-^{1}ddu-^{2}ndzĭ [mɯ^{33}lɯ^{55}du^{21}dʐʅ^{33}]美利董主举行的丧葬仪式，实际是为死者的年龄已经很大的人举行的丧葬仪式。^{2}Szĭ-^{1}shĕr[zʅ^{33}ʂər^{21}]是“长寿”的意思。这是为年龄超过 60 岁的男性死者举行的仪式。

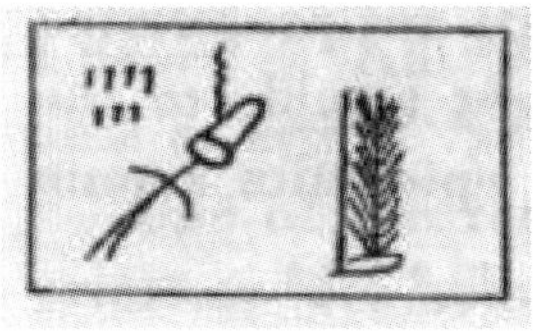

第四，^{2}Ts'u-^{3}chwua-^{2}gyi-^{2}mun̲ ^{2}Nv[tshʅ^{33}tʂhua^{55}dʑi^{33}mu^{33}ŋv^{33}]，这是为人类祖先^{2}Mùan̲-^{3}llü-^{1}ddu-^{2}ndzĭ [mɯ^{33}lɯ^{55}du^{21}ndʐʅ^{33}]美利董主的妻子^{2}Ts'u-^{3}chwua-^{2}gyi-^{2}mun̲[tshu^{33}tʂhua^{55}dʑi^{33}mu^{33}]茨昭金姆举行的丧葬仪式，这是为年龄超过 60 岁的女性死者举行的仪式。

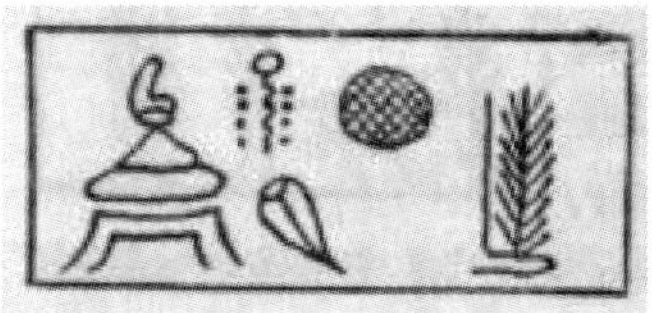

以上的这些仪式^{2}Szĭ-^{1}shĕr-^{3}mun̲-^{1}shi ^{3}Nv[zʅ^{33}ʂər^{21}mu^{55}ʂʅ^{21}ŋv^{55}]，都是为长寿者举行的仪式。

第五，^{2}Ngaw ^{2}Nv[ŋgɑ^{33}ŋv^{33}]，为战胜敌人的胜利者或者战争中的胜利者举行的仪式。

第六，^{1}D'a ^{3}Nv[dæ^{21}ŋv^{55}]，为勇士举行的仪式。^{1}D'a[da^{21}]是男人或武士的意思。

第七，^{2}mbbŭe ^{1}d'a ^{3}Nv[mbɯ^{33}dæ^{21}ŋv^{55}]，为女勇士举行的仪式。

第八，^{2}Mi-^{1}lv ^{1}dzu ^{3}Nv[mi^{33}lv^{21}ʥu^{21}ŋv^{55}]，为夫妻同时死去者举行的仪式，没有东巴喜欢主持这样的仪式，那被认为是不吉利的。

第九，这个仪式一般叫^{1}Ts'u ^{3}Nv[ʦhu^{21}ŋv^{55}]或为魔鬼举行的丧葬仪式，那些贫穷的、无法辨别的男女的死者一般被认为会化作魔鬼，这是为他们举行的仪式。

第十，^{1}Dtĕr ^{3}Nv[tər^{21}ŋv^{55}]，为那些因意外事故去世的人举行的仪式。

第十一，^{1}Yu ^{1}dzu ^{3}Nv[iə^{21}ʥu^{21}ŋv^{55}]，为那些殉情的情侣举行的仪式。这个仪式通常跟^{2}har-^{2}la-^{1}llü-^{3}k'ö[hər^{33}la^{33}lɯ^{21}khɯ^{55}]一起举行，其间自杀的灵魂被唤回。当他们自杀的时候，尸体通常不会被找到。他们的灵魂会被劝慰，因为据说殉情者会给家庭带来霉运，会引起家畜传染病的流行。

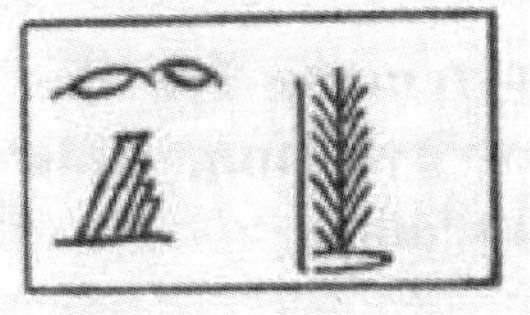

有一个^{2}K'ö ^{3}Nv[khɯ^{33}ŋv^{55}]仪式，是为狗举行的仪式。还有^{3}Lo ^{3}Nv[lo^{55}ŋv^{55}]仪式，是为守护搭起溜索桥树木的灵魂举行的仪式。每一个丧葬仪式都有它们独特的一套经书，但它们一般都与^{2}Zhi ^{3}mä[ʐʅ^{33}me^{55}]仪式相连接。

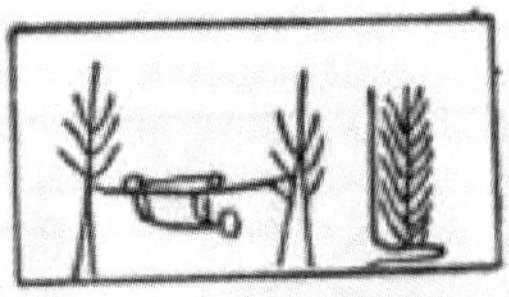

为死去的东巴举行的^{3}Shi-^{2}lo ^{3}Nv[ʂʅ^{55}lo^{33}ŋv^{55}]仪式持续时间最长，它要准备很多特殊的设备用来作为毒（^{1}Ddv[dv^{21}]）鬼的黑湖。^{3}k'o-^{1}byu[kho^{55}biə^{21}]①被用来指示十八层地狱和它们的规则。^{3}k'o-^{1}byu[kho^{55}biə^{21}] 上面画着^{1}Dtĕr[tər^{21}]鬼的四季和五个鬼王等。东巴什罗坐在椅子上，之后是举行^{3}ch'ou ^{2}chĕr[tʂhə^{55} tʂər^{33}]②仪式等。除了正常的日美仪式的经书外，还需要再吟诵 100 本经书。

排在第二位的是^{2}Gyi-^{2}mu̱n[dʑi^{33}mu^{33}] 或^{3}Ds'ĭ-^{1}zaw-^{2}gyi-^{2}mu̱n[tshʅ^{55}zɑ^{21}dʑi^{33} mu^{33}]仪式，是为东巴妻子举行的仪式。需要准备一个血湖^{1}ssa̱n ^{3}ḳhü[sæ^{21}hɯ^{55}]，女死者被扔进血湖，然后当吟诵释放灵魂的几本经书后，再把尸体从血湖和黑湖中捞上来。

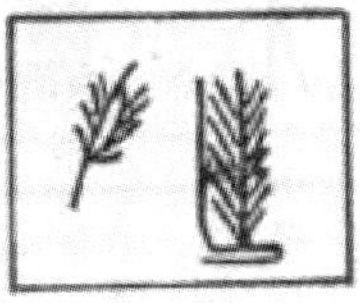

^{2}Khi ^{3}Nv[ɕi^{33}ŋv^{55}]仪式不是在出殡的时候举行，而在死者去世三年之后举行。除非死者的灵魂能回到祖先居住地去，不然都需要举行这个仪式。在仪式期间，死者的家属要收敛死者火葬后留下的尸骨。这叫^{1}p̌'er ^{2}t'khi ^{1}na ^{2}t'khi ^{3}ssu [phər^{21}tɕhi^{33}na^{21}tɕhi^{33}su^{55}]，意思是：收敛白骨和黑骨。^{2}t'khi[tɕhi^{33}]是指很锐利的骨头。

① 译者按，即鬼牌。
② 译者按，即除秽。

^{2}Llü ^{2}k'ö ^{1}ō-^{3}shĕr[lɯ^{33}khɯ^{33}o^{21}ʂər^{55}]，从坟墓里把尸体挖出来之后招魂。^{2}Llü ^{2}k'ö[lɯ^{33}khɯ^{33}]是“地洞”的意思。^{1}ō-^{3}shĕr[o^{21}ʂər^{55}]是“招魂”的意思。

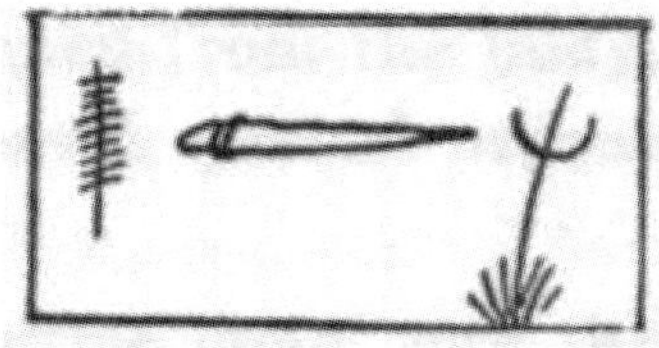

另外一个跟丧葬仪式相关的是^{2}Szĭ ^{3}chung ^{1}bpö[zʅ^{33}tʂu^{55}py^{21}]延寿仪式。延寿仪式一般都是在丧葬仪式之后举行的。

这是现存的所有丧葬类经书，东巴会这样处理他们的藏书：当东巴急需用钱的时候，他首先把丧葬类的经书卖掉，因为除了^{2}Zhi ^{3}mä[zʅ^{33}me^{55}]仪式的经书之外，其他丧葬类的经书已经不再使用了。实际上，在过去的 50 年里，其他丧葬仪式在丽江根本就没有举行过。我在纳西地区生活了 25 年，期间我只听说举行过一次^{2}Khi ^{3}Nv[ɕi^{33}ŋv^{55}]和^{2}Gyi-^{2}mu̱n ^{3}Nv[ʥi^{33}mu^{33}ŋv^{55}]仪式，我参加了那次^{2}Gyi-^{2}mu̱n ^{3}Nv[ʥi^{33}mu^{33}ŋv^{55}]仪式，并做了记录。

最不常举行的丧葬仪式是^{2}La-^{2}mu̱n ^{3}Nv[la^{33}mu^{33}ŋv^{55}]，是为东巴死去的姐妹举行的仪式。^{3}Shi-^{2}lo-^{2}mi-^{3}wu[ʂʅ^{55}lo^{33}mi^{33}u^{55}]的姐妹叫^{3}Shi-^{2}lo-^{2}la-^{2}mu̱n ^{2}mi[ʂʅ^{55}lo^{33}la^{33}mu^{33}mi^{33}]。现在这个仪式没有专门的经书，有时候，将^{2}Gyi-^{2}mun ^{3}Nv[ʥi^{33}mu^{33}ŋv^{55}]仪式的经书用在^{2}La-^{2}mu̱n ^{3}Nv[la^{33}mu^{33}ŋv^{55}]仪式中。

在所有这些丧葬仪式中，最特别的是^{1}Dsu-^{2}gkaw-^{1}lä[ʦu^{21}kɑ^{33}le^{21}]仪式。（参见《纳西族的纳迦崇拜及其相关仪式》第 63—69 页，图 A）我的藏书中有很多关于这个仪式的经书。我出版了几百本东巴经的译本，这些东巴经属于不同的宗教仪式。在^{2}Khi ^{3}Nv[ɕi^{33}ŋv^{55}]仪式上，有些东巴甚至伪装成一只熊，用象征死者木身的松枝为死者搭建的一所房子。死者的木身纳西语叫^{2}nv[ŋv^{33}]。举行这个^{2}Khi ^{3}Nv[ɕi^{33}ŋv^{55}]仪式的死者去世超过一年，但是少于三年。关于^{2}Khi ^{3}Nv[ɕi^{33}ŋv^{55}]仪式的经书有很多，买这些书我不惜重金，也不会考虑没有地方存放的问题。

^{2}ZHI ^{3}MÄ

纳西日美仪式

^{2} ZHI ^{3}MÄ 意为“开丧”，为死者远行开辟道路。

仪式之前

为了确保濒死之人死后可以回到祖居地，在其落气之前亲戚们要日夜守候在他们跟前。当那个时刻到来的时候，死者最亲的人要在死者舌头下放“口含”，如果死者是男性，就放九粒米和一些碎银子；如果是女性，就放七粒米和一些碎银子。“口含”纳西语口语叫^{3}Ssaw-^{2}ssaw-^{3}k’ö[sɑ^{55}sɑ^{33}khɯ^{55}]，东巴经中叫 ^{1}nv-^{1}p’ĕr ^{3}ssaw ^{2}lä ^{3}k’ö [ŋv^{21}phər^{21}sɑ^{55}le^{33}khɯ^{55}]，^{2}ch’wua-^{1}p’ĕr ^{3}ssaw ^{2}lä ^{3}k’ö [tʂhua^{33}phər^{21}sɑ^{55}le^{33}khɯ^{55}]，意思是供奉白米和白银。

死者去世后，死者的家人要立即去请一个东巴；如果家里已经没有其他人了，被请来的东巴必须拿起一块石头掷向死者家院子的大门，这样死者才允许东巴进入他家。东巴会随身带着两本经书，一本叫^{2}Shi ^{1}ssaw ^{1}lü[ʂʅ^{33}sɑ^{21}ly^{21}]（在我收藏的东巴经中编号 1838），它可以确定死者的灵魂是否可以重生，死者出生和死亡的年、月、日、时可以确定他重生的时间。这本经书一般放在院子大门的下面，东巴从来不会把它放在家里。第二本书叫^{1}La ^{2}shi ^{2}gyi-^{1}gyi ^{2}mb‘a-^{2}mi ^{3}dshi[la^{21}ʂʅ^{33}ʥi^{33}ʥi^{21}mbæ^{33}mi^{33}tʂʅ^{55}]，^{1}La ^{2}shi ^{2}gyi-^{1}gyi[la^{21}ʂʅ^{33}ʥi^{33}ʥi^{21}]无法翻译，^{2}mb‘a-^{2}mi ^{3}dshi [mbæ^{33}mi^{33}tʂʅ^{55}]的意思是“点灯”。这本经书有 48 页，每

页有 6 栏。这本经书用哥巴文写成，无法翻译。句子是一些咒语，是藏语和梵文。当东巴在死者的屋里点燃油灯时，开始念诵这本经书。

^{2}Shi ^{1}ssaw ^{1}lü[ʂʅ^{33}sɑ^{21}ly^{21}]

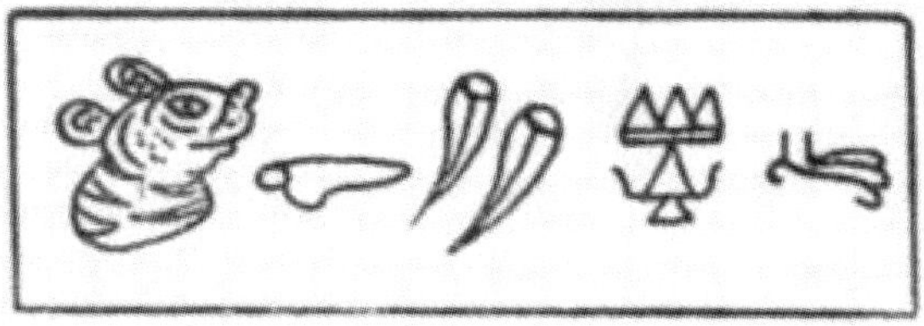

^{1}La ^{2}shi ^{2}gyi-^{1}gyi ^{2}mb‘a-^{2}mi ^{3}dshi[la^{21}ʂʅ^{33}ʥi^{33}ʥi^{21}mbæ^{33}mi^{33}tʂʅ^{55}]

这时候任何人不能接触死者的尸体。在念诵完^{1}La ^{2}shi ^{2}gyi-^{1}gyi[la^{21}ʂʅ^{33}ʥi^{33} ʥi^{21}]（该书在我收藏的东巴经中编号 1444）后，东巴检查尸体，确定灵魂已经从死者的身体或者头盖骨的缝隙、眼睛、鼻子、嘴、生殖器或直肠离开。

做完这些之后，东巴准备一盏油灯，死者的尸体被放在他死时躺的那张床上。东巴将这盏油灯放在死者的旁边，如果死者是男性就放在左手边，如果是女性就放在右手边。然后点燃油灯，念诵《手执油灯》（^{2}Mb‘a-^{2}mi ^{1}la ^{2}dta[mbæ^{33} mi^{33}la^{21}ta^{33}]）。

后面的仪式是非常古老的，已经很多年没有举行过了。我认识的东巴中没有一个主持过，甚至都没有见过这个仪式。这是一本很罕见的经书。我在纳西地区调查数年，见过数千册经书，同名的经书我只见过两本。

这册经书是在剌宝乡收购的，剌宝位于扬子江峡谷，属于古代的宝山。那是纳西人最早的聚居地，那里保存着很多古老的风俗。这本经书大约有 500 年的历史。

念诵完《手执油灯》（^{2}Mb‘a-^{2}mi ^{1}la ^{2}dta[mbæ^{33}mi^{33}la^{21}ta^{33}]）后，死者的身体被清洗干净，换上新的衣服、鞋和帽子，并被安放在棺材里。在古代，尸体被放在一个木盒子里，木盒子表面用雕刻和绘画作装饰。盒子是敞开的，要放在客人的房间，尸体要朝着门。公元 1723 年以后，用棺材的人家逐渐多起来，棺材是汉人常用的。棺材的材质取决于死者家庭的经济情况和社会地位。

邀请客人到死者家里，客人要带礼物，礼物可以是钱，也可以是物，比如米、肉、油、小麦或其他粮食。所有的礼物要被一一记录下来，等到对方家也有人去世，自己也要回送相等的礼物。

如果死者是一个老年男性，特别是他的年龄超过了 80 岁，需要有特别的准备。亲戚和朋友从远方赶来，有的需要赶几天的路。死者家属必须招待这些人，这对死者家来说是一笔很大的花销。

如果死者是一个族长，通常要带一匹马来献给死者。这个习俗在丽江的纳西人当中已经不再盛行，但在永宁的纳西人中仍然存在。永宁的摩梭人比丽江的纳西人更为原始，他们仍然保留着很多古老的仪式，这些仪式在丽江已经不举行了。

永宁摩梭人是纳西人的一个分支，他们为自己是蒙古人的后裔而自豪。他们是忽必烈留下来驻守云南的蒙古军队的后裔，公元 1253 年，忽必烈领兵南下平定大理的南诏国①，这么做的目的是为了荡平南宋在南方的势力。关于纳西人的历史和地理，我在《中国西南的古纳西王国》中做过介绍。

族长的尸体放在棺材里，棺材头朝向客房或主房正中间屋子的门口。邻村的族长和亲戚都来参加葬礼，每一个来参加葬礼的人前面要有两个雇来的人，

① 译者按，原文如此，应为大理国。

他们穿着古代盔甲，手里拿着仪式用的宝剑。邻村的族长会见死者的儿子，他前面也有两个穿着盔甲和手拿宝剑的人。会见后，死者家属和来访客人双方雇来的人会挥舞着宝剑跳舞。

被带来作为献给死者的礼物的马匹被拴在死者尸体所在房间的门旁，排成一列。达巴①（永宁摩梭人称祭司为达巴）或东巴（纳西人称祭司为东巴）会对每一匹马说下面的话：“在远古的时候，母马被牦牛所杀，你成为孤儿，因此你开始为人服务。你跟他一样背负着重担。人把你带回家里，照顾你，并且杀了牦牛为你报仇。牦牛的尾巴被做成带子，用它把铃铛绑在你的脖子上。现在你要准备作为死者灵魂的坐骑继续为他服务。”当祭司讲到这里时，马从头到尾就开始发抖，马发抖被解释为死者已经骑在马的身上。这段话要重复说给每一匹马听。

在古代，要用布口袋捂住马匹的嘴，使之窒息而死，它们被送到另一个世界继续为死者服务。所有的礼物，像杯子或者其他器具都要被砸碎，以示送给死者。

在对每一匹马说完那段话之后，雇来的武士穿着盔甲手里拿着头盔蹲成一排，此时东巴开始念诵《马的来历》（^{1}Ngu ^{2}t'u-^{3}bbŭe[ŋgu^{21}thu^{33}bɯ^{55}]）。念完经书，东巴会说：“武士现在会保护你，为你开辟道路，他们现在准备为你排除任何想要封锁你道路的敌人和危险。”于是武士们带上铁的帽子挥舞着宝剑开始在房子和路前面跳舞。

跳一会儿之后，他们又会回到刚才蹲的地方，把头盔拿在手里。然后东巴宣布：没有敌兵挡路，一切平安，也没有老虎。只能带一些没有危害性的小动

① 洛克原注：“达巴”是永宁的摩梭人对巫师的称呼，相当于纳西东巴，但是达巴主持的仪式没有东巴主持的那么复杂，人数也没有东巴多。达巴没有经书，在仪式上背诵经文，他们是古代本教的遗留，起源早于东巴。

物，比如熊猫、松鼠。所有的这些都是为了让死者的灵魂可以顺利到达火葬场。把一根牛骨头绑在棺材上，出殡的时候，再把它解下扔掉。

东巴背诵经文：“族长的灵魂不要把死当作一件可怕的事，所有人都会死，甚至强壮的大树也会被风刮倒，因此，它们也会死。屋外的岩石会被雨水冲刷，它们会变成泥，岩石会从山上滚下来。”

同时，东巴会准备一张桌子，桌子上铺上用羊毛毡，羊毛毡上竖立着^{1}zhi-^{2}lv [zʅ^{21}lv^{33}]①，那是一种特殊的犁头，像白银一样光亮，它代表宇宙中的神山，纳西人称之为居那什罗山（^{1}Ngyu-^{3}na-^{3}shi-^{2}lo ^{1}Ngyu[ndʑy^{21}na^{55}ʂʅ^{55}lo^{33}ndʑy^{21}]）。犁头的刃处抹上酥油，代表喜马拉雅山上的雪。用棉线在犁刃上缠一圈代表云，在右边塞上棉花的松树枝代表^{1}Ha-^{2}yi-^{2}boa-^{1}daw ^{1}ndzĕr[ha^{21}i^{33}bə^{33}dɑ^{21}ndʐər^{21}]，即希望之树。树的每一面都挂上旗子，这些旗帜象征着喜马拉雅山背后的太阳和月亮。

碗里有五种粮食用来献给神灵，同时举行^{3}Gko-^{3}ō[ko^{55}o^{55}]仪式（参见《纳西族的纳迦崇拜及其相关仪式》第124—159页）。另一个碗里放着^{2}dto-^{2}ma[to^{33} ma^{33}]；一个大铜盘里放着干的米和其他粮食，这些是用来作为口含的。（参见^{1}Dsu-^{2}gkaw-^{1}lä[tsu^{21}kɑ^{33}le^{21}]这本经书）放置这些物品的桌子摆在棺材的正前方。

东巴在死者亲人的协助下开始表演，点燃酥油灯的时候，开始念诵《点油灯》（^{2}mb‘a-^{2}mi ^{3}dshi [mbæ^{33}mi^{33}tʂʅ^{55}]）。接下来要念诵几本经书，包括《华吕》（^{3}Hua-^{2}lü[huɑ^{55}ly^{33}]），也就是咒语，它是不能翻译的。像^{3}Shi-^{2}lo ^{3}ts’ä ^{2}dzu，^{3}gkv-^{3}chung[ʂʅ^{55}lo^{33}tshe^{55}dzu^{33}, kv^{55}tʂu^{55}]; ^{2}K’o ^{2}shi ^{1}gyu ^{3}khyu[kho^{33}ʂʅ^{33}dʑə^{21}ɕy^{55}]和^{2} Ō ^{2}mun ^{4}ddaw ^{1}ggü，^{2}mb‘a-^{2}mi ^{3}dshi [ō^{33}mu^{33}dɑ^{24}gɯ^{21}, mbæ^{33}mi^{33}tʂʅ^{55}]。这些咒语可以帮助死者上路，魔鬼会在路上阻挡死者前行，念诵这些咒语会使得这些魔

① 译者按，即经坛。

鬼变得没有杀伤力。

当念诵^{2}Mb‘a-^{2}mi ^{3}dshi[mbæ^{33}mi^{33}tʂʅ^{55}]①时，拿来一个大圆铜盘子，里面放少量的水，然后把纸钱或穿孔的草纸放在盛着菜油的盘子里。这时，还需要准备一个刻着螺旋形图案的竹片，搓一缕棉花当作灯芯，要在很短的时间内把它贴在竹片上。先把灯芯浸在油里，然后将它放在盘子里，水的作用是防止油沉下去。这些被称为十三灯，但数量显然更多。当东巴念诵^{2} Ō ^{2}mun ^{4}ddaw ^{1}ggü[o^{33}mu^{33}dɑ^{24}gɯ^{21}]和^{2}mb‘a-^{2}mi ^{3}dshi[mbæ^{33}mi^{33}tʂʅ^{55}]时，从族长的孝子开始，每个亲戚都要点一到两盏这种灯，将它献给死者。死者将用这些灯来照亮自己的路。

除了上面的盘子，东巴也要使用灯树，纳西语叫作^{2}Mb‘a-^{2}mi ^{1}ndzĕr[mbæ^{33}mi^{33}ndʑər^{21}]②。如同藏人喇嘛在农历十月二十五日过宗喀巴节要点很多灯一样。农历十月二十五日是黄喇嘛教的创始人宗喀巴的祭日。灯树会被放在棺材前面的桌子上，棺材头朝着门，脚朝着墙。拿着^{3}Mùen-^{1}t’u[mɯ^{55}thu^{21}]③的主祭东巴开始念诵^{2}Ts’u ^{1}yi ^{2}mb‘a-^{2}mi ^{3}dshi[tshu^{33}i^{21}mbæ^{33}mi^{33}tʂʅ^{55}]，同时第二个东巴念^{2} Ō ^{2}mun ^{4}ddaw ^{1}ggü[o^{33} mu^{33} dɑ^{24}gɯ^{21}]和^{2}mb‘a-^{2}mi ^{3}dshi[mbæ^{33}mi^{33}tʂʅ^{55}]。之后孝子点燃第一盏灯。

同时，拿一张纸条裁成 3 份，第一部分写上经文，这些经文在^{2}Ts’u ^{1}yi ^{2}mb‘a-^{2}mi ^{3}dshi [tshu^{33}i^{21}mbæ^{33}mi^{33}tʂʅ^{55}]中可以找到。第二部分写上家族名和死者的名字。第三部分写上死者父母的名字，接着就是祖父和祖母、太祖和太祖母的名字，一共三代。

纸条上的名字在^{2}Mb‘a-^{2}mi ^{3}dshi[mbæ^{33}mi^{33}tʂʅ^{55}]，^{2}Gkv-^{3}shu ^{3}la[kv^{33}ʂu^{55}la^{55}]

① 译者按，即点油灯。
② 译者按，即灯树。
③ 译者按，即丧棒。

和^{2}Ts'u ^{1}yi ^{2}Mun ^{1}gkv[ʦhu^{33}i^{21}mu^{33}kv^{21}]中念三遍。

在纳西村子里，为一个年龄比较大的男性农民举行葬礼的前夕，老人们将会从邻村聚集到这里，死者家属要用食物和酒来招待他们，然后中间点上篝火大家围成一圈跳舞和唱挽歌。

^{3}Mun ^{2}ndzěr ^{3}ä ^{1}lä ^{2}dzhu[mu^{55}nʥər^{33}ə^{55}le^{21}dʐ̨u^{33}]是一首挽歌，在老人出殡之前演唱。丧礼上，东巴坐在左侧，因为以左为尊。这个地方距离棺材的头部最近，棺材被安放在主客房的正中央。死者的头朝着门的方向，脚朝着墙的方向。挨着东巴的是村里的老人，孝子们坐在他们的对面。东巴领唱，他先唱一段，在座的其他人重复一遍。一直到经书的第十二页。一些人会用狭萼鬼吹箫（纳西语叫^{2}Gyi-^{3}wuo-^{2}wuo[ʥi^{33}uə^{55}uə^{33}]，拉丁学名为 *Lycesteria Formosa var. stenosepala Rehd* 当作乐器伴奏。因为这种植物的茎是中空的，像一根芦苇管，人们可以往里面吹气，手握在管的底部，并且手指来回移动发出颤音。其他人把绿叶压在嘴唇上发出类似口哨的声音。

东巴拿着一根细竹（拉丁学名 *Arundinaria Faberi*）做的手杖，上面要绑一条白色或灰色的麻布带子。当他们唱到《挽歌》的第十二页的末尾，东巴会把这根手杖折成两段，然后说：^{1}Ä ^{1}hu ^{3}ssi-^{2}mi ^{2}k'ö ^{2}hu ^{1}chěr, ^{2}k'ö ^{1}lä ^{2}hu ^{2}muàn̠ ^{3}gkv, ^{2}k'ö ^{3}la ^{1}ndü ^{1}ts'u ^{1}t'khye[ə^{21}hu^{21}sɿ^{55}mi^{33}khɯ^{33}hu^{33}tʂ̨ər^{21}, khɯ^{33}le^{21}hu^{33}mə^{33}kv^{55}, khɯ^{33}la^{55}dy^{21}ʦhu^{21}ʨə^{21}]（在唱这一段时，东巴折断手杖，把手杖放在膝盖上，然后把它折成两段扔掉）。^{1}ndü ^{3}lv ^{2}mi-^{1}k'o ^{1}ts'u ^{2}t'ü ^{3}p'u[ndy^{21}lv^{55}mi^{33}kho^{21}ʦhu^{21}thɯ^{33}phu^{55}]。这一节直译为：昨晚孩子狗保护允许，狗不能保护，狗打架，细棍折断，棍子恶鬼他们放。句译为：昨晚孩子被送去保护狗，他们不能保护狗，他们打狗，并把细棍折断。他们拿着棍子，并且他们成为恶鬼。意思是死者的责任是现在成为鬼，死者被比作一根棍子，棍子折断了，他的罪恶也就解脱了。

晚饭后，接着唱《挽歌》（^{3}Mun ^{2}ndzěr ^{3}ä ^{1}lä ^{2}dzhu[mu^{55}ndʑər^{33}ə^{55}le^{21}dʐu^{33}]），并且举行点油灯（^{2}mb‘a-^{2}mi ^{3}dshi[mbæ^{33}mi^{33}tʂʅ^{55}]）仪式，向死者供奉了十三盏油灯之后，在死者前面摆一张长桌子，上面放着酒和食物。东巴仍然坐着吟诵经书，然后他们起身加入客人的队伍。在一片空地上，中间点燃一堆篝火，他们围成一个圆圈，但不是一个闭环，手拉着手像孩子一样跳舞。领唱和领舞者在最前面跳，后面的人跟着跳。领唱者以问句的形式唱一段，一个嗓音好的男子以歌唱的形式回答。他们围着篝火边唱边跳，因为很多客人没有住处，所以唱跳会持续整个晚上，男人们轮流跳。

当他们开始围着篝火唱歌的时候，曲调会发生变化，也就是节奏会变化。当吟诵到经书《手执油灯》的第十三页的时候，需要到外面跳舞。

歌曲结束之后，东巴会端一碗糖水给跪着的孝子们，让他们喝掉。这里含有把死者的精神、能力、力量品质传递给子孙的意思。纳西人把这些东西统称为^{2}non-^{1}o[no^{33}o^{21}]。①

女性葬礼上唱的挽歌跟男性葬礼上的唱的基本一样。女子去泉水边打水，看见水中映出自己的样貌，她已经认不出那就是自己了，因为她的脸变白了。她认为这是天空的映衬。她往天上看，但是没有看见星星。然后她认为这是地上青草的映衬，但是青草还没有发芽。她意识到她的容颜老去，于是她把木勺和木桶扔掉，到处去寻找青春，但是没有一个人愿意把寿岁卖给她。所以，像男人一样，她也放弃寻找，回家了。

下一首是挽歌，名字叫^{2}Ndzěr ^{2}ts'o[ndʑər^{33}tsho^{33}]。这本经书已经不存在了，但是这里翻译了其中的一部分：

^{2}Ndzěr ^{2}ts'o[ndʑər^{33}tsho^{33}]

① 译者按，汉语译作福泽。

很有节奏感，每分钟 126 拍。

这个曲调适用于以下八首歌。^{2}Ndzěr[ʥər^{33}]是“唱”，^{2}ts'o[tsho^{33}]是“跳”。

第一首：^{2}Dzī ^{1}yü ^{1}ssu-^{2}ndzěr ^{3}muṉ[ʥi^{33}y^{21}su^{21}nʥər^{33}mu^{55}]人生三尊者死。

这首歌是关于藏人、纳西人和民家人①的祖先之死。

第二首：^{2}Mùan ^{2}t'u ^{1}dü ^{2}k'u[mɯ^{33}thu^{33}dy^{21}khu^{33}]天分地开。

这首歌是问答的形式。比如，谁创造了天？答案是九个天的儿子^{2}Mùaṉ ^{2}zo ^{2}ngv-^{3}gkv [mɯ^{33}zo^{33}ŋgv^{33}kv^{55}]。谁创造了地？答案是七个地的女儿。^{1}Ssaṉ ^{3}mi ^{2}shěr-^{3}gkv[sæ^{21}mi^{55}ʂər^{55}kv^{55}]。

第三首：^{2}Mùaṉ ^{1}tgkye ^{1}ssu-^{2}ndzěr ^{3}muṉ[mɯ^{33}tɕə^{21}su^{21}nʥər^{33}mu^{55}]天上的三个尊者死。

这在歌中翻译了，也叫^{1}Dü ^{1}tgkye ^{1}ssu-ndzěr ^{3}mun[dy^{21}tɕə^{21}su^{21}nʥər^{3}mu]地上三个尊者死。

第四首：^{2}Mùaṉ ^{3}ch'ěr ^{2}ngv-^{2}ndzěr ^{3}muṉ[mɯ^{33}tʂhər^{55}ŋgv^{33}nʥər^{33}mu^{55}]不腐烂，九个尊者死。

整首歌涉及九个死者，也包括不同种类的野兽的死。

第五首：^{1}Zä ^{3}t'u ^{1}Zä ^{3}bbüe[ze^{21}thu^{55}ze^{21}bɯ^{55}]，即^{1}Zä[ze^{21}]鬼的来历，^{1}Zä[ze^{21}]逃走。

它讲述的是三百六十个飞鬼，它们是专吃尸体的秃鹫的象征。在葬礼上演唱这首歌曲表示纳西人古时候居住在藏东北部的草原上，藏人等游牧民族会把

① 译者按，白族旧称。

尸体献出让秃鹫吃掉。这首歌中涉及三十种飞鬼，它们的巢、它们的蛋和它们的天敌，等等。

第六首：^{1}Ngu ^{2}t'u ^{1}ngu ^{3}bbŭe[ŋgu^{21}thu^{33}ŋgu^{21}bɯ^{55}]马的来历。

第七首：^{2}La ^{1}t'u ^{2}la ^{3}bbŭe[la^{33}thu^{21}la^{33}bɯ^{55}]虎的来历。

第八首：^{1}Ndu ^{1}dzu ^{2}wuà ^{1}ssü ^{1}dʻa[ndu^{21}ʥu^{21}ua^{33}sy^{21}dæ^{21}]五种勇敢的飞禽。

^{2}K'wua ^{1}dzu ^{2}wuà ^{1}ssü ^{1}dʻa[khua^{33}ʥu^{21}ua^{33}sy^{21}dæ^{21}]五种勇敢的偶蹄动物。

^{1}Dshi ^{1}dzu ^{2}wuà ^{1}ssü ^{1}dʻa[tshʅ^{21}ʥu^{21}ua^{33}sy^{2}dæ^{21}] 五种勇敢的有爪子的动物。

^{1}Dʻa-^{1}dʻa ^{2}ts'ä-^{2}nyi ^{1}dʻa[dæ^{21}dæ^{21}tshe^{33}ȵi^{33}dæ^{21}]十二个勇敢的纳西土司。（参见《中国西南的古纳西王国》第 1 卷第 148 页，注释 155）

第九首：这个类型的歌曲口语叫作^{2}Zä-^{1}zä ^{2}ts'o[ze^{33}ze^{21}tsho^{33}]，咋咋舞。（围在篝火旁边跳一整夜）

当唱歌和跳舞正在进行的时候，其他的东巴要准备^{1}Dtv[tv^{21}]树。它是一棵松树，大约 20 英尺高，要把它竖在死者家的院子里，靠近院子东边的入口。树顶是^{1}Na-^{2}k'wai[na^{21}khuai^{33}]或者^{1}Na-^{2}kaw[na^{21}kɑ^{33}]，即神居住的地方，它用代表五个要素的五种颜色的头巾和一个巨大的旗子作为装饰。第二天早上树被竖起来，这时东巴念诵《竖毒树》（^{1}Dtv ^{3}ts'u[tv^{21}tshu^{55}]），在经文中讲述毒树的来历。

第二天一早，东巴集合在一起开始举行仪式，念诵《竖毒树》（^{1}Dtv ^{3}ts'u[tv^{21}tshu^{55}]）。接下来念诵《从居那什罗山的四周赎回灵魂》（^{2}Shi-^{2}lo ^{3}lu ^{2}p'a ^{1}ō ^{3}shĕr[ʂʅ^{33}lo^{33}lu^{55}pha^{33}o^{21}ʂər^{55}]）。

灵魂在去往三十三层高的神的王国的路上可能会迷路或者会被抓到喜马拉雅山的四周，所以东巴会念诵这本经书去赎回死者的灵魂，让它再回到正确的路上。日美仪式中没有这本经书，所以借用了属于祭东巴什罗仪式中的经书。这本经书在我收藏的东巴经中编号 1761，现藏在哈佛大学燕京图书馆。

对于上面标题的字词详解：

在居那什罗山上的四条线表示山的四面，读作^{3}lu ^{2}p'a[lu^{55}pha^{33}]，旁边的四个圆圈表示山的四个方位。从字形上看，这座山是有几个（通常是三个）台阶（参见《纳西族的纳迦崇拜及其相关仪式》第423页，注释770）。居那什罗山右边的符号读作^{2}nv[ŋv^{33}]，代表尸体（参见《纳西文献研究》第5页，注释1）曲线表示从山上召回死者的灵魂。

“灵魂”纳西语叫^{1} Ō-^{2}hä[o^{21}he^{33}]，在经书中有两个符号表示，一个是绿松石（读作^{1} Ō [o^{21}]），另一个是月亮（读作^{2}hä[he^{33}]）。在月亮那个符号下面有一个数字七（“七”读作^{2}shěr[ʂər^{33}]），这里借音作^{3}shěr[ʂər^{55}]，意思是招回。

当一个东巴念诵^{2}Shi-^{2}lo ^{3}lu ^{2}p'a ^{1}ō ^{3}shěr[ʂʅ^{33}lo^{33}lu^{55}pha^{33}o^{21}ʂər^{55}]的时候，另一个东巴念诵《杀掉猛鬼和恩鬼》（^{2}Muṉ ^{1}Ghügh ^{3}ssü[mu^{33}ɯ^{21}sy^{55}]）。这本经书原本属于署德古仪式，但是日美仪式之前没有这本书，所以就借用署德古仪式的经书。杀掉猛鬼和恩鬼的原因是，它们会偷死者衣服和食物，甚至它们会封锁通往三十三层高的神的王国的路。相同的主题也用在署德古仪式中。当念诵这本经书的时候，在点燃的木炭上一颗生鸡蛋被供奉给猛鬼和恩鬼。这本经书在我收藏的东巴经中编号1089，现藏在哈佛大学燕京图书馆。

念诵完上述这些经书后，正式的日美仪式就开始了。所有的这些经书现在都是十分罕见的。接下来开始念诵^{2}Ts'u ^{1}yi ^{2}gkv-^{3}shu ^{3}la[tshu^{33}i^{21}kv^{33}ʂu^{55}la^{55}]，如果死者是女性需冠以^{2}Ts'u ^{1}yi[tshu^{33}i^{21}]，如果是男性则不用。

第二天，要准备一头牛或者一只羊作为供品供奉给死者和献给死者的马。

下午人们用祭品款待客人，东巴也参与其中。饭后，东巴开始念诵^{1}Yü ^{2}ndzĭ ^{3}mi[y^{21}ndʑɿ^{33}mi^{55}]，在这本经书告诉死者以后要忘记吃饭，这是最后一次献饭，或者^{2}haw ^{1}shi[hɑ^{33}ʂʅ^{21}]即分饭。

现在要在棺材前念诵其他的经书，傍晚吃过饭之后，继续念诵经书和围着篝火跳舞。通常只在第一个晚上这么做。

^{2}ō ^{2}ndzĭ ^{3}mi[o^{33}ndʑɿ^{33}mi^{55}]即"忘记所经历的诽谤"，然后^{2}Muṉ ^{2}ndzĭ ^{3}mi[mu^{33}ndʑɿ^{33}mi^{55}]是"忘记所经历的年老和死亡"。这时东巴站在棺材旁边，手里拿着丧棒，身上穿着灰色毛毡，头上戴着宽边毡帽，嘴里念诵《执法杖经》(^{3}Mùen-^{1}t'u ^{2}ō ^{2}szŭ[mɯ^{55}thu^{21}o^{33}zv^{33}])。他告诉死者要去哪里，在路上会经历些什么。晚上念诵的最后一本经书《忘记争斗》(^{1}Ndshĕr ^{2}ndzĭ ^{3}mi [ndʐər^{21}ndʑɿ^{33}mi^{55}])，这本经书告诉死者他在路上可能会遇到争斗以及如何处理这些争斗。

第三天一早，点燃香火，纳西语叫作^{1}Hä ^{2}zhi ^{1}p'i[he^{21}zʅ^{33}phi^{21}]的神路图会被展开。它包括两个部分，短的那个包括^{1}Mbu ^{1}na ^{2}ngv ^{1}mbu[mbu^{21}na^{21}ŋgv^{33}mbu^{21}]即魔鬼守护的九座黑山坡，而死者必须要通过这个地方。另外非常长的那个，大约有 30 英尺，包括在那上面从最低级的地方到最高级的三十三层神居住的地方所有的层次。神路图要贴在棺材头上，面向东北，需要念诵七本经书。第一本是^{1}Lä-^{1}ch'ou ^{1}ndshi[le^{21}tʂhə^{21}ndʐʅ^{21}]，第二本是^{1}Mbu ^{1}na ^{2}ngv ^{1}mbu ^{3}p'i [mbu^{21}na^{21}ŋgv^{33}mbu^{21}phi^{55}]，第三本是^{3}Ts'u-^{2}ssī ^{2}ndaw ^{1}ndzĕr ^{2}t'u [tshu^{55}sɿ^{33}ndɑ^{33}ndʑər^{21}thu^{33}]，第四本是^{2}Tsan-^{2}ngv ^{2}k'u ^{2}p'u[tsæ^{33}ŋgv^{33}khu^{33}phu^{33}]，第五本是

^{1}Ko-^{3}lo ^{2}t'u[ko^{21}lo^{55}thu^{33}]，第六本是^{1}Hä ^{2}zhi ^{1}p'i ^{2}gkv-^{3}chung[he^{21}ʐʅ^{33}phi^{21}kv^{33} tʂu^{55}]，第七本是^{1}Hä ^{2}zhi ^{1}p'i ^{3}man-^{3}chung[he^{21}ʐʅ^{33}phi^{21}mæ^{55}tʂu^{55}]。东巴做什么，每本经书描写的是神路图中的哪个部分，这些都在我的《纳西文献研究》第二部分（第 40—149 页，插图 XV-XL）有详细的解释。

念诵完^{1}Hä ^{2}zhi ^{1}p'i[he^{21}ʐʅ^{33}phi^{21}]之后，最后还需要再念诵六本经书。此时棺材仍然在屋子里，屋子里的东巴都要参加，这六本经书叫^{2}Nyi-^{2}wùa ^{3}ch'wua ^{1}dü [ȵi^{33}ua^{33}tʂhua^{55}]即六层地狱。这个名字是错误的，因为除了做人重生的六个出口外，实际上没有六层地狱。这些书完全是咒语，源自于梵文真言，这些不是从印度人而是从藏人那里吸收来的。它们跟藏人的死书一致。

念诵完这些书之后，棺材被抬出家门，亲戚和朋友分列两边护送棺材至墓地。途中送葬的人群会停下几次，长子在棺材前跪拜以祈求获得父亲或母亲最后的保佑。女人是不能随着送葬的队伍到达墓地的，只能停在事前约定好的地方。

墓地一般是经过仔细挑选的，实际方位要靠占卜来确定。纳西人的墓地一般比汉人的浅，棺材的周围用石头围起来，高度不超过一英尺。

男性亲戚会侧身走，特意让外套的下摆粘上些泥土，要回来的时候，他们会举起外套的背部将泥土缓慢地抖在棺材上，就好像死者一直有亲人的陪伴。

棺材上的泥土是被临时填上去的，也可以用石头。亲戚顶礼膜拜，离开之前他们会抹掉棺材上的汉字，在棺材面前放一碗茶水。之后所有死者亲戚回家，葬礼结束。

葬礼结束之后，东巴回到死者的家里砍倒^{1}Dtv[tv^{21}]毒树，此时另一个东巴念诵经书^{1}Dtv ^{3}khi [tv^{21}ɕi^{55}]即镇压毒鬼。

在古代，尸体火化之后，骨头被放在一个缸里，暂时埋起来，直到举行^{2}Khi

^{2}Nv[ɕi^{33}ŋv^{33}]仪式再将它挖出来。^{2}Khi ^{2}Nv[ɕi^{33}ŋv^{33}]仪式后，再将这些尸骨收敛并永久地埋葬在一个地方（参见图三）。死者的木身^{2}nv[ŋv^{33}]被安放在一个名叫^{2}Nv-^{2}gkyi-^{1}a-^{2}k'o[ŋv^{33}tɕi^{33}a^{21}kho^{33}]的山洞里（参见图四）①。

永宁的摩梭人的习俗是护送死者的灵魂到 Chha-na-do-rje（Phyag-nag-rdo-rje）山脉的南坡。该山脉位于西康西南部的贡嘎岭（Gangs-dkar-gling），海拔17 200 英尺。在布满岩石的山坡上，摩梭人通常会用一块长方形或正方形的条石建一所简易的房子。待尸体火化后，把骨灰放在房子里守护死者的灵魂。

①译者按，图三和图四参见《中国西南纳西族的日美丧仪》的原文。

书名详解

第一个字像一盏油灯，读作^{2}Mbʻa-^{2}mi[mbæ^{33}mi^{33}]，第二个字像一只手拿着一盏油灯。“手”读作^{1}la[la^{21}]。第三个字像箱子，读作^{2}dta[ta^{33}]，本义为“箱子”，这里借音作^{3}dta[ta^{55}]放、执。①现存两册同名的经书，我只见过其中的一本。

这本经书中的一些神名在东巴经《哈日皮》（^{1}Hä ^{2}zhi ^{1}p'i[he^{21}ʐʅ^{33}phi^{21}]）中也出现过，在这本经书中不仅有神的形象，旁边还有标示神名读音的标音符②，有些标出神名的全部音节，有些标出部分音节（参见《纳西文献研究》第 100—107 页，插图 34—28）。据我所知，《手执油灯》中提到的绝大多数神名没有出现在其他东巴经中。除了神名之外，经书中还出现很多精灵和古代东巴的名字，东巴可以根据他的头饰和背后出现的光环分辨出他们的身份。这些东巴一般出现在神的前面，这也是一个标志。东巴后面往往有像油灯和玛瑙珠串的字形。玛瑙珠串这个字读作^{3}ch'ung[tʂhu^{55}]，借音作供奉。

这本经书分别来自编号 2010 和编号 2012 的两本经书。第一本经书是我的第二个东巴③写的，属于日美丧葬仪式。第二本经书属于祭什罗仪式，两本经书的内容基本差不多。我只收藏了这两本经书的照片，底片收藏在美国国会图书馆。

---

①译者按，和力民先生认为，^{1}la ^{2}dta 意为“讲述、叙述”，^{2}Mbʻa-^{2}mi ^{1}la ^{2}dta 意为“讲述油灯的来历”。

②译者按，这里的标音符相当于假借字。

③译者按，洛克的最后一位东巴经师和作韦。

^{2}Mb‘a-^{2}mi ^{1}la ^{2}dta[mbæ^{33}mi^{33}la^{21}ta^{33}]这本经书应该产生在土葬传入纳西地区之前，第一例土葬出现在公元 1723 年。在此之前，纳西人实行火葬。

土葬是由伊斯兰官员赛典赤（Nazir-ed-din）引进到云南的，赛典赤时任昆明总司令①。他的名字是赡思丁（Sai-yin-o-te-ch’i），他是布哈拉当地人，死于至元十六年，即公元 1279 年，终年 69 岁。

丽江地区的第一例土葬发生在公元 1723 年的束河，当时村长和重孙的母亲的葬礼上。有意思的是，第一例土葬死者居然是一位女性。

从那以后，丽江地区开始实行土葬，每个家族都有自己的墓地，这些墓地一般选在风景秀丽的雪山脚下，墓地周围种满松树和橡树，这些树绝对不能砍掉。丽江的墓地在象山脚下，面向西方，丽江城在墓地的北边。墓地的上方有一条优美的小溪，紧邻龙王庙。仪式在栲树、刺桐和柏树的树荫下举行。

有一处特别的墓地在临近丽江平原最西边缘的一个村子里，这个村子在^{2}Nv-^{2}lv-^{2}k’ö [ŋv^{33}lv^{33}khɯ^{33}]（汉语名雪嵩村）和^{3}Ssaw-^{2}ssu-^{3}k’a[sɑ^{55}su^{33}kha^{55}]（汉语名文华村）之间。有一座中间坳陷的小山，它是一座古代的火山（另外一座带有浮石和橄榄石的火山离玉龙雪山非常近，火山上还有一个小湖，叫作^{1}Mbu-^{3}Ḳhu[mbu^{21}hu^{55}]）。这座小山叫作^{2}La-^{1}lo-^{3}dto-^{1}gko[la^{33}lo^{21}to^{55}ko^{21}]，它上面有很多墓地，墓地上有很多小圆土丘，墓碑上的文字都漫漶了。这些坟墓大多可以追溯到明朝早期。纳西人的火葬要早于土葬。

所有夭折的女婴（指出生一百天左右死去的）必须火葬，她们被认为是“不洁的”，纳西语叫^{3}ch’ou[tʂhə^{55}]。火葬在小山北部的峡谷中进行。

①译者按，即元代云南平章政事。

经卷第一页释义

一、句译

第一节：在最开始的时候，

第二节：天空中最先出现星星，这是吉祥的一天。那一天地上长满青草，今天草是绿色的，今天是吉祥的。

第三节：左边太阳出，今天太阳是炙热的；右边月亮出，今天的月亮是明亮的。

第四节：藏人住在北边的拉萨垛肯盘（^{2}La-^{1}ssaw-^{3}dto-^{2}k'ö-^{1}p'ĕr [la^{33}sɑ^{21}to^{55} khɯ^{33}phər^{21}]），藏人（^{2}gv-^{1}dzu[gv^{33}ʥu^{21}]）善于算年，这是吉祥的一年。

第五节：勒布人（^{2}Lä-^{2}bbŭ[le^{33}bv^{33}]）居住在补鲁日饶满（^{2}bbŭ-^{3}lv-^{2}zhi-^{1}zaw-^{2}maṉ [bv^{33}lv^{55}ʐʅ^{33}zɑ^{21}mæ^{33}]），他们善于算月，这是吉祥的一个月。

第六节：纳西人住在中间的兹主律故（^{2}Dzī-^{1}ndsu-^{3}lü-^{2}gv[ʥi^{33}nʥu^{21}ly^{55}gv]），纳西人善于算日子，这是吉祥的一夜。

第七节：今晚星星和蕊星（^{1}Zü[zy^{21}]）是吉祥的，今天是吉祥的。

第八节：^{2}Ts'u-^{1}bpö-^{2}swue-^{2}p'ä-^{3}haw [ʦhu^{33}py^{21}suə^{33}phe^{33}hɑ^{55}]和^{2}Nddü-^{1}lä-^{2}ch'i-^{2}zo-^{2}ghügh [ndɯ^{33}le^{21}tʂhʅ^{33}zo^{33}ɯ^{33}]，他们亲爱的父亲^{2}Gko-^{1}p'ĕr-^{2}gko-^{3}nuṉ ^{3}dtv[ko^{33}phər^{21}ko^{33}nu^{55}tv^{55}]死了。

第九节：今天，我像首领一样，东巴我能够在死者面前为你祝福。

第十节：我把一盏长明的酥油灯交到你手上。

第十一节：你将会来到^{2} Ō[o^{33}]和^{1}Hä[he^{21}]神的好地方，你将会来到三百六十个好的神灵居住的王国。

二、字词详解

第一节：我们看到在所有经书的开头都有一个虎头，虎头通常涂了不同的颜色，它代表“时间的开端”。这在《纳西族纳迦崇拜及其相关仪式》第387页已经解释过了。下一个字没有读出来，它代表东巴，手里拿着丧棒（^{2}mùeṉ-^{1}t'u[mɯ^{33}thu^{21}]），一个主持的东巴举行^{2}Lo-^{1}ch'ung-^{2}ndaw-^{1}khü[lo^{33}tṣhu^{21}ndɑ^{33}hɯ^{21}]仪式，只有举行丧葬习奴（^{2}Khi ^{3}Nv [ɕi^{33}ŋv^{55}]）仪式才拿丧棒。东巴的另一只手拿着一本书。

第二节：左边的第一个字读作^{1}ch'ung [tṣhu^{21}]，这是一个象形字，但是这里用作标音符，字形像一串珊瑚珠，一般女性把它戴在头上，垂在前额。它还可以表示另一个词“快”（声调与珊瑚珠相同），这里借来表示“古代、最开始的时候”。它经常跟一个字形像公鸡打鸣的字连用，读作^{3}dgyü[tɕy^{55}]，公鸡是动物中起得最早的。水平线上面的那个字像天空的形状，“天”下面还有三颗星星。下面的符号是“地”，地上长着草。在“天”和“地”之间的那个字读作^{2}ghügh[ɯ^{33}]，意为“珍珠或宝石”，也叫作^{1}noṉ-^{2}bü[no^{21}by^{33}]，读音像藏语的nor-bu（参见《纳西族纳迦崇拜及其相关仪式》第439页，注释773、457和776）或是梵文的manni，或是点金石、珠宝。读音与纳粹的“万字符”相同。两个词连在一起读作^{2}ghügh-^{2}ddo[ɯ^{33}do^{33}]，意为“万字符”，相当于本教的gyung-drung。它可以作形容词“好”，也可以用字形像牛的那个字来记录这个音，也是“好”的意思。右上方的那个字读作^{2}szĭ [zʅ^{33}]“草”，这里也是“草”。下面那个字是“绿松石”，这里作“绿色”，在极少的情况下会表示“蓝色”。

第三节：不言自明。

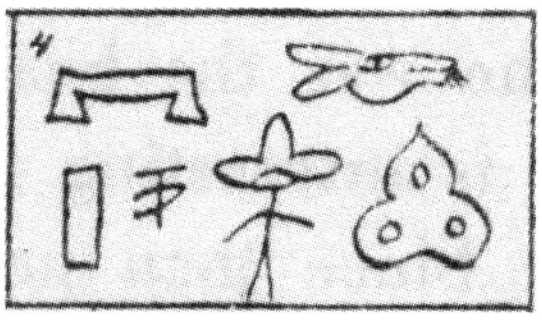

第四节：上面的第一个字读作^{1}ggŏ[go^{21}]意为“上”，这里表示“北”，纳西人相信拉萨是在北方，在他们居住地的北边或西北边住着藏人。在^{2}La-^{1}ssaw-^{3}dto-^{2}k’ö-^{1}p’ĕr[la^{33}sɑ^{21}to^{55}khɯ^{33}phər^{21}]这个名字中，只写出^{3}dto[to^{55}]和^{1}p’ĕr[phər^{21}]这两个音节，^{3}dto[to^{55}]字本义是“木板”，^{1}p’ĕr[phər^{21}]字的本义是“白”。①“山坡”读作^{3}dto[to^{55}]，“脚”读作^{2}k’ö[khɯ^{33}]。拉萨在倾斜的山脚下，山上还有布达拉宫和神庙。（参见《纳西族的纳迦崇拜及其相关仪式》第170页，注释246）下一个字像藏人，戴着一顶巨大的帽子，读作^{2}gv-^{1}dzu[gv^{33}ʥu^{21}]。右上那个像老鼠头的字读作^{3}ffü[fv^{55}]，这里读作^{3}k’v[khv^{55}]，意为“年”。因为十二生肖之首是鼠。

第五节：（参见《纳西族的纳迦崇拜及其相关仪式》第158页，注释205）这个字表示一只脚延伸到山下，脚下面那个字读作^{1}mùen̠[mɯ^{21}]，意为“下面”，表示勒布人②（^{2}Lä-^{2}bbŭ [le^{33}bv^{33}]）居住之地在纳西人（^{1}Na-^{2}khi [na^{21}ɕi^{33}]）居住地的南边。如果这个字的上面的三条线再长一些，或者整个字再高一些的话，那么这个字就读作^{2}mi[mi^{33}]，意为“火”，也可以读作^{1}hö[hy^{21}]，意为“红色或火的颜色”。如果这个字形比较矮，它就读作^{1}mùen̠[mɯ^{21}]，这里

①译者按，^{1}p’ĕr [phər^{21}]字的本义是“解开”，像解开绳子。
②译者按，勒布人又称民家人，是白族旧称。

表示“南方”，读作^{2}yi-^{2}ch'i-^{1}mùeṉ[i^{33}tʂhʅ^{33}mɯ^{21}]。（参见《纳西族的纳迦崇拜及其相关仪式》第 248 页，注释 498）。^{2}yi-^{2}ch'i[i^{33}tʂhʅ^{33}]即“昆明，云南的首府”，在丽江的南边。用这个词来表示“南方”是不太合适的，同时这也表明纳西人没有一个单独的词来表示罗盘的不同方位。中间站立的那个人像勒布人的打扮，读作^{2}Lä-^{2}bbŭ [le^{33}bv^{33}]。（参见《纳西族的纳迦崇拜及其相关仪式》第 200 页，注释 306；又见第 206 页，注释 363）勒布人古时候肯定戴着独具特色的头巾或头饰，现在已经没有这个传统了。因此，勒布人经常用这个字来表示。“月亮”下面那个字读作^{2}ghügh[ɯ^{33}]，意为“吉祥的”。像月亮那个字这里读作^{2}hä[he^{33}]，既可以作“月亮”又可以作“月份”。

第六节：（参见《纳西族的纳迦崇拜及其相关仪式》第 84 页，注释 17）中间的那个字像一个人嘴里发出声音。倒过来的“月亮”读作^{1}ḳhu[hu^{21}]，意为“夜晚”。

第七节：本节有六个字，只有第五个字需要解释。该字像用线连接三个圆圈，它读作^{1}zü[zy^{21}]，意为九星星座（参见《纳西族的纳迦崇拜及其相关仪式》第 121 页，注释 91）。

第八节：这个人像似乎被包围在一个帐篷或一座房子里，读作^{2}Ts'u-^{1}bpö-^{2}swue-^{2}p'ä-^{3}haw [tshu^{33}py^{21}suə^{33}phe^{33}hɑ^{55}]，直译为“魔鬼仪式首领睡觉”。如果男性的主人死了都这么叫。通常单独这个人像读作^{1}ä-^{1}ssĭ[ə^{21}sɿ^{21}]，意为“父亲”，表示“木头”

的符号读作^{2}ss[sɿ^{33}]，也表示^{2}swue-^{2}p'ä[suə^{33}phe^{33}]，"首领"。没有字对应第一个音节^{2}swue[suə^{33}]，于是就借用了与之最接近的^{2}ss[sɿ^{33}]来表示。他是首领，需要照顾所有的客人并且还要为他们安排住处。^{2}Ts'u-^{1}bpö[tshu^{33}py^{21}]中的第一个音节指人死后变成的鬼，他要被护送到神居住的地方。^{1}Bpö[py^{21}]是"吟诵，举行仪式"的意思。

^{1}bpö[py^{21}]这个词看起来源于 Bön。纳西语发不出最后一个辅音，所以 bön 变成了^{1}bpö[py^{21}]，在纳西语中，^{1}bpö[py^{21}]意为"吟诵、祈祷或举行仪式"。我非常同意霍夫曼①对于 bon 词义的结论：它用纳西语的^{1}bpö[py^{21}]作为证据。他说，lzlas-pa 这个词特别用在嘀咕的神秘语言中。lzlas 发 da 或者 de，它可能是摩梭人的萨满说的话。永宁称其为达巴（^{2}nda-^{2}pa [nda^{33}pa^{33}]）。

孝子被叫作^{2}Nddü-^{1}lä-^{2}ch'i-^{2}zo-^{2}ghügh[ndɯ^{33}le^{21}tʂhʅ^{33}zo^{33}ɯ^{33}]，^{2}Nddü-^{1}lä [ndɯ^{33}le^{21}]意为"孤儿"；^{2}ch'i-^{2}zo-^{2}ghügh[tʂhʅ^{33}zo^{33}ɯ^{33}]译作"这个儿子好"。口语叫作^{2}zo-^{2}chĕr[zo^{33}tʂər^{33}]。孝女被叫作^{2}nddü-^{1}lä-^{2}ch'i-^{3}mi-^{2}gkyi[ndɯ^{33}le^{21}tʂhʅ^{33}mi^{55}tɕi^{33}]，只有母亲死了才这么叫。口语叫作^{3}mi-^{2}chĕr[mi^{55}tʂər^{33}]。把死去的父亲被比作雄鹤，飞到很高的云彩上去，就好像死者被送到神居住的地方去。他被叫作^{2}Gko-^{1}p'ĕr[ko^{33}phər^{21}]，意为"白鹤"，白鹤带有直喙，直喙叫作^{2}gko ^{3}muṉ ^{1}dtv [ko^{33}mu^{55}tv^{21}]。如果死者是母亲，她被叫作^{2}ghügh-^{1}khü-^{2}ghügh-^{2}lo-^{2}bbŭe [ɯ^{33}hɯ^{21}ɯ^{33}lo^{33}bɯ^{33}]，也被叫作"雌鹤"。

①译者按，霍夫曼（Hoffmann），德国藏学家，著有《西藏苯教史资料》《西藏苯教史》《藏文文献中的葛逻禄》《象雄语——西藏苯教徒的圣语》《西藏的宗教》《琼结地区的藏王墓》《吉尔吉特苯教介绍》《西藏的编年史与藏人对历史的探讨》《塞种人和粟特人的藏文名称》《几个象雄语词源》《西藏宗教和萨满教的象征意义》《关于西藏文献的十二篇论文》《西藏手册》等。

第九节：第九节需要特别解释的有两个字，第一个是首领，第二个是东巴，第三个是死者。①

第十节：这一节有三个字，分别是“油灯”（^{2}Mb‘a-^{2}mi [mbæ^{33}mi^{33}]）“酥油”（^{1}ma-^{1}p’ĕr[ma^{21}phər^{21}]）和“不”（^{2}muàn̠ [mə^{33}]）。（参见《纳西文献研究》第 108 页，《纳西族的纳迦崇拜及其相关仪式》第 276 页，注释 582）

第十一节：在第十一节我们看到两个神像，这里读作^{2} Ō ^{1}nä ^{1}Hä[o^{33}ne^{21}he^{21}]（^{2} Ō[o^{33}] 和 ^{1}Hä[he^{21}]），这两个都是神。数字三百六十加上形容词“好”，指三百六十个好神。^{1}ggŏ[go^{21}]是“上”，^{2}t’u[thu^{33}]是“到达”（参见《纳西文献研究》第 74 页，^{1}hä ^{2}zhi ^{1}p’i[he^{21}ʐʅ^{33}phi^{21}]）。

①译者按，此句说明需要解释的有两个字，后面却解释了三个字。原文即如此。第三个字是指死者的木身。

经卷第二页释义

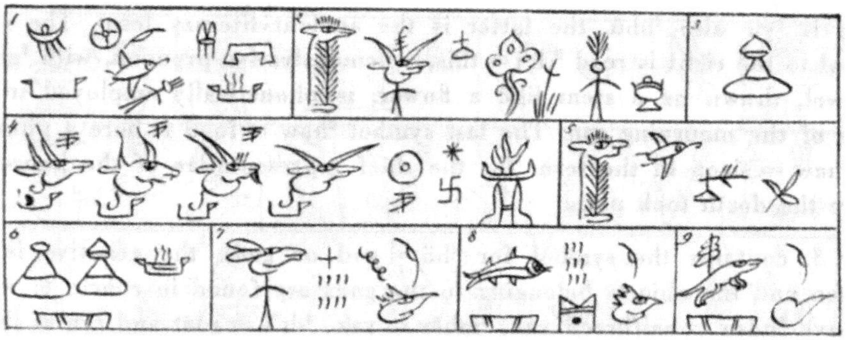

一、句译

第一节：你已经来到阳光普照的大地，你已经来到月光皎洁的大地，你被护送到天国，在那里一旦出生就不会死去。

第二、三节：亡故者的儿子 Nddü-^{1}lä-^{2}ch'i-^{2}zo-^{2}ghügh [ndɯ^{33}le^{21}tʂhʅ^{33}zo^{33}ɯ^{33}]和神的儿子^{2}Ts'u-^{1}bpö-^{2}swue-^{2}p'ä-^{3}haw[tshu^{33}py^{21}suə^{33}phe^{33}hɑ^{55}]。

第四节：为白色的混血牦牛挤奶，白牦牛、白山羊和白绵羊，他们制作酥油，用一千、一百块酥油制作灯油。

第五节：^{1}Yü-^{3}muṉ-^{2}llü-^{2}ssĭ[y^{21}mu^{55}lɯ^{33}sʅ^{33}]把油灯放在你的手上。

第六节：你被护送到^{2} Ō[o^{33}]和^{1}Hä[he^{21}]所在的地方。（参见《纳西族的纳迦崇拜及其相关仪式》第 91 页，注释 42）

第七节：你已经不会被抓到十八层的^{1}Lä-^{3}ch'ou[le^{21}tʂhə^{55}]地狱。

第八节：你已经不会被抓到^{2}Nyi-^{2}wùa[ȵi^{33}ua^{33}]的九间地狱。

第九节：你已经不会被抓到动物世界（^{1}Khyü-^{2}dso ^{1}dü[ɕy^{21}ʦo^{33}dy^{21}]）的湖里。

二、字词详解

第一节：居于中心的三个字①读作^{2}muàṉ ^{3}muṉ ^{2}shi[mə^{33}mu^{55}ʂʅ^{33}]，经文中只读出前面两个字，第三个字像斜躺的鬼，代表死者，但是没有读出来。第二个字读作^{3}muṉ[mu^{55}]，本义为“马蝇”，这里借音作“死”，这一节的最后两个字读作^{1}ggo ^{2}bpŭ[go^{21}pv^{33}]，意为“送到高处”。最后一个字跟一般的标音符不同，它像甑子，蒸汽从上面出去，读作^{3}bpŭ[pv^{55}]。

①译者按，即第二列的第二、三、四个字。

从这个字可以看出这本经书不是丽江地区的，丽江经书中“甑子”这个字的写法不同。

第二节：这一节“孝子”这个字比第一页第八节的那个字多写出两个标音符。在人身上安一个绵羊头，两条腿和两条胳膊。一对羊角之间那个字读作^{1}ndi[di^{21}]，这里读作^{2}Nddü[ndɯ^{33}]。人身绵羊头那个字读作^{2}Nddü-^{1}lä-^{2}ch'i-^{2}zo-^{2}ghügh [ndɯ^{33}le^{21}tʂhʅ^{33}zo^{33}ɯ^{33}]，意为“孝子”，这里并不读音，只提示这个人是活的（^{1}yü[y^{21}]意为“活的”）。“绵羊”既可以读^{1}yü[y^{21}]，也可以读^{2}bbŭ[bv^{33}]，后者是纳西语古语的说法。右边字形较小的字读作^{2}ch'i[tʂhʅ^{33}]，意为“这个”，指示代词。^{2}ghügh[ɯ^{33}]是珍珠，画在一根茎上，像一朵花。这两个字在这里借音作“孝子”的第三和第五个音节。最后一个字读作^{2}haw[hɑ^{33}]，意为“食物”，这里借音作^{3}haw[hɑ^{55}]，意为“栖息、休息”，表示主人死的地方。

第三、四节：第三节只有一个字，读作^{1}hä[he^{21}]，意为“神”，“的”字没有写出来。神的宾语在第四节。宾语读作^{1}ndsu[ndʑu^{21}]，本义为“杂交的牦牛”。^{1}mběr[mbər^{21}]也是“牦牛”，^{1}ds'ĭ[tshʅ^{21}]是“山羊”，^{1}yü[y^{21}]是“绵羊”。

一个动物头加一只桶表示动词^{1}ch'wua［tʂhua^{21}］，意为“挤奶”，不同动物的头加一只桶表示挤不同动物的奶。接下来两个字从上往下，第一个字读作^{1}ma–^{1}p'ĕr［ma^{21}phər^{21}］，意为“酥油”；后面一个字读作^{1}dtv［tv^{21}］，意为“千”。接下来一个字读作^{2}ghügh[ɯ^{33}]，意为“万字符”，这里用作数词“百”，最后一个字像油灯，读作^{2}Mb'a-^{2}mi[mbæ^{33}mi^{33}]，意为“油灯”。

第六节：这一节共四个字，最底下那个是^{1}dü [dy^{21}]“地”。“地”上有三个字，即^{2} Ō[o^{33}]（神名）和^{1}Hä[he^{21}]（神名）和^{3}bpŭ[pv^{55}]“送”。

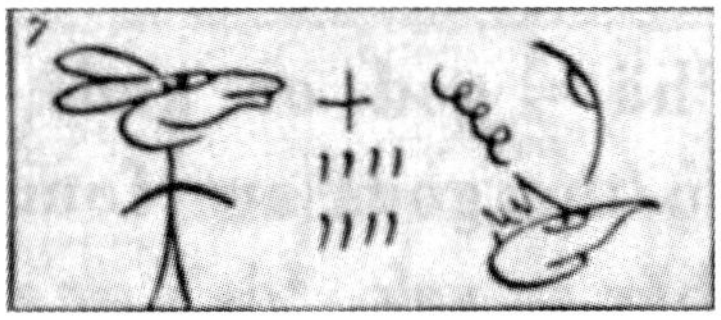

第七节：人身獐子头（这里少画了獐子的尖牙）那个字，这里作魔鬼^{1}Lä-^{3}ch'ou[le^{21}tʂhə^{55}]（参见《纳西文献研究》第 13 页，注释 2，第 44—45 页；又见《纳西族的纳迦崇拜及其相关仪式》第 747 页，第 382 页，注释 766）。数字 18（10＋8），^{3}ch'ou[tʂhə^{55}]写作一团弯曲的肠子，因此，这里的意思是“不洁的、不纯洁的”。在地狱（^{2}Nyi-^{2}wùa[ȵi^{33}ua^{33}]）有 18 块土地。参见^{3}Shi-^{2}lo ^{3}nv [ʂʅ^{55}lo^{33}ŋv^{55}]的经书。^{2}Nyi-^{2}wùa ^{1}ts'ä-^{3}ho ^{1}dü ^{2}dzhu-^{1}zhwua[ȵi^{33}ua^{33} tshe^{21}ho^{55}dy^{21}dʐu^{21}ʐua^{21}]，但是这些与 18 个^{1}lä-^{3}ch'ou[le^{21}tʂhə^{55}]地狱有明显的不同。剩下两个字，一个是^{2}muàn̠[mə^{33}]“不”，另一个是^{1}'a[æ^{21}]“抓住”。最后一个字像公鸡的头，读作^{1}'a [æ^{21}]，这里借音作“抓住”。（参见《纳西文献研究》第 79 页）。

第八节：前两个字，即^{2}nyi[ȵi^{33}]“鱼”和^{1}dü[dy^{21}]“地”，两字连读借音作^{2}nyi-^{2}wùa[ȵi^{33}ua^{33}]，意为“地狱”。（参见《纳西文献研究》第 74 页，又见《纳西族的纳迦崇拜及其相关仪式》第 86 页，注释 23；又见第 269 页，注释

572）地狱有九座黑房子，在房子（读作^{2}wùa[ua^{33}]）这个字里面的黑点读作^{1}na[na^{21}]，意为“黑色”。

第九节：前三个字读作^{1}Khyü-^{2}dso ^{1}dü[ɕy^{21}tso^{33}dy^{21}]，它们的本义分别为“香柱”“蜥蜴”和“地”。（参见《纳西族文献研究》第 85 页）前两个字连读借音作^{1}Khyü-^{2}dso[ɕy^{21}tso^{33}]，意为“动物”，第三个字像大地，意为“地”。这个名字经常被错写作^{1}Khyü-^{2}sso[ɕy^{21}so^{33}]。^{2}mùan̠ ^{1}‘a[mə^{33}æ^{21}]意为“没有抓到”，这个词只写出第一个音节，动词没写出来。最后一个字读作^{3}ḳhü[hɯ^{55}]，意为“湖”。据说湖在动物的世界，灵魂被扣押在那里。（参见《纳西族文献研究》第 85 页，又见《纳西族的纳迦崇拜及其相关仪式》第 84 页，注释 18）

经卷第三页释义

一、句译

第一节：你已经被捉到普雷塔之地（^{2}Yi-^{3}ndaw ^{1}dü[i^{33}ndɑ^{55}dy^{21}]）。

第二节：你被护送到完美的三十三位美丽神灵居住之地。

第三、四节：^{1}Yü-^{3}mu̱n-^{2}llü-^{2}ssĭ[y^{21}mu^{55}lɯ^{33}sɿ^{33}]你的身体和灵魂现在心平气和，你的马是好的，而且它的鬃毛是漂亮的，我东巴已经把金色的油灯放在你的手上，让你的嘴发出^{1}Yu-^{3}llü-^{1}ma-^{2}hō[iə^{21}lɯ^{55}ma^{21}ho^{33}]。点燃你的油灯供奉大神^{2}Gkaw-^{2}bbŭ-^{2}yi-^{2}ndĕr[kɑ^{33}bv^{33}i^{33}ndər^{33}]。

第五节：在^{2}Gyu-^{1}aw-^{2}ds-^{1}lĕr ^{2}Hä-^{1}ddü[ʥə^{33}ɑ^{21}ʥɿ^{33}lər^{21}he^{33}dɯ^{21}]面前点燃你的油灯。

第六、七节：在^{3}T'a-^{2}bbŭ-^{2}gkv-^{3}shu ^{2}Hä-^{1}ddü [tha^{55}bv^{33}kv^{33}ʂu^{55}he^{33}dɯ^{21}]面前点燃你的油灯。

第八节：在^{1}Ndo-^{1}shi-^{2}muàṉ-^{1}ndaw ^{2}Hä-^{1}ddü[ndo^{21}ʂʅ^{21}mə^{33}ndɑ^{21}he^{33}dɯ^{21}]面前点燃和供奉你的油灯。

第九节：在东方^{1}K'o-^{2}ts'ä-^{2}ts'ä-^{2}mbu ^{2}Dto-^{1}ddü[kho^{21}tshe^{33}tshe^{33}mbu^{33}to^{33}dɯ^{21}]面前点燃和供奉你的油灯。

二、字词详解

第一节：第一个字像大肚子的魔鬼，读作^{2}Yi–^{2}ndaw[i^{33}ndɑ^{33}]，它站在^{1}dü[dy^{21}]“地”字的上面。（参见《纳西族的纳迦崇拜及其相关仪式》第 86 页，注释 29；又见《纳西文献研究》第 82 页）

第二节：第一个字像神坐在帐篷里，帐篷外有两朵花，“花”本来读作^{1}bā[ba^{21}]，这里读作^{2}szĭ[zi^{33}]，意为“美丽”。剩余的字符都已经解释过了。（参见《纳西族的纳迦崇拜及其相关仪式》第300页，注释667）

第三节：人去世后，需要送一匹马给死者。这匹马叫作^{3}Tsan̠−^{1}ngu[ʦæ^{55}ŋgu^{21}]，字形一般写作

，它头上的符号像松树枝，读作^{2}nv[ŋv^{33}]，这里代表死者。灵魂在纳西语读作^{1} Ō-^{2}Hä[o^{21}he^{33}]，经常用“月”这个字记录^{2}hä[he^{33}]这个音节。更为准确的表达是，除了用“月”这个字记录^{2}hä[he^{33}]这个音节外，还用“绿松石”这个字记录^{1}ō[o^{21}]这个音节，合起来作

，灵魂。有趣的是，^{1}ō[o^{21}]也可以作“事物的影子”。在这一节经文中只出现了“月”这个字，“月”上面那个字读作^{2}gv[gv^{33}]，意为“身体”①，这里用作形容词“美好”或“幸福”。

第四节：在神像前面的八个字都属于标音符②，前四个字读作^{1}Yu-^{3}llü-^{1}ma-^{2}hō[iə^{21}lɯ^{55}ma^{21}ho^{33}]，后面四个字作神名，读作^{2}Gkaw-^{2}bbŭ-^{2}yi-^{2}ndĕr[kɑ^{33}bv^{33}i^{33}ndər^{33}]。像玛瑙的那个字读作^{1}ch’ung[tʂhu^{21}]，本义是“玛瑙”，这里借音作^{3}ch’ung[tʂhu^{21}]，意为“供奉”。“玛瑙”附在油灯之上。

①译者按，该字的本义为“蛋”。
②译者按，即假借字。

第五节：前两个字假借作神名^{2}Gyu-^{1}aw-^{2}ds-^{1}lĕr[ʥə^{33}ɑ^{21}ʥʅ^{33}lər^{21}]的两个音节①，第一个字假借作神名的第一个音节^{2}Gyu[ʥə^{33}]，第二个字假借作最后两个音节^{2}ds-^{1}lĕr[ʥʅ^{33}lər^{21}]。神名第二个音节^{1}aw[ɑ^{21}]被漏掉了。我对于这个神一无所知。^{2}gyu-^{1}aw[ʥə^{33}ɑ^{21}]通常指康区②和安多县③的一部分，藏语读作Gya-de。可能这个神起源于那里。

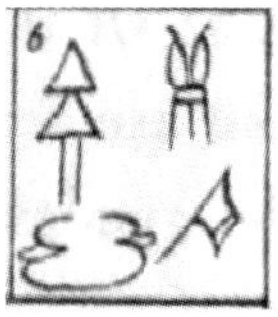

第六节：这一节的四个字^{3}T'a-^{2}bbŭ-^{2}gkv-^{3}shu[tha^{55}bv^{33}kv^{33}ʂu^{55}]也是标音符，我们对这个神也是一无所知。

第八节：^{1}Ndo-^{1}shi-^{2}muàn̲-^{1}ndaw[ndo^{21}ʂʅ^{21}mə^{33}ndɑ^{21}]四个音节全部写了出来，这四个字都用作标音符。

第九节：前两个字读作^{2}nyi-^{2}mä ^{2}t'u[n̥i^{33}me^{33} thu^{33}]，意为“太阳升起”，这里表示“东方”。这里东巴的名字中，^{2}dto-^{1}ddü[to^{33}dɯ^{21}]是“伟大的老师”的意思。东巴读出来的神名作^{1}K'o-^{2}ts'ä-^{2}ts'ä-^{2}mbu [kho^{21}tshe^{33}tshe^{33} mbu^{33}]，但是这里写出来的字读作^{1}K'o-^{2}ts'ä-^{2}ssä-^{2}mbu[kho^{21}tshe^{33}se^{33}mbu^{33}]。（参见《纳西族的纳迦崇拜及其相关仪式》第151—152页，注释167）

---

①译者按，实际是三个音节。
②译者按，康区即民国时期的西康省。
③译者按，安多县现隶属于西藏那曲市。

经卷第四页释义

一、句译

第一节：在南方^{3}Ssä-^{2}zhi-^{1}ma-^{3}ngu ^{2}Dto-^{1}ddü[se^{55}ʐʅ^{33}ma^{21}ŋgu^{55} to^{33}dɯ^{21}]前供奉你的油灯。

第二节：在西方^{3}Na-^{2}ssä-^{1}ch'ung-^{3}lu ^{2}Dto-^{1}ddü [na^{55}se^{33}tʂhu^{21}lu^{55} to^{33}dɯ^{21}]前供奉你的油灯。

第三、四节：在北边^{2}Gv-^{3}ssä-^{2}k'o-^{1}mba ^{2}dto-^{1}ddü [gv^{33}se^{55}kho^{33}mba^{21} to^{33}dɯ^{21}]前供奉你的油灯。

第五节：在天地之间，^{2}Sso-^{1}yu-^{3}dzǐ-^{2}gv ^{2}Dto-^{1}ddü[so^{33}iə^{21}ʥɿ^{55}gv^{33} to^{33}dɯ^{21}]前供奉你的油灯。

第六节：在^{2}T'u-^{3}ts'ü-^{2}ss-^{2}wuà ^{2}Hä-^{1}ddü[thu^{33}ʦhy^{55}sɿ^{33}ua^{33} he^{33}dɯ^{21}]前供奉你的油灯。

第七节：在^{1}Mi-^{2}dshi-^{3}gko-^{2}ndĕr ^{2}Hä-^{1}ddü[mi^{21}tʂʅ^{33}ko^{55}ndər^{33} he^{33}dɯ^{21}]前供奉你的油灯。

第八节：在^{1}Lĕr-^{2}gyu-^{3}gkyi-^{2}gyu ^{2}Hä-^{1}ddü[lər^{21}ʥə^{33}ʨi^{55}ʥə^{33} he^{33}dɯ^{21}]前供奉你的油灯。

第九节：在^{1}Lĕr-^{2}wùa-^{2}p'u-^{2}ts'o ^{2}Hä-^{1}ddü[lər^{21}ua^{33}phu^{33}ʦho^{33} he^{33}dɯ^{21}]前供奉你的油灯。

第十节：在^{3}T'a-^{1}ssaw-^{1}lĕr-^{2}wuà ^{2}Hä-^{1}ddü[tha^{55}sɑ^{21}lər^{21}ua^{33} he^{33}dɯ^{21}]前供奉你的油灯。

二、字词详解

第一节：这个神或者神化的东巴（^{2}dto-^{1}mba[to^{33}mba^{21}]）很有名。左边第一个字读作^{2}Yi-^{2}ch'i-^{1}mùen̠[i^{33}tʂhʅ^{33} mɯ^{21}]，意为“南方”，字形像水的尾部。“水”的字形作

，所有流经纳西地区的河流都是从北向南流的，不仅仅是只有无量河是这样的。李霖灿、和才《么些象形文字字典》认为，“水尾”指南方，是由于无量河从北向南流。其他三个字读作^{2}Ssä-^{2}zhi [se^{33}zʅ^{33}]和^{2}ngu[ŋgu^{33}]，这里假借作东巴的名字^{3}Ssä-^{2}zhi-^{1}ma-^{3}ngu [se^{55}zʅ^{33}ma^{21}ŋgu^{55}]。^{1}ma[ma^{21}]这个音节没写出来。从这里可以看出破译神的名字是多么艰难。当出现一个或两个音节，或者更多音节的时候，比较容易辨别名字，否则就容易漏掉。（参见《纳西族的纳迦崇拜及其相关仪式》第 151 页，注释 167）

第二节：“西方”经常读作^{2}Nyi-^{2}mä-^{1}gv[ȵi^{33}me^{33}gv^{21}]。神名^{3}Na-^{2}ssä-^{1}ch'ung-^{3}lu [na^{55}se^{33}tʂhu^{21} lu^{55}]也只写出前三个音节^{3}Na-^{2}ssä-^{1}ch'ung [na^{55}se^{33}tʂhu^{21}]，^{3}lu[lu^{55}]被漏掉了。

第三节：“北方”读作^{2}Ho-^{2}gv-^{1}lo[ho^{33}gv^{33}lo^{21}]，

像“水”字的上半部分

。神名^{2}Gv-^{3}ssä-^{2}k'o-^{1}mba [gv^{33}se^{55}kho^{33}mba^{21}]的四个音节中，^{2}Gv[gv^{33}]字本义是“熊”，^{3}ssä[se^{55}]字本义是“野羊”，^{2}k'o[kho^{33}]字本义是“篮子”，^{1}mba[mba^{21}]字本义是“大脖子病”。这些字作标音符标示神名的各个音节，在神名中会变调。

最后一个音节是从象形文字中借过来的①。（参见《纳西族的纳迦崇拜及其相关仪式》第 151 页，注释 167）

第五节：这个东巴名字^{2}Sso-^{1}yu-^{3}dzĭ-^{2}gv [so^{33} iə^{21}dʑʅ^{55}gv^{33}]的所有音节都写了出来。^{2}Sso[so^{33}]是“干燥”②，^{1}yu[iə^{21}]是“腐败、腐烂”，^{3}dzĭ[dʑʅ^{55}]是“系或绑”，^{2}gv[gv^{33}]是“身体”（参见《纳西族的纳迦崇拜及其相关仪式》第 151 页，注释 167），东巴在中央。（参见本书的第一页第六节的字词详解）

第六节：这个神名^{2}T'u-^{3}ts'ü-^{2}ss-^{2}wuà [thu^{33} tshy^{55}sʅ^{33}ua^{33}]完全写出来了，四个音节的所用字的本义分别是：^{2}T'u[thu^{33}]是“桶”，^{3}ts'ü[tshy^{55}]是“谷子”，^{2}ss[sʅ^{33}]是“肝脏”，^{2}wuà[ua^{33}]是“五”。对于这个神我们不了解，他只在这一本经书中出现过。

第七节：这个神名^{1}Mi-^{2}dshi-^{3}gko-^{2}ndĕr [mi^{21} tʂʅ^{33}ko^{55}ndər^{33}]只写出三个音节，这三个字的本义分别是：^{1}Mi[mi^{21}]是“火”，^{2}dshi[tʂʅ^{33}]是“鸟爪”，^{2}ndĕr[ndər^{33}]是“潭”，^{3}gko[ko^{55}]这个音节没写出来。这个名字也只在这一本经书中出现过。

第八节：^{1}Lĕr-^{2}gyu-^{3}gkyi-^{2}gyu [lər^{21}dʑə^{33} tɕi^{55}dʑə^{33}]是非常著名的神，他是三百六十个^{2}Bä-^{1}dʻa[be^{33}dæ^{21}]的首领（参见《纳西族的

① 译者按，这四个字都是从象形文字借过来的。
② 译者按，一般认为该字像一杆秤。

纳迦崇拜及其相关仪式》第 133 页，注释 117，图 40）。他的名字的每个音节被全部写了出来。

第九节：^{1}Lěr-^{2}wùa-^{2}p'u-^{2}ts'o [lər^{21}ua^{33}phu^{33}tsho^{33}]是一个不知名的神。这个神名的每个音节都被写了出来，它们的本义分别是：^{1}Lěr[lər^{21}]是“喊叫”，^{2}wùa[ua^{33}]是“房子”，^{2}p'u[phu^{33}]是“气泡”，^{2}ts'o[tsho^{33}]是“跳舞”。

第十节：^{3}T'a-^{1}ssaw-^{1}lěr-^{2}wuà[tha^{55}sɑ^{21}lər^{21}ua^{33}]中四个字都用作标音符，它们的本义分别是：^{3}T'a[tha^{55}]是“塔”，^{1}ssaw[sɑ^{21}]是“呼吸”，^{1}lěr[lər^{21}]是“喊叫”，^{2}wuà[ua^{33}]是“五”。这个神名也只在这一本经书中出现过。

经卷第五页释义

一、句译

第一节：你已经来到^{1}Bběr–^{1}mbbŭ–^{2}gkaw–^{1}yi ^{2}bpö–^{1}mbö[bər^{21}mbv^{21}kɑ^{33}i^{21} py^{33} by^{21}]面前供奉油灯了。

第二节：你已经来到^{1}Bběr–^{1}mbbŭ-^{2}ä-^{2}bbŭ ^{2}dto-^{1}ddü[bər^{21}mbv^{21}ə^{33}bv^{33} to^{33} dɯ^{21}]面前供奉油灯了。

第三、四节：你已经来到^{2}Ss–^{1}gyu–^{2}bpa–^{2}dtü^{2}dto–^{1}mba [sɿ^{33}ʥə^{21}pa^{33}ty^{33} to^{33}mba^{21}]面前供奉油灯。

第五节：你已经来到^{2}Dtü–^{1}mba ^{3}shi–^{2}lo[ty^{33}mba^{21}ʂʅ^{55}lo^{22}]面前供奉油灯了。

第六节：你已经来到^{2}Gv–^{1}la–^{2}yi–^{2}bbŭ ^{2}hä–^{1}ddü[gv^{33}la^{21}i^{33}bv^{33} he^{33}dɯ^{21}]面前供奉油灯了。

第七节：你已经来到^{2}Mùaṉ-^{3}llü-^{1}ddu-^{2}ndzĭ[mɯ^{33}lɯ^{55}du^{21}nʥʅ^{33}]面前供奉油灯了。

第八节：你已经来到^{1}Zü–^{2}ghügh–^{3}wuà–^{2}gkv ^{2}hä–^{1}ddü[zy^{21}ɯ^{33}ua^{55}kv^{33} he^{33}dɯ^{21}]面前供奉油灯了。

第九节：你已经来到^{2}Ss–^{2}bbŭ–^{2}gyi–^{2}t'u ［sɿ^{33}bv^{33}ʥi^{33}thu^{33}］和^{2}Gkaw–^{3}llü–^{1}na–^{2}wuà [kɑ^{33}lɯ^{55}na^{21}ua^{33}]面前（供奉油灯了）。

二、字词详解

经文第一至五节代表不同的^{2}bpö–^{1}mbö[py^{33} by^{21}]祭司或^{2}dto–^{1}mba[to^{33} mba^{21}]东巴，第六至九节代表^{2}Hä–^{1}ddü[he^{33}dɯ^{21}]大神，藏语叫 Lha-chhen。这些东巴或神名旁边都有东巴文注音。这一页经文涉及的东巴或神，我只认识^{2}Dtü–^{1}mba ^{3}shi–^{2}lo[ty^{33}mba^{21}ʂʅ^{55}lo^{22}]东巴什罗和^{2}Mùan̠-^{3}llü-^{1}ddu-^{2}ndzĭ[mɯ^{33}lɯ^{55}du^{21} ndʐʅ^{33}]美利董主，其他都不认识。东巴一般戴着五佛冠或宽大的帽子，通常在经书的首页都会出现东巴的画像。这些神只是头饰不同^{2}Mùan̠-^{3}llü-^{1}ddu-^{2}ndzĭ[mɯ^{33}lɯ^{55}du^{21}ndʐʅ^{33}]美利董主很好认，因为他的前额很高，就好像汉人的老寿星一样。

经卷第六页释义

一、句译

第一节：^{2}Hä-^{1}ddü[he^{33}dɯ^{21}]点燃你的油灯。

第二节：你已经来到^{1}Gv-^{2}mbbŭ-^{1}ssä-^{2}ssu ^{2}Hä-^{1}ddü [gv^{21}mbv^{33}se^{21}su^{33} he^{33} dɯ^{21}]面前，点燃和供奉你的油灯。

第三节：你已经来到^{1}Yu-^{3}nyi-^{1}gkyi-^{2}ngu[iə^{21}ȵi^{55}tɕi^{21}ŋgu^{33}]面前，点燃和供奉你的油灯。

第四节：你已经来到^{2}Bpa-^{2}dtü-^{1}lo-^{3}nyi[pa^{33}ty^{33}lo^{21}ȵi^{55}]面前，点燃和供奉你的油灯。

第五节：你已经来到^{2}Nyi-^{2}t'u-^{2}gkv-^{3}wùa[ȵi^{33}thv^{33}kv^{33}ua^{55}]面前，点燃和供奉你的油灯。

第六、七节：你已经来到^{2}Ssaw-^{2}bbŭ-^{2}ssaw-^{1}la[sɑ^{33}bv^{33}sɑ^{33}la^{21}]面前， 点燃和供奉你的油灯。

第八节：你已经来到^{2}Mùan̠-^{2}yi-^{2}t'i[mɯ^{33}i^{33}thi^{33}]……？面前点燃和供奉你的油灯。

第九节：你已经来到伟大的东巴和^{2}Llü-^{1}bu ^{1}yi-^{3}shi-^{1}ō-^{2}zo[lɯ^{33}bu^{21} i^{21}ʂʅ^{55} o^{21}zo^{33}]面前，点燃和供奉你的油灯。

第十节：你已经来到^{1}ssaw-^{2}yi-^{2}wùa-^{2}de ^{2}Hä-^{1}ddü[sɑ^{21}i^{33}ua^{33}de^{33} he^{33}dɯ^{21}]面前，点燃和供奉你的油灯。

二、字词详解

第一节：（无解说）

第二节：^{1}Gv-^{2}mbbǔ-^{1}ssä-^{2}ssu [gv^{21}mbv^{33}se^{21}su^{33}]这个神名被完全写出来了，他在其他经书中很少见，这四个字的本义分别是：^{1}gv[gv^{21}]是“保护”，^{2}mbbǔ[mbv^{33}]是“爬”，^{1}ssä[se^{21}]是“野羊”，^{2}ssu[su^{33}]是“骰子”。

第三节：^{1}Yu-^{3}nyi-^{1}gkyi-^{2}ngu[iə^{21}ȵi^{55} tɕi^{21}ŋgu^{33}]不是神，而是祭司（^{2}bpö−^{1}mbö [py^{33}by^{21}]），他管理署族之地，他们居住在水里，他是署族的东巴（^{2}dto−^{1}mba[to^{33}mba^{21}]）。（参见《纳西族的纳迦崇拜及其相关仪式》第 127 页，又见第 148 页，注释 157）他名字的所有音节被完全写了出来，这几个字的本义分别是：^{1}yu[iə^{21}]是“腐烂的”，^{3}nyi[ȵi^{55}]是“太阳”，^{1}gkyi[tɕi^{21}]是“剪刀”，^{2}ngu[ŋgu^{33}]是“谷仓”。

第四节：^{2}Bpa-^{2}dtü-^{1}lo-^{3}nyi[pa^{33} ty^{33}lo^{21}ȵi^{55}]也是一个祭司（^{2}bpö−^{1}mbö [py^{33}mby^{21}]），他为^{2}dtü[ty^{33}]纳迦服务，他的名字也被完全写出来了。这几个字的本义分别是：^{2}bpa[pa^{33}]是“蛙”，^{2}dtü[ty^{33}]是“敲击铁砧”，^{1}lo [lo^{21}]是“赤麂”，^{3}nyi[ȵi^{55}]是“鱼”。（参见《纳西族的纳迦崇拜及其相关仪式》第 127 页及第 148 页，注释 157。）

第五节：^{2}Nyi-^{2}t'u-^{2}gkv-^{3}wùa[ȵi^{33}thv^{33}kv^{33}ua^{55}]是一个大神，但是我们对他一无所知。这几个字已经解释过了。

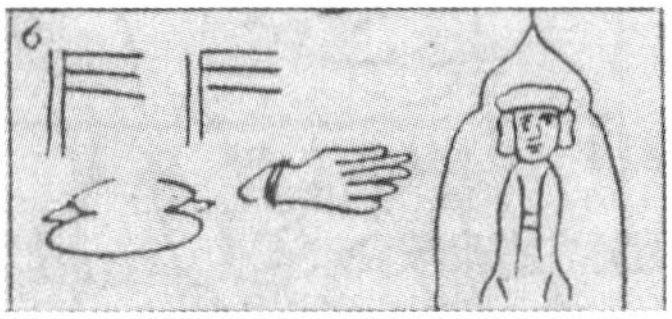

第六节：^{2}Ssaw-^{2}bbŭ-^{2}ssaw-^{1}la[sɑ^{33}bv^{33}sɑ^{33}la^{21}]是某一个地域的东巴（^{2}dto–^{1}mba[to^{33}mba^{21}]）。（参见《纳西族的纳迦崇拜及其相关仪式》第 127 页；又见第 148 页，注释 155；又见第 237 页）

第八节：这个神的名字只写出三个音节，即^{2}Mùaṉ-^{2}yi-^{2}t'i[mɯ^{33}i^{33}thi^{33}]，这三字的本义分别是：^{2}Mùaṉ[mɯ^{33}]是“天”，^{2}yü[y^{33}]是“绵羊”，^{2}t'i[thi^{33}]是“刨子”。

第九节：^{2}Llü-^{1}bu ^{1}yi-^{3}shi-^{1}ō-^{2}zo[lɯ^{33}bu^{21}i^{21}ʂʅ^{55}o^{21}zo^{33}]是一个著名东巴，他是纳西人的祖先美利董主^{2}Mùaṉ–^{3}llü–^{1}ddu–^{2}ndzĭ[mɯ^{33}lɯ^{55}du^{21}ndʐʅ^{33}]的东巴，名字叫^{1}Yi-^{3}shi-^{1}ō-^{2}zo[i^{21}ʂʅ^{55}o^{21}zo^{33}]。奇怪的是，这个名字经常用一个字形像“猪”的字表示，“猪”本读作^{1}bu[bu^{21}]。藏语的“猪”读作 phag。这里经常会用到，但是不读出来。pha 或 p'a 是指一个祭司（^{2}Llü-^{1}bu[lɯ^{33}bu^{21}]）或者女巫（^{2}Ssan-^{1}nyi-^{1}p'a [sæ^{33}ȵi^{21}pha^{21}]）又或者天才巫师，与东巴（^{2}dto–^{1}mba[to^{33}mba^{21}]）是有区别的。他表面上是美利董主的巫师。东巴名的最后一个音节是^{2}zo[zo^{33}]，这里用像罐子的那个字记录这个音节。（参见《纳西族的纳迦崇拜及其相关仪式》第 216 页，注释 377；又见第 227 页，注释 404

页；又见第 526 页，注释 807）他戴了一顶三叉戟（^{1}Bä-^{2}k'o[be^{21}kho^{33}]）的帽子，帽子上还插着乌鸦（纳西语读作^{3}gko-^{1}na[ko^{55}na^{21}]）的羽毛。这个字形是

，口语叫作^{2}ssu-^{1}p'ĕr^{3}dtä-^{2}lä[su^{33}phər^{21}te^{55}le^{33}]，这顶帽子东巴只能在举行^{2}khi ^{2}nv[ɕi^{33}ŋv^{33}]丧葬仪式的时候戴。书面语作^{1}bä-^{2}k'o [be^{21}kho^{33}]。

第十节：刹依威德（^{1}ssaw-^{2}yi-^{2}wùa-^{2}de [sɑ^{21}i^{33}ua^{33}de^{33}]）是伟大的纳西天神。奇怪的是，第一个字读作^{1}na[na^{21}]，意为“黑色”，但这里不读出来。我问了很多东巴，没有一个可以解释这个音节在这里的意思。我目前没有发现刹依威德在藏人本教中对应的神，但是无疑他是存在的。可能^{1}na[na^{21}]这个音节是问题的关键。（参见《纳西族的纳迦崇拜及其相关仪式》第 129 页，注释 108，图 29）

经卷第七页释义

一、句译

第一节：你已经来到^{2}Muàn̠-^{3}mi-^{2}p'ĕr-^{2}nyi ^{2}Hä-^{1}ddü[mɯ^{33}mi^{55}phər^{33}ȵi^{33}dɯ^{21}]面前，点燃和供奉你的油灯。

第二节：你已经来到^{2}Shi–^{1}la–^{3}wu-^{1}gko ^{2}Hä-^{1}ddü[ʂʅ^{33}la^{21}u^{55}ko^{21} he^{33}dɯ^{21}]面前，点燃和供奉你的油灯。

第三节：你已经来到^{2}Ss–^{2}bpa–^{2}ts'ä–^{1}gyu ^{2}Hä-^{1}ddü[sɿ^{33}pa^{33}tshe^{33}ʥə^{21} he^{33} dɯ^{21}]面前，点燃和供奉你的油灯。

第四节：你已经来到七个^{2}Ngaw ^{2}ggŏ ^{2}t'i–^{3}mi（^{2}shĕr-^{2}gkv）[ŋgɑ^{33}go^{33}thi^{33}mi^{55}（ʂər^{33}kv^{33}）]女神面前，点燃和供奉你的油灯。

第五节：你已经来到^{2}Tu–^{2}gkaw–^{2}ngv–^{2}gkv[tu^{33}ka^{33}ŋgv^{33}kv^{33}]面前，点燃和供奉你的油灯。

第六节：你已经来到^{2}T'i-^{2}gv-^{1}ho-^{1}bbĕr-^{1}khyu[thi^{33}gv^{33}bər^{21}ɕy^{21}]面前，点燃和供奉你的油灯。

第七、八节：你已经来到^{2}Hä-^{1}ddü ^{3}t'a-^{1}ddü[he^{33}dɯ^{21}tha^{55}dɯ^{21}]面前点燃和供奉你的油灯。

第九节：你已经来到^{2}P'u–^{1}la ^{3}ds'ĭ-^{3}gkv[phu^{33}la^{21} tshɿ^{55}kv^{55}]面前，点燃和供奉你的油灯。

第十节：你已经来到^{2}Hä–^{1}ngo–^{3}p'u–^{2}nyu ^{2}Hä–^{1}ddü[he^{33}ŋgo^{21}phu^{55}ȵə^{33} he^{33} dɯ^{21}]面前，点燃和供奉你的油灯。

第十一节：你已经来到^{2}Ss–^{2}bpa–^{1}ch'ung–^{2}sso ^{2}Hä–^{1}ddü[sɿ^{33}pa^{33}tʂhu^{21}so^{33}he^{33} dɯ^{21}]面前（点燃和供奉你的油灯）。

二、字词详解

第一节：从经书上看，这个神的名字应该叫^{2}Muàn̠-^{3}mi-^{2}bpa-^{1}lo[mə^{33}mi^{55}pa^{33}lo^{21}]，而不是东巴读出来的^{2}Muàn̠-^{3}mi-^{2}p'ĕr（^{2}p'u）-^{2}nyi [mə^{33}mi^{55}phər^{33}（phu^{33}）n̥i^{33}]，它从来没有在其他经书里出现过。^{2}Muàn̠-^{3}mi-^{2}bpa-^{1}lo[mə^{33}mi^{55}pa^{33}lo^{21}]是阿尼玛卿山的山神。这里所用的几个字的本义分别是：^{2}Muàn̠[mə^{33}]是“不”，^{3}mi[mi^{55}]是“火”，^{2}p'ĕr[phər^{33}]是“白色”，^{1}lo[lo^{21}]是“男性生殖器”。（前面的解释参见《纳西族的纳迦崇拜及其相关仪式》第 132 页，注释 116）

第二节：这是一个著名的神，通常叫^{2}Shou–^{1}la–^{3}wu-^{1}gko[ʂə^{33}la^{21}u^{55}ko^{21}]，相当于藏人本教的 gShen-lha-od-dkar，本教（Bön）神之父。这里用^{2}Shi[ʂʅ^{33}]代替了^{2}shou[ʂə^{33}]。居那什罗山（^{1}Ngyu-^{3}na-^{3}shi-^{2}lo ^{1}ngyu[ndʑy^{21}na^{55}ʂʅ^{55}lo^{33}ndʑy^{21}]）实际指凯拉斯山。（参见《纳西族的纳迦崇拜及其相关仪式》第 169 页，注释 242；又见《纳西族的纳迦崇拜及其相关仪式》第 259—262 页）

第三节：对^{2}Ss–^{2}bpa–^{2}ts'ä–^{1}gyu [sɿ^{33}pa^{33}tshe^{33}dʑə^{21}]这个神，我一无所知。这里用的几个字的本义分别是：^{2}Ss[sɿ^{33}]是“木头”，^{2}bpa[pa^{33}]是“蛙”，^{2}ts'ä[tshe^{33}]是“盐”，^{1}gyu[dʑə^{21}]是“模具、铸模”。

第四节：这七个女神叫作^{2}T'i–^{3}mi[thi^{33}mi^{55}]，是胜利女神。有九个^{2}Ngaw ^{2}zo [ŋgɑ^{33}zo^{33}](^{2}ngv-^{3}gkv[ŋgv^{33}kv^{55}])，即九个男性胜利者，他们各自没有特殊的名字。这七位女神的名字也只在这一本经书中出现过。

第五节：尽管这里写出来的神名读作^{2}Tu–^{2}gkaw–^{2}ngv–^{2}gkv[tu^{33}ka^{33}ŋgv^{33} kv^{33}]，实际上，按照意义应该是^{2}T'o–^{2}gko–^{2}ngv–^{2}gkv[tho^{33}ko^{33}ŋgv^{33}kv^{33}]。（参见《纳西族的纳迦崇拜及其相关仪式》，第 703 页；又见第 145 页，注释 145）

第六节：对^{2}T'i-^{2}gv-^{1}ho-^{1}bběr-^{1}khyu[thi^{33} gv^{33}bər^{21}ɕy^{21}]这个神，我一无所知。这里使用的几个字的本义分别是：^{2}t'i[thi^{33}]是“刨子”，^{2}gv[gv^{33}]是“身体”，^{1}ho[ho^{21}]是“银河”，直译为“牛奶路”，^{1}khyu[ɕy^{21}]是“大鹏”，^{1}bběr[bər^{21}]是“绳子”。

第九节：这里的^{2}P'u–^{1}la[phu^{33}la^{21}]是指像人一样的神，他的名字叫^{3}Ds'ĭ-^{2}bbŭ [tshɿ^{55}bv^{33}]，所使用的两个字的本义分别是：^{3}ds'ĭ[tshɿ^{55}]是“山羊”，^{2}bbŭ[bv^{33}]是“锅”。这是^{2}P'u–^{1}la[phu^{33}la^{21}]最经常使用的写法：

“白色”（读作^{2}p'ĕr[phər^{33}]）加

“手”（读作^{1}la[la^{21}]）。

这本经书的第八页第六节有另外一种写法。

第十节：这个神的手是合十的。神名^{2}Hä–^{1}ngo–^{3}p'u–^{2}nyu[he^{33}ŋgo^{21}phu^{55}ȵə^{33}]中^{2}Hä–^{1}ngo[he^{33}ŋgo^{21}]实际上就是神自己，可能是神名的一部分。剩余的字，^{3}p'u[phu^{55}]本义是“气泡”，^{2}nyu[ȵy^{33}]本义是“摆动、发抖”。

第十一节：这些字已经解释过了，但对这个神，我一无所知。

经卷第八页释义

一、句译

第一节①：点燃和供奉你的油灯。

第二节：你已经来到^{3}P'u–^{2}zhou–^{3}dto–^{2}gv ^{2}Hä–^{1}ddü[phu^{55}ʐə^{33}to^{55}gv^{33}he^{33}dɯ^{21}]面前，点燃和供奉油灯。

第三节：你已经来到^{1}Na–^{3}ffŭ-^{2}sso-^{1}gyu ^{2}Hä–^{1}ddü[na^{21}fv^{55}so^{33}ʥə^{21} he^{33}dɯ^{21}]面前，点燃和供奉油灯。

第四节：你已经来到^{1}Dsä-^{2}wùa-^{2}ä-^{1}mbbŭ ^{2}Hä–^{1}ddü[tse^{21}ua^{33}ə^{33}mbv^{21} he^{33}dɯ^{21}]面前，点燃和供奉油灯。

第五节：你已经来到^{1}Dsä–^{2}shi–^{1}la–^{2}ddo ^{2}Hä–^{1}ddü[tshe^{21}ʂʅ^{33}la^{21}do^{33} he^{33}dɯ^{21}]面前，点燃和供奉油灯。

第六节：你已经来到^{2}P'u–^{1}la ^{2}Ss–^{2}bpa[phu^{33}la^{21} sʅ^{33}pa^{33}]面前，点燃和供奉油灯。

第七、八节：你已经来到^{2}Mi–^{1}ts'ä–^{2}mi–^{2}ggü ^{2}Hä–^{1}ddü[mi^{33}tshe^{21}mi^{33}gɯ^{33}he^{33}dɯ^{21}]面前点燃和供奉油灯。

第九节：你已经来到^{1}Ggü–^{2}shi–^{3}nv–^{2}t'u ^{2}Hä–^{1}ddü[gɯ^{21}ʂʅ^{33}ŋv^{55}thv^{33} he^{33}dɯ^{21}]面前，点燃和供奉油灯。

第十节：你已经来到^{2}Wùa-^{2}chwua-^{3}nv-^{2}t'u ^{2}Hä–^{1}ddü[ua^{33}tʂhua^{33}ŋv^{55}thu^{33}he^{33}dɯ^{21}]面前，点燃和供奉油灯。

①译者按，上接第七页最后一节。

二、字词详解

所有这些神中，我只认识第五节的那个，他的名字叫^{1}Dsä–^{2}shi–^{1}la–^{2}ddo ^{2}Hä–^{1}ddü [tshe^{21}ʂʅ^{33}la^{21}do^{33} he^{33}dɯ^{21}]。（参见《纳西族的纳迦崇拜及其相关仪式》第 149 页，注释 162）他是祭司，是用来镇压^{1}Dsä[tshe^{21}]鬼的。这里叫作^{2}Hä–^{1}ddü[he^{33}dɯ^{21}]，意为“大神”。^{2}ddo[do^{33}]是“六”，藏语借词。纳西语的数字“六”读作^{3}ch’wua[tʂhua^{55}]。

在第六节，^{2}P’u–^{1}la[phu^{33}la^{21}]的第二个音节用虎头表示。用“虎”来代替“手”①。（参见本书的第七页第九节的字词详解）

①译者按，“虎”和“手”的读音相同。

经卷第九页释义

一、句译

第一节：你已经来到^{2}Hä-^{1}n͡go-^{2}wùa-^{1}gko ^{2}Hä-^{1}ddü[he^{33}ŋgo^{21}ua^{33}ko^{21} he^{33} dɯ^{21}]面前，点燃和供奉你的油灯。

第二节：你已经来到^{1}Ts'ä–^{3}mi–^{2}mi–^{2}wùa ^{2}Hä–^{1}ddü[tshe^{21}mi^{55}mi^{33}ua^{33} he^{33} dɯ^{21}]面前，点燃和供奉你的油灯。

第三、四节：你已经来到^{2}Hä–^{1}yü ^{1}Ts'ä–^{2}chwua ^{2}Hä-^{1}ddü [he^{33}y^{21} tshe^{21}tʂhua^{33} he^{33}dɯ^{21}] 面前，点燃和供奉你的油灯。

第五节：你已经来到^{2}Hä–^{1}n͡go-^{1}ts'ä-^{2}dso ^{2}hä-^{1}ddü[he^{33}ŋgo^{21}tshe^{21}tso^{33} he^{33} dɯ^{21}]面前，点燃和供奉你的油灯。

第六节：你已经来到^{1}Ts'ä-^{1}la-^{2}dto-^{3}dtĕr ^{2}Hä-^{1}ddü[tshe^{21}la^{21}to^{33}tər^{55} he^{33}dɯ^{21}]面前，点燃和供奉你的油灯。

第七节：你已经来到^{3}Gkyi–^{2}yu–^{2}sso-^{2}mbbŭe ^{2}Hä-^{1}ddü[tɕi^{55}iə^{33}so^{33}mbv^{33} he^{33}dɯ^{21}]面前，点燃和供奉你的油灯。

第八节：你已经来到^{1}La–^{2}bbŭ–^{2}t'u–^{2}gko ^{2}Hä-^{1}ddü[la^{21}bv^{33}thu^{33}ko^{33} he^{33}dɯ^{21}]面前，点燃和供奉你的油灯。

第九节：你已经来到^{2}Wùa-^{3}ssaw-^{1}gkyi-^{2}yu ^{2}Hä-^{1}ddü[ua^{33}sɑ^{55}tɕi^{21}iə^{33} he^{33} dɯ^{21}]面前，点燃和供奉你的油灯。

二、字词详解

这里提到的所有神，只有一个是我认识的，就是^{1}La-^{2}bbŭ-^{2}t'u-^{2}gko ^{2}Hä-^{1}ddü [la^{21}bv^{33}thu^{33}ko^{33} he^{33}dɯ^{21}]，名字的第一个音节^{2}Hä[he^{33}]，意为“神”，藏语作 lha。东巴经中经常借藏语词。^{1}La-^{2}bbŭ-^{2}t'u-^{2}gko [la^{21}bv^{33}thu^{33}ko^{33}]相当于藏人的 Lha-bon-thod-dkar。他是神的祭司和大神本身，也是东巴什罗的祖父。（参见《纳西族的纳迦崇拜及其相关仪式》第 148 页，注释 158）这一页上出现的其他神在其他经书上都没见过。

经卷第十页释义

一、句译

第一节：你已经来到^{1}Gkyi–^{1}yu–^{2}ssaw–^{1}la–^{2}wùa ^{2}Hä–^{1}ddü[tɕi^{21}iə^{21}sɑ^{33}la^{21}ua^{33} he^{33}dɯ^{21}]面前，点燃和供奉你的油灯。

第二节：你已经来到^{2}Gkaw-^{2}t'u ^{2}hä-^{1}ddü ^{2}Hä–^{1}ddü[kɑ^{33}thu^{33}he^{33}dɯ^{21}he^{33} dɯ^{21}]面前，点燃和供奉你的油灯。

第三节：你已经来到^{1}Na–^{2}shi–^{3}t'a–^{2}yu ^{2}Hä–^{1}ddü[na^{21}ʂʅ^{33}tha^{55}iə^{33} he^{33}dɯ^{21}]面前，点燃和供奉你的油灯。

第四节：你已经来到^{1}Yü–^{1}ssaw–^{3}gkyi–^{1}ssaw ^{2}Hä–^{1}ddü[y^{21}sɑ^{21}tɕi^{55}sɑ^{21} he^{33} dɯ^{21}]面前，点燃和供奉你的油灯。

第五节：你已经来到^{2}Gkv–^{1}nddü–^{2}zaw–^{1}mbbŭe ^{2}Hä–^{1}ddü[kv^{33}ndɯ^{21}zɑ^{33} mbɯ^{21} he^{33}dɯ^{21}]面前，点燃和供奉你的油灯。

第六、七节：你已经来到^{2}Ss–^{2}mu̲n–^{1}lo–^{2}ghügh ^{2}Hä–^{1}ddü [sʅ^{33}mu^{33}lo^{21}ɯ^{33} he^{33}dɯ^{21}]面前，点燃和供奉你的油灯。

第八节：你已经来到^{2}Mi–^{3}yi–^{2}mi–^{1}zhi ^{2}Hä–^{1}ddü[mi^{33}i^{55}mi^{33}ʐʅ^{21} he^{33}dɯ^{21}]面前，点燃和供奉你的油灯。

第九节：你已经来到^{1}Khyu–^{1}la–^{2}p'u–^{1}ts'o ^{2}Hä–^{1}ddü[ɕy^{21}la^{21}phu^{33}tsho^{21} he^{33}dɯ^{21}]面前，点燃和供奉你的油灯。

二、字词详解

这一页的所有神名只出现在这本经书中。

第一节：这个名字^{1}Gkyi–^{1}yu–^{2}ssaw–^{1}la–^{2}wùa [tɕi^{21}iə^{21}sɑ^{33}la^{21}ua^{33}]使用的文字的本义分别是：^{1}Yu[iə^{21}]是“腐烂的、腐朽的”，^{1}gkyi[tɕi^{21}]是“云”，^{2}ssaw[sa^{33}]是“呼吸”，^{1}la[la^{21}]是“手”，^{2}wùa[ua^{33}]是“房子”。

第二节：第一个字读作^{1}hä[he^{21}]，它不是名字^{2}Gkaw-^{2}t'u ^{2}hä-^{1}ddü [kɑ^{33}thu^{33}he^{33}dɯ^{21}]的一部分。第二个字读作^{2}gkaw[kɑ^{33}]，借自藏文。第三个字本义是“桶”。

第三节：第一个字读作^{1}na[na^{21}]，本义为“黑色”。该字源于藏文 nag，也是“黑”的意思。下一个字读作^{2}shi[ʂʅ^{33}]，本义为“肉”。^{3}t'a[tha^{55}]字的本义是“塔”，^{2}yu[iə^{33}]字的本义是“腐烂的、腐朽的”。

第四节：所有的四个字中，第一个字读作^{1}yü[y^{21}]，本义为“绵羊”。第三个字读作^{3}gkyi[tɕi^{55}]，本义是“剪刀”。

第五节：这些字在前文中从来没出现过。第一个字读作^{2}gkv[kv^{33}]，意为“头部”。第二个字读作^{1}ndi[ndi^{21}]，它像嫩的、叶子卷曲的毛叶蕨，拉丁学名作 *Pteridium aquilinum*。早春的时候，孩子们就会采集它作为食物。春天食物紧缺，必须拿野菜充饥。纳西农民拥有的土地面积不大，一个五口之家经常会出现粮食短缺的现象。剩余的粮食等不到来年粮食成熟就吃完了。因此纳西谚语说：^{1}ndi ^{2}zo ^{2}ndi ^{3}gkwuo-^{1}gkwuo, ^{2}zo ^{3}gkyi ^{1}gko ^{2}lä ^{2}shěr[ndi^{21} zo^{33} ndi^{33} kuo^{21}, zo^{33} tɕi^{55} ko^{21} le^{33} ʂər^{33}]，对译作“蕨类植物/小，蕨类植物/（叶子）卷曲，儿子/小/里面/又/救”，意译为“当蕨类植物（纳西语叫^{1}ndi[ndi^{21}]）的嫩叶出来的时候，就不害怕孩子被饿死了”。

下一个字读作^{2}zaw[zɑ^{33}]，意为“行星”，最后一个字读作^{1}mbbŭe[mbɯ^{21}]，字形像一本书。这是一个很老的说法，口语把“书”称作^{2}t'ä-^{2}ghügh[the^{33}ɯ^{33}]。

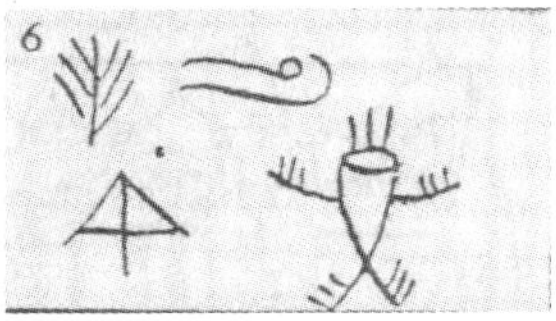

第六节：第一个字已经解释过了。第二个字读作^{2}mu̱n[mu^{33}]，意为“天”，这是一个习惯写法。第三个字读作^{1}lo[lo^{21}]，又读作^{2}k'a[kha^{33}]，字形像山谷、泉和流水，这里读作^{1}lo[lo^{21}]。最后一个字像^{2}Mu̱n[mu^{33}]鬼。读作^{2}Ghügh[ɯ^{33}]，手臂和腿上的短线表示毛发。（参见《纳西族的纳迦崇拜及其相关仪式》第 116—120 页，第 93 页，注释 47）

第八节：这一节前四个字里的上面一行已经解释过了。第二个字读作^{2}yi[i^{33}]，本义为“长鬃山羊”。最后一个字读作^{1}zhi[ʐʅ^{21}]，本义为“蛇”。

第九节：这一节只有两个字需要解释。第一个通常读作^{1}dgyü[tɕy^{21}]，本义为“啼叫”，字形像公鸡打鸣，这里读作^{1}Khyu[ɕy^{21}]，^{4}khyu[ɕy^{24}]借自藏语，在有些经书中用音节文字①来标示这个音节。（参见本书的第十二页第五节的字词详解）最后一个字②读作^{1}ts'o[tsho^{21}]，本义为“大象”。

①译者按，即哥巴文。

②译者按，其实是第四个字。

经卷第十一页释义

一、句译

第一节：你已经来到^{1}La–^{2}bbŭ–^{2}t'u–^{2}gkaw ^{2}Hä-^{1}ddü[la^{21}bv^{33}thu^{33} kɑ^{33} he^{33} dɯ^{21}]面前，点燃和供奉你的油灯。

第二节：你已经来到^{1}La–^{2}yi–^{1}ssu–^{1}dso ^{2}Hä-^{1}ddü[la^{21}i^{33}sɿ^{21}ʦo^{21} he^{33}dɯ^{21}]面前，点燃和供奉你的油灯。

第三、四节：你已经来到^{2}Ss–^{2}bpa–^{2}gyi–^{2}mun ^{2}Hä-^{1}ddü [sɿ^{33}pa^{33}ʥi^{33}mu^{33} he^{33}dɯ^{21}]面前，点燃和供奉你的油灯。

第五节：你已经来到^{1}La–^{2}gyi–^{1}ssä–^{2}bbŭ ^{2}Hä-^{1}ddü[la^{21}ʥi^{33}se^{21}bv^{33}he^{33}dɯ^{21}]面前，点燃和供奉你的油灯。

第六节：你已经来到^{2}Ss–^{2}bpa–^{1}la–^{2}gyi ^{2}Hä-^{1}ddü[sɿ^{33}pa^{33}la^{21}ʥi^{33} he^{33}dɯ^{21}]面前，点燃和供奉你的油灯。

第七节：你已经来到^{1}La–^{3}gko–^{1}yü–^{2}sso ^{2}Hä-^{1}ddü[la^{21}ko^{55}y^{21}so^{33} he^{33}dɯ^{21}]面前，点燃和供奉你的油灯。

第八节：你已经来到^{1}Ho–^{3}gko–^{2}gyi–^{2}mu$\underline{n}$ ^{2}Hä-^{1}ddü[ho^{21}ko^{55}ʥi^{33}mu^{33} he^{33} dɯ^{21}]面前，点燃和供奉你的油灯。

二、字词详解

第一节：这里提到的神看起来与第九页的第八节是重复的。我个人相信这就是重复。

这些字在前面都已经解释过了。有疑问的是第三节和第八节的那个字。这字读作^{2}mùa$\underline{n}$[mɯ^{33}]，本义为“天”，这里需要读作^{2}mu$\underline{n}$[mu^{33}]。（参见本书的第十页第六节的字词详解）如果^{2}Ss–^{2}bpa–^{2}gyi–^{2}mun ^{2}Hä-^{1}ddü [sɿ^{33}pa^{33}ʥi^{33}mu^{33}

he^{33}dɯ^{21}]最后两个音节是名字的一部分，^{2}Hä-^{1}ddü[he^{33}dɯ^{21}]是正确的。如果它们表示^{2}gyi-^{2}muṉ[ʥi^{33}mu^{33}]，相当于藏语 rgyal-mo，意为“王后”。那么，^{2}Hä-^{1}ddü[he^{33}dɯ^{21}]这两个音节必须省略。但是我相信^{2}gyi-^{2}muṉ[ʥi^{33}mu^{33}]是名字的一部分，音节^{2}muṉ[mu^{33}]通常写作本书第十页的第六节那样①，从来不用“天”字代替。

①译者按，即。

经卷第十二页释义

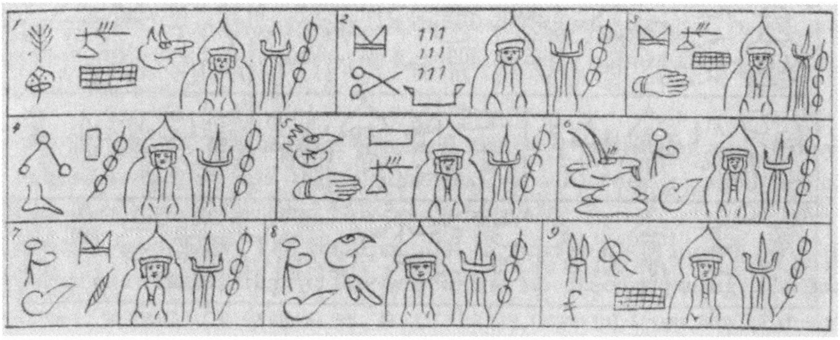

一、句译

第一节：你已经来到^{2}Ss-^{2}bpa-^{2}mbbŭe-^{2}k'ö ^{2}Hä-^{1}ddü[sɿ^{33}pa^{33}mbɯ^{33}khɯ^{33} he^{33}dɯ^{21}]面前，点燃和供奉你的油灯。

第二节：你已经来到^{2}Wùa-^{3}gkyi-^{2}ngv-^{2}t'u ^{2}Hä-^{1}ddü[ua^{33}tɕi^{55}ŋgv^{33}thu^{33} he^{33} dɯ^{21}]面前，点燃和供奉你的油灯。

第三节：你已经来到^{2}Wùa-^{1}la-^{2}sso-^{2}mbbŭe ^{2}Hä-^{1}ddü[ua^{33}la^{21}so^{33}mbɯ^{33} he^{33}dɯ^{21}]面前，点燃和供奉你的油灯。

第四节：你已经来到^{1}Zü-^{2}k'ö-^{2}dto-^{2}sso ^{2}Hä-^{1}ddü[zy^{21}khɯ^{33}to^{33}so^{33} he^{33}dɯ^{21}]面前，点燃和供奉你的油灯。

第五节：你已经来到^{1}Khyu-^{1}la-^{2}dto-^{2}sso ^{2}Hä-^{1}ddü[ɕy^{21}la^{21}to^{33}so^{33} he^{33}dɯ^{21}]面前，点燃和供奉你的油灯。

第六节：你已经来到^{3}Ds'ĭ-^{2}bbŭ-^{1}n͡go-^{3}khu ^{2}Hä-^{1}ddü[tshɿ^{55}bv^{33}ŋgo^{21}hu^{55} he^{33} dɯ^{21}]面前，点燃和供奉你的油灯。

第七节：你已经来到^{1} N̄go-^{3}khü-^{2}wùa-^{3}ts'ü ^{2}Hä-^{1}ddü[ŋgo^{21}hɯ^{55}ua^{33}tshy^{55} he^{33}dɯ^{21}]面前，点燃和供奉你的油灯。

第八节：你已经来到^{1} N̄go-^{3}khü-^{3}gko-^{2}shi ^{2}Hä-^{1}ddü[ŋgo^{21}hɯ^{55}ko^{55}ʂʅ^{33} he^{33} dɯ^{21}]面前，点燃和供奉你的油灯。

第九节：你已经来到^{2}Gkv-^{1}nddü-^{1}zaw-^{1}mbbŭe ^{2}Hä-^{1}ddü[kv^{33}ndɯ^{21}zɑ^{21}bɯ^{21} he^{33}dɯ^{21}]面前，点燃和供奉你的油灯。

二、字词详解

第一节：这里这只有一个字需要解释，即像狗的那个字，它读作^{2}k'ö[khɯ^{33}]，本义为“狗”，它标示这一节的最后一个词。

第四、五节：这两节出现了^{2}dto[to^{33}]这个音节，本义为“木板”，只是第四节是垂直的，第五节是水平的。

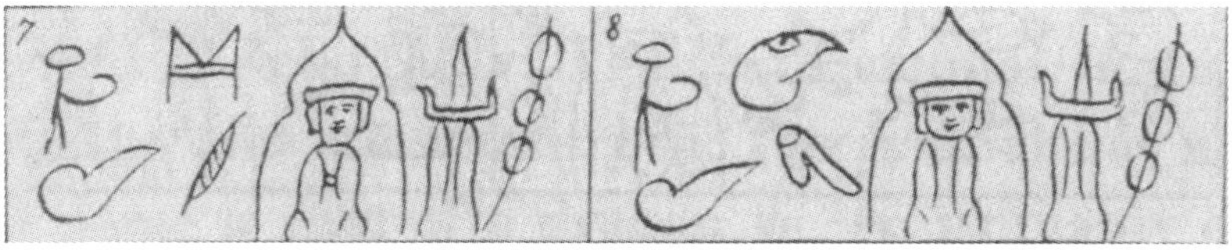

第六至八节：这三节都有^{3}ḳhü[hɯ^{55}]这个字，本义为“湖”，与第三页第四节的那个字①相比，那个字里面有许多点，读作^{2}ndĕr[ndər^{33}]，意为“潭”，湖水浅的地方可以看到湖底的泥沙。

① 译者按，即。

经卷第十三页释义

一、句译

第一节：你已经来到^{2}Hä–^{1}yü–^{2}muàṉ–^{1}yü ^{2}Hä–^{1}ddü[he^{33}y^{21}mə^{33}y^{21} he^{33}dɯ^{21}]面前，点燃和供奉你的油灯。

第二节：你已经来到^{1}Lo–^{2}gkv–^{2}ngaw-^{2}wùa-^{3}tsü ^{2}Hä–^{1}ddü[lo^{21}kv^{33}ŋgɑ^{33}ua^{33} tshy^{55} he^{33}dɯ^{21}]面前，点燃和供奉你的油灯。

第三节：你已经来到^{1}Ngo-^{3}khü-^{2}wùa-^{2}p'u ^{2}Hä–^{1}ddü[ŋgo^{21}hɯ^{55}ua^{33}phu^{33} he^{33}dɯ^{21}]面前，点燃和供奉你的油灯。

第四节：你已经来到^{2}Ngv–^{1}la–^{2}gkaw-^{1}bběr ^{2}Hä–^{1}ddü[ŋgv^{33}la^{21}kɑ^{33}bər^{21} he^{33}dɯ^{21}]面前，点燃和供奉你的油灯。

第五节：你已经来到^{1}La–^{2}ch'i–^{2}wùa–^{3}t'i ^{2}Hä–^{1}ddü[la^{21}tʂhʅ^{33}ua^{33}thi^{55} he^{33}dɯ^{21}]面前，点燃和供奉你的油灯。

第六节：你已经来到十三个^{2} Ō–^{1}gko–^{2}sso–^{3}chung[o^{33}ko^{21}so^{33}tʂhu^{55}]面前，点燃和供奉你的油灯。

第七节：你已经来到^{2} Ō–^{1}gko–^{2}sso–^{2}mbbŭ ^{2}Hä–^{1}ddü[o^{33}ko^{21}so^{33}mbv^{33} he^{33} dɯ^{21}]面前，点燃和供奉你的油灯。

第八节：你已经来到^{3}Gko-^{2}gkaw-^{2}ä-^{2}na-^{1}lv ^{2}Hä–^{1}ddü[ko^{55}kɑ^{33}ə^{33}na^{33}lv^{21} he^{33} dɯ^{21}]面前，点燃和供奉你的油灯。

第九节：你已经来到^{2} Ō–^{2}t'u–^{3}t'i–^{3}llü ^{2}Hä–^{1}ddü[o^{33}thu^{33}thi^{55}lɯ^{55} he^{33}dɯ^{21}]面前，点燃和供奉你的油灯。

二、字词详解

前三节的这些字已经解释过了。

第四节：第一个字有两个读音，基本的读音是^{3}hu[hu^{55}]，意为“反刍动物的胃”；另一个读^{2}ngv[ŋgv^{33}]，意为“结实、强壮”。这个神通常叫作^{2}Ngu−^{1}la−^{3}gko-^{2}bbŭ[ŋgu^{33}la^{21}ko^{55}bv^{33}]。（参见《纳西文献研究》第112页，图37，第100节；又见《纳西族的纳迦崇拜及其相关仪式》第131页，注释111）

第五节：在我收藏的另一本经书（编号2012）中出现过这个神，只是将^{1}dshi[tʂʅ^{21}]“鸟爪”换成了^{2}ch'i[tʂhʅ^{33}]“秤砣”。

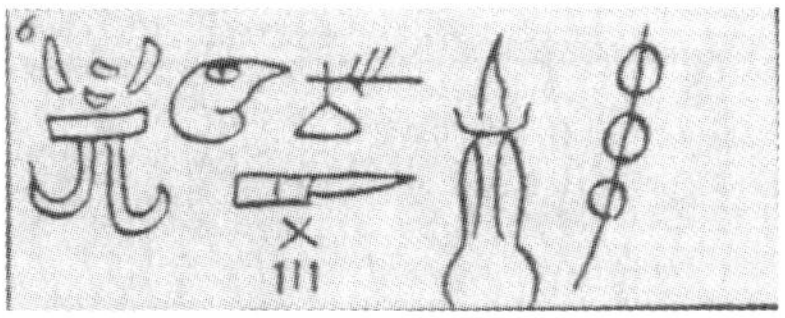

第六节：第一个字是 Ā[a]，这是一个藏文，被东巴借来读作^{2} Ō[o^{33}]。当这个字母单独出现的时候经常读作^{2}O−^{1}gko−^{2}aw−^{1}gko[o^{33}ko^{21}ɑ^{33}ko^{21}]，这里它只读一个音节^{2}o[o^{33}]。名字中的最后一个音节是^{3}chung[tʂu^{55}]，用像锥子的那个字表示。下面是一个数字“十三”。在我收藏的另一本经书（编号2012）中，名字后面还有一个神像。这十三个神有一个总名。

第七节：（没有解说）

第八节：在这一本经书中，鸟的头部的特征非常不明显，第一个字可能是“鸭子”，读作^{3}aw[ɑ^{55}]，这是指家鸭。野鸭叫^{2}mb‘a[mbæ^{33}]。因此，如果根据经书上写出来的字，这个神名读作^{2}Aw-^{2}gkaw-^{2}ä-^{2}na-^{1}lv [ɑ^{33}kɑ^{33}ə^{33}na^{33}lv^{21}]。在我收藏的另一本经书（编号 2012）中，名字被写作^{3}Ä-^{2}gko-^{2}ä-^{1}lv[ə^{55}ko^{33}ə^{33}lv^{21}]。第三个字^{2}ä[ə^{33}]，字形像张开的嘴，并发出^{2}ä[ə^{33}]的声音。这个字没有其他的意义。神名的最后一个音节意为“龙”，读作^{1}lv [lv^{21}]，这个读音可能源自汉语的“龙”。

第九节：名字^{2} Ō–^{2}t'u–^{3}t'i–^{3}llü[o^{33}thu^{33}thi^{55} lɯ^{55}]里的最后一个音节假借像虱子的那个字表示，虱子经常会附在羊和牛的身上。虱子读作^{3}llü[lɯ^{55}]。

经卷第十四页释义

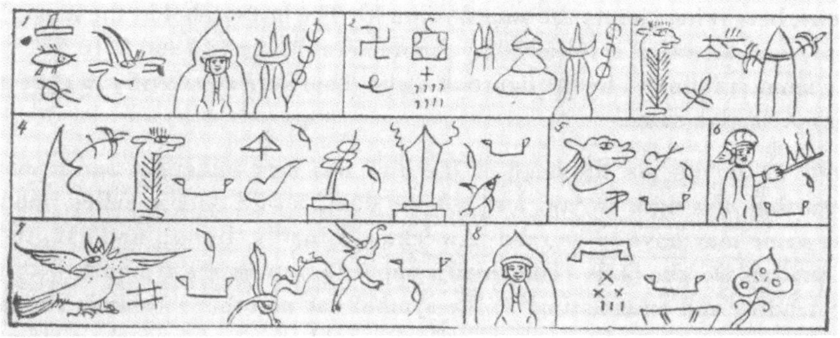

一、句译

第一节：你已经来到^{2}T'i–^{3}llü–^{1}ssaw–^{3}ds'ǐ ^{2}Hä–^{1}ddü[thi^{33}lɯ^{55}sɑ^{21}tshɿ^{55} he^{33} dɯ^{21}]面前，点燃你的油灯。

第二节：你已经来到这十八个^{2}Ghügh–^{2}ddo–^{1}na–^{2}gyu ^{2}Hä–^{1}ddü[ɯ^{33}do^{33}na^{21} ʥə^{33} he^{33}dɯ^{21}]面前，点燃和供奉你的油灯。

第三、四节：^{1}Yü–^{2}mu̱n–^{2}llü–^{2}ssǐ[y^{21}mu^{33}lɯ^{33}sɿ^{33}]你已经来到美丽的高山和美丽的悬崖，那里永远不会变老。你已经来到^{2}Mùa̱n–^{3}llü–^{2}ndaw–^{1}gyi ^{3}ḳhü[mɯ^{33} lɯ^{55}ndɑ^{33}ʥi^{21}hɯ^{55}]，那里永远不会干涸。你已经来到^{1}Ha-^{2}yi-^{2}boa-^{1}daw-^{1}ndzěr [ha^{21}i^{33}bə^{33}dɑ^{21}nʥər^{21}]，永远不会老。在^{1}Ngyu–^{3}na–^{3}shi–^{2}lo^{1}ngyu[nʥy^{21}na^{55}ʂʅ^{55} lo^{33} nʥy^{21}]，永远不会老。

第五节：你已经来到^{2}Ddv–^{1}p'ěr-^{2}ssǐ-^{1}nggü[dv^{33}phər^{21}sɿ^{33}ŋgɯ^{21}]前，它的体积绝不会减少。

第六节：你已经来到众神的火炬前，它永远不会熄灭。

第七节：你已经来到^{2}Ddv–^{1}p'ěr ^{1}khyu-^{3}t'khyu [dv^{33}phər^{21}ɕy^{21}ʨhy^{55}]面前，它绝不会生病，它的翅膀会闪光。你已经来到^{1} Ō-^{1}hǎr-^{2}mùa̱n-^{2}ndshěr[o^{21}hər^{21}mɯ^{33} ndzə̧r^{33}]居住地，它的声音（雷声）绝对不会变弱。

第八节：你已经来到美丽的三十三块神居住的高地。

二、字词详解

第二节：这个“万字符”读作^{2}Ghügh–^{2}ddo[ɯ^{33}do^{33}]，相当于藏语的 gYung-drung。（参见《纳西族的纳迦崇拜及其相

关仪式》第 115 页，注释 81）十八个“万字符”神叫作^{1}Na-^{2}gyu [na^{21}dʑə^{33}]，它只在这一本经书中出现过。

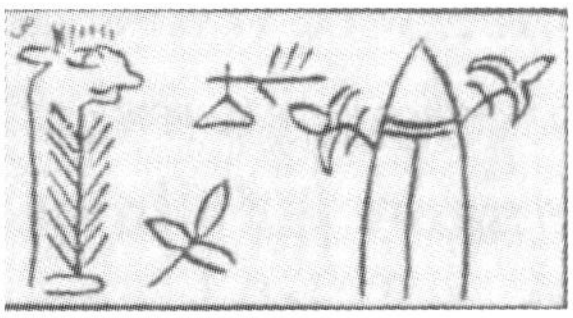

第三节：死者这里用猴头（“猴”纳西语叫^{1}yü[y^{21}]）表示。这个时候死者已经变成祖先了。（参见本书的第一页第九节和第二页第二、五节的字词详解）第二个字读作^{2}sso[so^{33}]，这个字东巴没读出来，但是这里指一座高山，那里空气稀薄，人会出现耳鸣。“山”字上面“花”字表示这座山很漂亮。（参见本书的第三页第二节的字词详解）第三个字读作^{2}szŭ[zv^{33}]，意为“柳叶”，字形像柳叶，这个字在句中不读音。

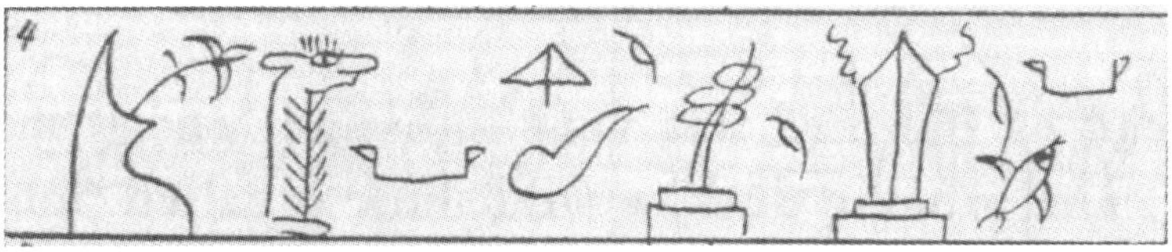

第四节：第一个是由“花”和“山崖”两个字组成的字组，“山崖”读作^{1}‘a[æ^{21}]，“花”有美丽的意思，又可以读作^{2}szĭ[zi^{33}]。美利达吉湖（^{2}Mùa̱n–^{3}llü–^{2}ndaw–^{1}gyi[mɯ^{33}lɯ^{55}ndɑ^{33}dʑi^{21}]）实际是指玛纳斯湖（参见《纳西族的纳迦崇拜及其相关仪式》第 424 页，注释 771）。这里只写了^{2}mu̱n[mu^{33}]字标示^{2}mùa̱n[mɯ^{33}]这个音节。“湖”读作^{3}Ḳhü[hɯ^{55}]。湖水绝不会干涸，这一句中只写出否定词^{2}mùa̱n[mə^{33}]一个字。接下来那个字像柏树，它生长在宇宙中的神秘之山——凯拉斯山上。这是一棵许愿树（参见《纳西族的纳迦崇拜及其相关仪式》第 437 页，注释 772；又见《纳西文献研究》第 101 页，图 34，第 69 节），意为“因陀罗赐生”。纳西东巴用山玉兰（拉丁学名 *Magnolia delavayi*）的树枝代替，山玉兰在丽江地区也有种植，以此代表^{1}Ha-^{2}yi-^{2}boa-^{1}daw[ha^{21}i^{33}bə^{33}dɑ^{21}]树。下一个重要的字是居那什罗山

（^{1}Ngyu–^{3}na–^{3}shi–^{2}lo [ndʑy^{21}na^{55}ʂʅ^{55}lo^{33}]），从一边延伸到山顶的曲线表示“长寿”，纳西语读作^{2}szĭ-^{1}shĕr[zʅ^{33}ʂər^{21}]。在山的右下方有两个字，它们读作^{2}muàn̠ ^{3}mun̠[mə^{33} mu^{55}]，意为“绝不（变）老”。^{3}mun̠[mu^{55}]本义为“马蝇”，这里借音作“老”（指人年纪大），也可以作“死”（也指人）。这是一种比较委婉的称呼。（参见本书的第二页第一节的字词详解）

第五节：^{2}Ddv–^{1}p’ĕr-^{2}ssĭ-^{1}nggü[dv^{33}phər^{21}sʅ^{33}ŋgɯ^{21}]是西藏神秘的狮子，跟在第七节中大鹏和龙三位一体，叫作^{1}Mbĕr-^{2}t’khyu-^{2}ssī-^{2}sso[mbər^{21}tɕhy^{33}sʅ^{33}so^{33}]（参见《纳西族的纳迦崇拜及其相关仪式》第162页，注释214）。^{3}gkyi[tɕi^{55}]，本义为“剪刀”，这里借音作“小”，表示体积的减小。

第六节：我们看到这里一个神拿着一个火把，火把读作^{2}mi[mi^{33}]。

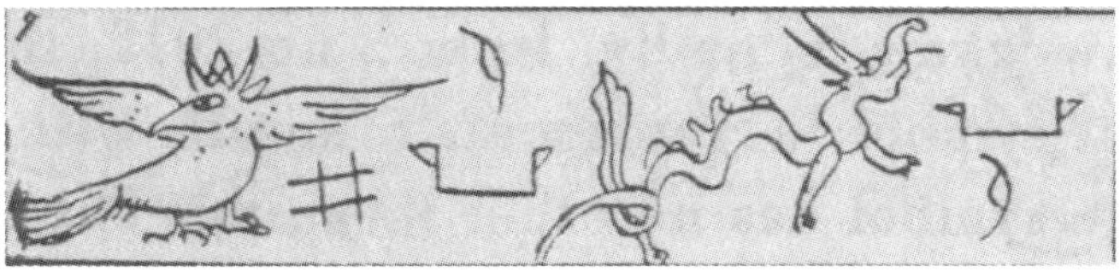

第七节：^{2}ddv–^{1}p’ĕr ^{1}khyu-^{3}t’khyu[dv^{33}phər^{21}ɕy^{21}tɕhy^{55}]是指“大鹏”，它正展开双翅。（参见《纳西族的纳迦崇拜及其相关仪式》第393页，注释769）另外一个字读作^{1}ngu[ŋgu^{21}]，本义是“谷仓”，这里借音作“疾病”，这是一个比较抽象的概念，无法直接用象形文字表达。“龙”在纳西语中叫^{2} Ō-^{1}hăr ^{2}mùan̠ ^{2}ndshĕr[o^{33}hər^{21} mɯ^{33} ndʐər^{33}]，其中^{2} Ō-^{1}hăr[o^{33}hər^{21}]，意为“蓝色”。^{2}mùan̠[mɯ^{33}]是“天”，^{2}ndshĕr[ndʐər^{33}]是“威力”。从龙嘴里伸出的线表示它发出的声音，这声音就是雷声。

第八节：这一节读作^{2}Hä ^{2}ggŏ ^{1}dü ^{2}ghügh ^{1}ssu ^{2}khi ^{3}ch'wua ^{1}ts'ĕr ^{1}ggŏ ^{2}lä ^{2}t'u[he^{33}go^{33}dy^{21}ɯ^{33}su^{21}ɕi^{33}tʂhua^{55}tshər^{21}go^{21}le^{33}thu^{33}]，直译为“神之地美丽三百六十上的又到”。第二个字读作^{2}ggŏ[go^{33}]，像一条长凳，这里作属格，即“上的，高的”。^{2}t'u[thu^{33}]字的本义是“桶”，这里借音作“到达”。^{1}dü[dy^{21}]是“地”。

经卷第十五页释义

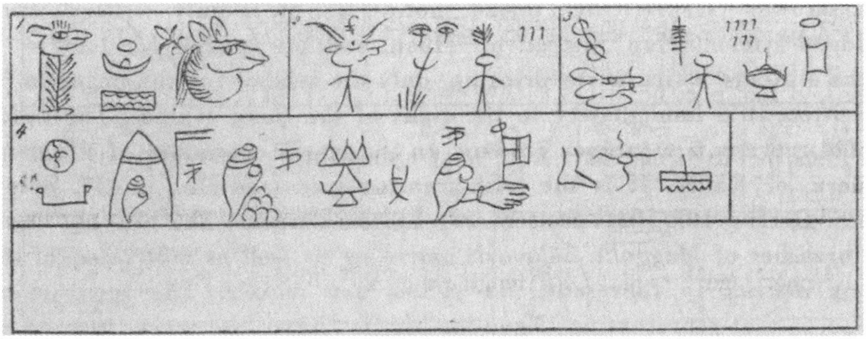

一、句译

第一节：^{1}Yü–^{3}mun̠–^{2}llü–^{2}ssǐ[y^{21}mu^{55}lɯ^{33}sɿ^{33}]你的身体和灵魂安宁，你的马很好，它的鬃毛很漂亮。

第二、三节：让他们看到孝子家里的三代人和^{2}Ts'u–^{1}bpö–^{2}swue-^{2}p'ä-^{3}haw [tshu^{33}py^{21}suə^{33}phe^{33}hɑ^{55}]让我们快快得到长寿。

第四节：在东方的^{2}Ddv–^{1}p'ěr ^{2}Ngyu–^{1}shwua[dv^{33}phər^{21}ndʑy^{33}ʂua^{21}] 和在^{2}Ddv–^{1}p'ěr–^{2}lv–^{2}mbbǔ [dv^{33}phər^{21}lv^{33}mbv^{33}]面前点燃油灯。在^{2}Ddv–^{1}p'ěr ^{2}Ngaw-^{1}la[dv^{33}phər^{21}ŋgɑ^{33}la^{21}]面前点燃你的油灯，去吧。

二、字词详解

第一节：这里唯一需要解释的是长方形的那个字，位于中间一排的最下面，它读作^{1}k̩hü[hɯ^{21}]，本义为“牙齿”，方框表示嘴巴，上下的一排表示牙齿，这里借音作^{1}k̩hü[hɯ^{21}]，意为“平和、安静”。

第二节：参考这本书的第二页第二节，“眼睛”这个字上面的线表示目光，读作^{1}ddo [do^{21}]，意为“见”。

第三节：这一节从第三个字读到最后作：^{2}Szi ^{1}shěr ^{3}haw-^{2}yi-^{2}gv-^{2}bä-^{3}hu[zɿ^{33} ʂər^{21}hɑ^{55}i^{33}be^{33}hu^{55}]“寿长有，就这样吧”。（参见《纳西族的纳迦崇拜及其相关仪式》第484页）

第四节：^{2}Ddv-^{1}p'ĕr [dv^{33}phər^{21}]意为“白得像海螺”，^{2}ngyu ^{1}shwua[ndʑy^{33} ʂua^{21}]意为“高山”， ^{2}Ddv-^{1}p'ĕr [dv^{33} phər^{21}]是“白海螺”，^{2}lv-^{2}mbbŭ[lv^{33} mbv^{33}]是“石堆”，一个石标立在高山之上。它是蒙古的 Ōbo，石堆表示一个 Ōbo。然后是一个油灯和一个读作^{1}mä[me^{21}]的字。^{1}mä[me^{21}]字的本义为“雌性”，这里借音作^{2}wuà-^{2}mä[ua^{33}me^{33}]的一个音节。^{2}wuà-^{2}mä[ua^{33}me^{33}]意为“是的”。^{2}Ddv–^{1}p'ĕr ^{2}Ngaw-^{1}la[dv^{33}phər^{21}ŋgɑ^{33}la^{21}]是“胜利的白海螺”。^{2}ngaw[ŋgɑ^{33}]的意思是“胜利”（参见《纳西族的纳迦崇拜及其相关仪式》第 140 页，注释 133）。最下面一个字读作^{2}k'ö[khɯ^{33}]，本义为“脚”，这里借音作^{3}k'ö[khɯ^{55}]，意为“放”。最后一个字像锯，读作^{2}ffŭ[fv^{33}]，这里借音作“去”，表祈使。

后记

2008年，我有幸考入西南大学汉语言文献研究所，师从喻遂生先生学习纳西东巴文和甲金文字。入学后就对美国学者洛克及其纳西学研究产生了浓厚的兴趣，洛克关于纳西学的最重要的著作是《纳西语英语百科辞典》，它被称为洛克纳西学研究的集大成之作。于是跟喻老师商量以后，我将硕士论文题目定在《纳西语英语百科辞典》的研究上，此时和匠宇先生翻译的《纳西语英语百科辞典》[①] 也已经出版，这对于我的研究帮助很大。尤其值得称道的是该书保留了英文原文，可以让读者相互参照。2011年，我的硕士论文《洛克〈纳西语英语百科辞典〉研究》顺利通过答辩，该论文分别获得西南大学和重庆市优秀硕士论文。硕士毕业后，我继续跟随喻遂生先生研习纳西东巴文。西方学者对于纳西学的产生和发展起了重要的作用，当时国内只有白庚胜先生和杨福泉先生编的《国际东巴文化研究集萃》一书介绍西方纳西学研究的相关情况，对于西方早期的纳西学研究更是语焉不详。主要原因在于这些文献比较分散，难于搜集，再加上这些文献用英文、法文和德文等西文撰写，阅读难度大。因此，我把博士论文的选题定为《西方纳西学史研究》，希望可以梳理百余年来西方学者的纳西学研究史。要想完成这篇博士论文，必须首先阅读大量的外文文献，对于一些重要的西方纳西学论著，我边读边译。2014年，我通过博士论文答辩，我的论文获西南大学优秀博士论文。在答辩会上，我发愿要将西方纳西学的主

①《纳西语英语百科辞典》中文版更名为《纳西语英语汉语语汇》，云南教育出版社，2004年版。

要论著译成中文出版。博士毕业后，留校任教。此后一直致力于西方纳西学史的研究和西方纳西学论著的译介。2015 年，我在赵心愚先生、和继全先生主编的《纳西学研究》上发表洛克的《纳西族日喜人及其宗教文献》的汉语译文，但是除此之外，很少有机会将我翻译的其他纳西学论著的汉语译文发表。

2017 年，我受国家留学基金委的资助赴美访学，期间多次到哈佛大学燕京图书馆、怀德纳图书馆、阿诺德植物园档案馆查阅洛克的相关资料，并采访了哈佛燕京学社的副社长李若虹女士和哈佛燕京图书馆中文部主任马小鹤先生。2018 年 9 月，云南大学出版社段然女士突然找到我，希望我可以参加“境外东巴经释义”项目，翻译海外所藏东巴经。目前海外所藏的东巴经大多数是洛克收集的，洛克不仅是经书的收集者，还是研究者，他翻译了大量的东巴经，有很多在西方已经出版，但是洛克翻译的东巴经大多数只有每一页经文的大意，并没有做太多的解释。在洛克已经出版的论著中，我挑选了《大鹏与署争斗的故事》《挽歌》《鲁般鲁饶》（上、下）和《手执油灯》四种作为“境外东巴经释义”项目的第一辑。这四本经书之间本来没有什么联系，只是因为洛克不仅记录了这四种东巴经的经文大意，而且记录了经文的读音和东巴对字词的详细解说。这些东巴经的译本都是洛克在二十世纪二三十年代记录的，当时东巴文化十分兴盛，大东巴迭出，因此，这些资料都弥足珍贵。于是我想将它们首先翻译出版，让更多的国内学者看到。我的这个想法得到段然女士的支持，于是开始着手开展这个项目，经过两年多的艰苦努力，书稿终于付梓。以前认为翻译不是一件难事，只需要将一种文字转换为另一种文字即可，但是翻译了这套书之后才知道翻译之难。这套书不仅涉及英语、汉语、法语、德语、纳西语、藏语等多种语言和东巴文、哥巴文、汉字、藏文、梵文等多种文字，还需要用到语言学、文字学、历史学、地理学、人类学、博物学等多学科的知识。其间数易其稿，甘苦自知，但是为了能让国内学界看到这些珍贵资料，从而推动纳西学的研究，我想所付出的一切都是值得的。

首先要感谢我的导师喻遂生先生，他是我学术的领路人，自从 2008 年拜入门下，一直追随先生，先生为人高洁，学问精深，平时对我耳提面命，使我受益匪浅。

还要感谢云南大学出版社的段然女士和石可先生，没有他们的努力就没有这套书的出版。

我的爱人李真真女士，她不仅要照顾家庭，还协助我翻译了整部书稿，在这里对她的默默支持与付出表示感谢。

2020 年 8 月 18 日于西南大学文化村 2 舍